Zwischen zwei Leben

Eine Chronik von August 1945 bis Mai 1948

1947-1948 geschrieben von Siegfried Stratemann

2016 überarbeitet von Gisa Stratemann (Tochter von Siegfried Stratemann)

Inhalt

3

Samstag, 18.August 1945:

1. Erster Tag in Steinbeck

„Aber Herr Petersmeier! – Sie können mir doch nicht am Sonnabend Mittag meinen Winterkoks bringen! – Herr Petersmeier!"

Es war um die Mittagszeit am Wochenende. Der Straßenlärm auf der Verkehrsstraße war erheblich. Trotzdem war die Stimme aus dem Fenster dort oben gar nicht zu überhören. Der Fuhrmann des Kohlenwagens hielt es jedoch für ratsam, noch keine Notiz von dem Anruf zu nehmen, der nur ihn betreffen konnte.

Mit der Linken fasste er jetzt in das Zaumzeug seines schweren, fast weißmähnigen Pferdes und setzte mit „Hüh!" und „Zu - rück" und mit der in der Rechten beschwörend erhobene Peitsche seine Kippkarre mit den Hinterrädern so nah an den Bordstein zurück, dass der Inhalt nach hinten auf den Bürgersteig abgeschüttet werden konnte.

Das Fenster war zugegangen und Petersmeier wusste ganz genau, was jetzt kommen würde. Er hatte ein denkbar schlechtes Gewissen. Gerade vor Mittag hatte er hier noch eine vollendete Tatsache schaffen wollen. Er hatte gehofft, vierzig Zentner Koks unbemerkt abladen zu können. Nun war es noch nicht klar, ob er mit seinem ganzen Koks nicht wieder abfahren und ihn in der nächsten Woche erneut anfahren müsste.

Als er sich mit schweren Bewegungen eben anschickte, die Kippkarre zum Abladen hochzuwinden, kam die Gewitterwolke schon auf ihn zu. Wenn er jetzt mitsamt seinen vierzig Zentner Koks hätte verschwinden können, wäre er schon fort gewesen. Aus dem Seiteneingang ihres schönen Hauses kam flinken Fußes Frau Westhoff, die Hausbesitzerin. Weißhaarig, ja viel zu weiß für ihr lebhaftes Gesicht und ihre frische Hautfarbe. „Die alte Dame" war tatsächlich nur so alt, wie ihre lebhaften Bewegungen, wie jeder ihrer Schritte verriet: Gut vierzig, aber noch keine fünfzig Jahre.

„Aber Herr Petersmeier! Soll das für mich sein?" Und als er - sich überrascht stellend - nur nickend bejahte, fragte sie weiter: „Jetzt?" Um nach zwölf Uhr mittags? Und an einem Sonnabend Nachmittag!? Gerade haben wir alles fertig für den Sonntag und[1] nun wieder den Schmutz über den ganzen Hof – und bei solchem Wetter!?"

Bei solchem Wetter! So schönem Wetter! Das war das Stichwort für Petersmeier. Das richtete ihn innerlich wieder so auf, dass er gleich zum Angriff übergehen konnte.

„Ja, voriges Jahr, da haben Sie mich auch ausgeschimpft. Da haben Sie auch gesagt: ‚Bei solchem Wetter'. Nur war es da umgekehrt: „Den ganzen Regen der letzten Wochen bekäme ich als Gewicht noch mitbezahlt", haben Sie damals gesagt."

„Menschenskind! Jahrzehnte liefern Sie alle Brennstoffe hier ins Haus und genau so lange wissen Sie, dass wir im Hochsommer, möglichst bei trockenen Wetter angefahren haben möchten. Aber..."

„Was heißt hier ‚Aber': Ist nun trockenes Wetter oder nicht!"

„Ja, aber am Sonnabend Mittag können Sie mir doch nicht ungefragt einen Wagen Koks vor die Türe schütten. Wenn ich nun nicht dagewesen wäre?"

„Nun sind Sie aber da."

„Ja, natürlich."

„Haben Sie den Koks nun bestellt oder nicht? Wollen Sie'n nun haben oder nicht?" fragte er jetzt ungezogen, wie unwillig.

Während der ganzen Unterhaltung war Petersmeier in der Mitte des Wagens zwischen den Rädern stehen geblieben, die Kurbel in der Hand. Jetzt machte er eine herausfordernde Geste, die bedeuten sollte: Was nun? Und wenn nicht, na schön, dann nicht! Dann bekommt ein anderer den schönen Koks und Sie sitzen einen Winter lang in der kalten Stube.

Frau Westhoff war ganz ruhig geblieben, ohne sich auch nur mit einer Bewegung etwas zu vergeben. Innerlich war sie jedoch mit

---

[1] In diesem Ort waren keine Bomben gefallen. Alles war wie immer: Am Samstag Mittag hatte jeder Hausbesitzer seinen Bürgersteig gefegt, alles sonntäglich hergerichtet

5

vollem Recht aufgebracht. Nur einer Frau, einer alleinstehenden Frau wurde so etwas zugemutet. In keinem Haus, in dem ein Mann war, würde der Kohlenhändler Petersmeier es gewagt haben, einen Wagen Koks unangemeldet am Sonnabend Nachmittag abzuladen. Dazu kroch er als Geschäftsmann gar zu sehr und vermied alles, um keinen Kunden zu verlieren. Dutzende von Beispielen hätte sie sofort bringen können, dass solche und ähnliche Zumutungen, und immer aufs Neue, nur einer im Leben alleinstehenden Frau mit frecher Stirn geboten wurden.

Auch Frau Westhoff machte jetzt unwillig und angewidert zugleich eine Handbewegung, dass er dann abladen solle. Würde sie ihn wegschicken, den Koks jetzt nicht abnehmen – und wenn es Sonnabend Mittag war – so würde es nur heißen: Was diese Alte sich da wieder einbildet. Hat wohl noch nicht begriffen, dass sich die Zeiten geändert haben.

Als der Koks nun rasselnd vom Wagen rollte und sie zur Seite springen musste, kam ihr der beängstigende Gedanke: Der Petersmeier fährt mir den Koks doch selbst nicht in den Keller! Hat er denn keinen weiteren Mann bei sich? Nein, das hätte er nicht. Nun dann solle er ihr nach dem Essen ein bis zwei Leute schicken, damit es auch schnell ginge.

„Wo denken Sie hin! Die jungen Leute von heutzutage? Die arbeiten am Sonnabend Nachmittag doch nicht mehr. Die sind froh, wenn sie ihre Pferde im Stall haben. Und nachher gehen sie piekfein ins Kino.“

Nun war auch die kleine Frau mit ihrer Zurückhaltung am Ende. „Was? Sie wollen oder – können mir keinen Mann stellen? Mehr als dreißig Jahre liefern Sie hier die Kohlen ins Haus und lassen sie seit dreißig Jahren Schiebkarre auf Schiebkarre hier von der Straße bis ins Lager fahren! Jetzt wissen Sie, dass Sie mir keinen Mann dazugeben können und werfen mir trotzdem einen Wagen Koks ab! Und dann am Sonnabend Mittag! – Soll ich etwa heute Nachmittag den Koks alleine einfahren? – Hören Sie sofort auf mit dem Abladen!“

Das war aber nun schon zu spät. Der Wagen war leer und vierzig Zentner Koks lagen in einem großen Haufen zwischen den beiden alten Lindenbäumen, dem Rinnstein und dem Haus, fast den ganzen Bürgersteig versperrend.

„Können Sie mir sagen, wie ich den Koks ins Haus bekomme?"

„Ach da finden Sie sicher noch ein paar Leute, die Ihnen das machen", meinte dieser Biedermann jetzt ganz treuherzig." Ihr Nachbar gibt Ihnen sicher noch schnell ein paar Leute. Oder Funk, dem haben Sie doch überhaupt die Bäckerei verpachtet. Da können dessen Leute doch mal eben helfen."

„Menschenskind! Aus einer Konditorei am Sonnabend Nachmittag ein paar Leute zum Koksschippen?! Von Ihnen hab' ich jetzt aber auch genug! Haben Sie die Wiegekarte? So, dann schicken Sie am Montag die Rechnung." Und sich nochmals umdrehend: „Und der Scheck, der letzte Scheck, kann dann gleich mitgenommen werden."

„Aber Frau Westhoff..." Die aber hatte sich, die Wiegekarte in der Hand, kurz umgedreht, trat flink und geschickt zwischen den am Außenrande des Kokshaufens liegenden einzelnen Brocken hindurch und war im nächsten Augenblick auch schon in ihrem Hause verschwunden. Der Fuhrmann blieb mit herabhängender Unterlippe und ganz großen Augen, verdutzt wie ein ertappter Schuljunge, unbewegt auf der Straße stehen.

Frau Westhoff war inzwischen wohl in ihr Haus geeilt, um aber gleich im Eingang zu verharren. Eine Hand am Geländeknauf, einen Fuß an der Kante der ersten Stufe gesetzt, blieb sie überlegend stehen: Was nun? Wer könnte jetzt helfen? – Grundsätzlich machte sie sich vor vierzig Zentnern Koks auch nicht Bange. Von der Straße würde sie ihn schon bekommen. Dann würde man am Montag weitersehen. Aber warum solche doppelte Arbeit? Und als sie nun den schweren Wagen über das Pflaster abrollen hörte, dachte sie: Dieser Kerl hat mich doch nun richtig hereingelegt und lacht sich jetzt ins Fäustchen, und wenn ich am Nachmittag meinen Koks selbst einschaufeln muss, dann hat er noch mehr Lacher auf seiner Seite. Also: Liegenbleiben konnte der Koks nicht. Der Bürgersteig musste sofort freigemacht werden, damit die vielen Fußgänger ungehindert vorbeikonnten. So war sie auch schon auf dem Weg in ihr Kohlenlager, um Schippe und Koksforke zu holen.

Aber auf einmal verhielt sie ihren Schritt – vielleicht war es jetzt, kurz nach zwölf Uhr mittags, gerade noch möglich, bei einem der Nachbarn einen Mann zur Hilfe zu finden. Bei den Nachbarn handelte es sich zumeist um Handwerker und kleine Gewerbetreibende.

Hinrich Kramer, der Spielkamerad seit den Kindertagen, und treuer Helfer und Berater seit Jahr und Tag, hatte seinen kleinen Betrieb zu einer ganz annehmbaren Fleischwarenfabrik entwickelt. Hatte immerhin zwölf bis fünfzehn Leute – aber er saß jetzt am Mittag des Wochenendes nur noch mit seiner Kontoristin im Büro. Der Betrieb schloss um zwölf Uhr und bei der Hitze waren alle Leute um wenige Minuten nach Mittag schon ausgeflogen. Hinrich Kramer aber wäre bereit, nachher selbst mitzuhelfen. Naja, ein Trost. Wollen mal sehen.

Doch wie hier ging es noch bei zwei, drei Nachbarn. Überall war man grundsätzlich bereit der kleinen, tapferen Frau zu helfen, aber überall war Mittag, war Wochenende und mehr als dreißig Grad im Schatten!

Die weibliche Hilfe im Hause kam nicht in Betracht, also ohne Scheu heran ans Werk! Als sie nun erst einmal Straße und Rinnstein vom Koks freimachte, damit die Stücke nicht noch weiter zerfahren würden, kam ihr ein Gedanke: Herberge zur Heimat! Herr Tobias, der hatte ihr schon oftmals einen Mann geschickt zum Graben, zum Holzhacken und so weiter.

Hinrich, der Nachbar, war noch in seinem Büro, so dass sie telefonieren konnte. Aber die Herberge war nicht mehr. So etwas gab es wohl überhaupt nicht mehr. Wo war Herr Tobias denn jetzt? Ach im Bunker im Bahnhof! Und nach einigem Hin und Her war die Verbindung hergestellt.

„Herr Tobias, alter Nothelfer! Hier ist Frau Westhoff. Können Sie mir helfen? Können Sie mir einen oder auch zwei Leute vermitteln? – Der Petersmeier hat mir gerade meinen ganzen Winterkoks gebracht und der liegt jetzt in einem Haufen auf dem Bürgersteig."

„Ei der Daus! Ob das geht heute, heute Mittag? Das ist noch nicht ausgemacht!"

„Sind denn keine Leute bei Ihnen?"

„Ja genug, der ganze Bunker ist bis oben voll. Aber das sind alles viel zu feine Herren. Von denen will doch keiner mehr was arbeiten. Die leben ja auch so. Leben besser als Sie und ich. Rauchen den ganzen Tag und das alles ohne Arbeit. Nun, ich will's trotzdem versuchen. Aber machen Sie sich keine zu große Hoffnung. Ich will aber tun, was ich eben kann."

Der Herbergsvater Tobias ging zum großen Tagesraum, wo eben von der Inneren Mission[2] das Essen ausgegeben wurde. Es widerte ihn jedes Mal aufs Neue an, wenn er in das verräucherte Lokal kam. In seiner alten Herberge war es auch durchaus einfach gewesen - aber sauber. Auch früher waren es einfache Menschen mit wenig oder ohne Geld gewesen, doch nicht eine solch wild zusammengewürfelte Schar. Dass Deutsche so herunterkommen würden, hätte noch nicht einmal er mit seiner jahrzehntelangen Erfahrung an durchstreifenden Menschen für möglich gehalten. Alle waren sie verwahrlost. Die Kleidung war noch nicht das Wesentliche. Wer Gesichter lesen konnte, sah hier bei Manchem bis auf des Herzens tiefsten dunklen Grund. Hier half auch kein einzelnes Beispiel, wie das der stillen Helfer vom roten Kreuz und der inneren Mission, wie das so mancher frischer Mädel, von denen hier gerade jetzt die eine die Suppe, die andere für jeden ein Stück Brot austeilte. Es war eine vorerst von keiner Seite angreifbare kollektive Verderbnis. Eigentlich waren es junge, zum großen Teil im Grunde gute Menschen, die ohne eigene Schuld auf die Landstraße geworfen wurden. Diese armen Menschen waren allesamt zu bedauern – doch damit kam man hier nicht weiter. Hier konnte man nur mit Strenge Ordnung halten. Musste danach trachten, diese Schar mit allen Mitteln zu verkleinern. Man musste den einen mit sanfter Gewalt, den anderen mit Überredung und manches Mädel mit List wieder in eine häusliche Regelmäßigkeit zu bringen suchen. Charakterlich waren die meisten noch nicht gefestigt und da gaben immer ein paar geborene Strolche den Ton an. Die

---

[2] Innere Mission, damals – heißt nun Diakonisches Werk der Evangelischen Kirche

wenigen Verbrecher, die in einem geordneten staatlichen Leben von der Gemeinschaft ganz selbstverständlich in Schach gehalten werden, drückten dieser neuen Gesellschaftsschicht den Stempel auf.

Tobias ging langsam durch den Tagesraum. Blieb schließlich so stehen, dass er in einer Ecke zwei Tische mit je acht bis zehn Menschen gleichzeitig ansprechen konnte.

„Sagt einmal, will sich keiner von Euch heute noch ein paar Mark und sicher auch ein gutes Essen verdienen?"

Seine Frage fand keinen Widerhall. Er wartete ruhig, sah von einem zum andern. Doch der eine sah vor sich auf den Tisch, der andere sah ins Leere, und wenn ihn einer ansah, dann hieß die Miene ganz eindeutig: nein. Indem Herr Tobias nun einen älteren unter diesen Jungen ansah und unmittelbar ansprach: „Na, wie wär's denn mal zur Abwechslung mit ein paar Stunden Arbeit?"

„Wat for Arbeet is et denn?"

„Kohlenschaufeln. Bei 'ner alten Dame, die ich gut kenne. Das bereust Du nicht."

„Kohlenschippen? Hab' ick in Afrika bei die Temperatur ooch nich jemacht!"

Tobias sah zum nächsten und wieder zum nächsten:

„Kann ich überhaupt nich mit meinem Fittich."

„Bei der Hitze?! – Ne!"

„Bei mir: Eins zu Null"!

„Statt Kohleschippen jeh ick nu baden."

„Knif – Kommt nich in Frage!"

„Det Pfannkuchengesicht soll man sehen, wie se ihre Kohlen in'n Keller kriegt!"

„So'ne Schnappsidee: Im Sommer Winterkohlen!"

„Zusammenfassend Herr Tobias: Det is een janz typischer Fall von denk'ste!" und damit tippte sich der letzte unter grinsender Zustimmung der anderen an die Schläfe.

Tobias hatte mit solcher Ablehnung gerechnet. Gab aber nicht auf. Er ging an einen anderen Tisch. Ohne Erfolg. Noch an einen anderen – auch da eisige Ablehnung.

Von dem zurerst angesprochenen Ecktisch löste sich jetzt ein schmaler junger Mann, seine Essschüssel in der Hand und ging an den Bunkervater heran und sagte ganz schlicht:

„Ja, ich will das wohl machen."

Tobias wandte ihm sein Gesicht zu, musterte ihn einen ganz kurzen Augenblick und hatte Freude an dem Gesicht, der offenen Augen.

„Schön, dann kommen sie mal mit mir, damit ich's ihnen beschreibe."

Thomas Arnold brachte sein Essgeschirr zur Ausgabe, bekam seinen Ausweis zurück. Ging zu seinem Tisch, um seinen Rucksack und sein Bündel zu nehmen.

„Weeßt ooh wohl nich, wat Solidarität is, hm?

„Nein, ich weiß nur, dass ich kaum noch einen Groschen Geld in der Tasche habe – und weißte, wenn ich dann außerdem noch jemanden helfen kann, dann tu ich das. Und hör mal zu: Ich hülfe sogar Dir, wenn Du in Not wärest, auch wenn Du mich nicht magst. Und bei der alten Frau sage ich mir, vielleicht hilft auch meiner Mutter so irgendjemand." Damit setzte er sein abgegriffenes Schiffchen[3] auf und wollte gehen. Daran aber wollte ihn der mit der schnodderigen, aber unechten berliner Aussprache hindern. Er räkelte sich nun so, dass er die Lehne seines Stuhles zur Wand kippte und gleichzeitig die Beine unter den Tisch streckte. So wollte er Gelegenheit bekommen den anderen anzurempeln. Seine Absicht misslang. Arnold setzte sein Bündel auf den Tisch und sprang - ehe der unechte Berliner sich dessen versah - über seine Beine hinweg.

„Gehörst ja ooch zu diesen Pfannkuchengesichtern."

„Streikbrecher!"

Herr Tobias nahm Arnolds Sachen in Obhut. Gab ihm einen Zettel: Frau Johanne Westhoff, Münsterstraße 17. Beschrieb ihm den Weg und sagte ihm noch anerkennend, dass er sich freue, dass er nun der alten Dame aus der Verlegenheit helfen wolle. Er würde es nicht bereuen. Sagte ihm noch kurz, die Frau hätte es ihr Leben

---

3   Kleine Kopfbedeckung – Teil der Soldatenuniform

lang schwer gehabt, hätte sich stets wie ein Mann durchsetzen müssen. Wäre dabei sicher etwas hart geworden und kurz angebunden, aber anständig und herzensgut. Darauf könne er sich verlassen, so sicher wie er Tobias hieße.

Arnold ging die etwas öde Bahnhofstraße herunter. Er brauchte nicht zu fragen. Die Wegbeschreibung hatte genügt. Nach wenigen hundert Metern kam er auf die Hauptgeschäftsstraße von Steinbeck, die Münsterstraße. So, hier sollte es gleich links sein – und siehe da. Da lag ja auch der Haufen Kohlen, nein das war ja Koks. Also doch falsch. Er nahm den Zettel heraus; Frau Johanne Westhoff, Münsterstraße 17, neben Konditorei Funk. Also doch richtig. Au! Aber ein Mordshaufen Koks.

Er stieg an dem Haufen vorbei, läutete im ersten Stock und stand bald Frau Westhoff gegenüber. Diese hatte sich nun eigentlich eine Hilfe vom Format des Kohlenhändlers Petersmeier vorgestellt und war etwas erschrocken, ja überrascht, nun so einen schmalen, jungen Mann von gut zwanzig Jahren vor sich zu sehen.

„Also, Sie wollen so freundlich sein mir zu helfen?" Aber es ist eine ganze Menge, es sind vierzig Zentner! Ich helfe Ihnen aber."

„Ne Madam, das ist nicht nötig, das werde ich wohl noch alleine schaffen."

„Vielleicht hilft mein Nachbar auch noch etwas mit. Allein ist das zu viel für Sie. Sie sind ja auch kein Hüne. Wenn Sie was ablegen wollen, dann können Sie das am besten hier oben lassen."

„An meinen Sachen vergreift sich keiner mehr. Die kann ich ruhig am Straßenzaun aufhängen."

Frau Westhoff ging voraus, zeigte Arnold die nicht ganz einfache Arbeit, die ihm bevorstand. Der Koks lag vor dem Nebeneingang und dieser war zu schmal, um mit einem Pferdewagen hereinfahren zu können. Die ganz alten Fachwerkhäuser in der Mittelstadt hatten keine Keller. So musste alles Brennmaterial in einem Hintergebäude ebenerdig gelagert und hinter Holzbohlen siloartig aufgeschichtet werden. Dazu kam, dass es von der Straße bis zum Lager mindestens vierzig bis fünfzig Meter waren.

„Glauben Sie es mir", sagte Frau Westhoff, „Es ist wirklich nicht meine Schuld, dass der Koks ausgerechnet an einem Sonnabend

Nachmittag gekommen ist. Nein, es ist sogar ganz gegen meinen Willen. Aber nun liegt er hier."

„Seien Sie nur ganz unbesorgt. Das werden wir schon schaffen."

„Haben Sie auch schon gegessen?"

„Ja. Im Bunker eine Suppe beim Roten Kreuz und ganz umsonst."

Arnold fing sofort an, den Bürgersteig soweit frei zu schaufeln, dass erst einmal der Fußgängerverkehr nicht mehr behindert wurde. Er war damit noch nicht ganz fertig, als er von oben her, vom ersten Stock aus, angerufen wurde.

„Hallo! – Hallo!" Arnold sah das frische Gesicht mit den schlohweißen Haaren seiner Arbeitgeberin im Fensterrahmen.

„Verzeihen Sie, wenn ich Sie rufe. Wie heißen Sie denn mit Namen?"

„Arnold."

„Also Herr Arnold, dann kommen Sie mal schnell herauf, um noch etwas zu essen."

„Ja, wenn es ginge, dann in einigen Minuten. Dann hab' ich den Weg hier frei und kann nachher gleich anfangen, nach hinten zu karren."

Als er etwas später heraufkam, traute er seinen Augen nicht. Da war für ihn in der Küche gedeckt. Ja, für ihn war gedeckt. Ein anderer hatte für ihn gedeckt. Richtig gedeckt. Da standen zwei Teller übereinander, ein flacher und ein tiefer. Und da lag oben quer ein großer Löffel und ein kleiner Löffel darüber und neben dem Teller lagen Messer und Gabel. Wie vor Jahren – wie viel Jahren? – bei seiner Mutter. Das gab es also doch noch. Das war nicht alles untergegangen. Gab's denn auch noch Mädels, die das von früher her kannten und die das auch in einem Haushalt so machen würden? So etwas konnte doch ganz einfach sein, machte doch keine besondere Mühe. Aber das und ähnliches, das machte es ja aus: das Zuhause. Weinen hätte er mögen.

Dann kamen Stunden schwerer Arbeit und – da hier ja alles nicht nach Wunsch ging, kam auch die Nachmittagssonne langsam um das Haus gekrochen und stand unbarmherzig über dem schmalen Pfad, auf dem Schiebkarre auf Schiebkarre, jedes Mal mit einem knappen Zentner an Gewicht, geschoben werden musste. Aber man sah auch den Haufen kleiner werden und langsam kam in den Betrieb auch so etwas wie eine Organisation herein. Frau Westhoff wollte unbedingt helfen. Die Schiebkarre konnte sie natürlich nicht fahren. So lieh sie sich bei ihrem Pächter noch eine Karre und stand am Haufen auf der Straße und schippte immer eine Karre voll. Arnold brachte sie voll zum Lager und leer zurück. Dann kam aber der Punkt, an dem im Lager hochgeworfen werden musste, was sich dann als die anstrengendste Arbeit erwies.

Der Nachbar Kramer erschien, gerade als Frau Westhoff mit dem Kaffee kam. Frisches Hefebrot hatte sie am Mittag gebacken und nun deckte sie den Tisch in der Laube des kleinen Gärtchens, das neben der Bebauung mit den Häusern an der Straße und den rückwärtigen Gebäuden, wie sie im Laufe der Jahrzehnte, in denen Steinbeck allmählich ein städtisches Gesicht bekommen hatte, übriggeblieben war. Es war kein Garten mehr im alten Sinne. Doch es war noch ein grüner Fleck. Hauptsächlich war es ein Rasen, der nicht nutzlos, sondern zum Wäschebleichen diente. Am Rand standen einige Blumen und neben dem alten Nußbaum und dem längst überständigen[4] Birnbaum waren es noch einige Laubbüsche mit sehr unterschiedlichen Blattfarben und in der äußersten Gartenecke, eingerankt von wildem Wein, eine zweiseitig offene Laube aus hölzernem Gitterwerk. Für Hinrich holte Frau Westhoff schnell noch eine dritte Tasse und dann saßen sie zu dritt und ließen sich den Kaffee und das frische Brot gut schmecken. Arnold war ganz ungezwungen. Er aß und trank und ließ sich nicht nötigen.

Den beiden Einheimischen war nach der Art wie Arnold sich gab, nach seinem Wortschatz und nach seiner Aussprache gleich klar, dass hier einer Koks schippte, der früher schon etwas anderes getan hatte. Sie fragten - sich langsam an das „Früher" heranpirschend -- indem sie sich, in der Art wie sie ihre Fragen stellten, die Bälle geschickt zuwarfen.

---

[4] Zu alt um noch nennenswert Früchte zu tragen

So erfuhren sie erst allgemein von Krieg und Waffengattung, von Feindesland und Kriegsgefangenschaft, von der Heimat und dem Beruf.

„So eine Jugend, wie ich sie gehabt habe, das haben nur ganz, ganz wenige haben können. War das einzige Kind. Das einzige Enkelkind von beiden Großeltern, alle am gleichen Ort, in der Nähe von Hirschberg. Alle eine Familie! Was wurde ich verwöhnt! Nein, das ist eigentlich nicht ganz richtig; wie hat man mich von klein auf gefördert. Wenn ich es heute überdenke: Alles Spiel hatte schon einen Sinn. So habe ich die Schule so nebenbei gemacht und als ich das Einjährige bekam, da konnte ich nicht nur – und so nebenbei – was die Lehrlinge bei meinem Vater und meinem Großvater konnten, sondern ich ‚wusste' auch noch einiges, was man sonst nur in langer Praxis erwerben konnte."

„Und ihr Vater?"

„Der Vater ist aus dem Kriege nicht zurückgekommen. Er war wie der Großvater Klempner und Installateurmeister." Und dann wie für sich erzählend: „Was war das für ein Betrieb zuhause. Und das Schönste: Alle hatten immer Freude an ihrer Arbeit. Und die Werkstatt, und mit was für einer Einrichtung! Die Werkstatt, das war der leibhaftige Großvater. Der fuhr zu jeder Messe nach Leipzig und bis in seine alten Tage hinein war er der fortschritt-lichste Mensch, den ich bisher kennenlernte. Er hatte in seinem Hause die erste Zentralheizung, die es in ganz Hirschberg gab. Er hatte den ersten Elektromotor, den ersten Schweißapparat und so weiter. Trotzdem war und blieb bei ihm und bei seinen Leuten alles ‚Hand'-Werk und trotzdem war es keine Fabrik, wo jeder nur seine Handgriffe macht, besser eingerichtet als seine Werkstatt gab es nicht. Ja, und dann kam alles so, wie Sie es sich denken können: Die Mutter hat alles weitergeführt. Ihre Heizungsmonteure waren während des Krieges als Rohlegerkolonnen in der weiten Welt. Zuhause ging das Ladengeschäft und der Betrieb ganz klein nur mit einem Zivilfranzosen[5] weiter bis – ja, bis sich Ende Januar 1945 alles in Bewegung setzte."

---

[5] Französische Kriegsgefangene wurden in Handwerksbetrieben, meist in

Arnold schwieg, die beiden anderen mochten kaum mehr etwas erfragen. Alle aßen und tranken schweigend. Arnold hing den angesponnenden Gedanken nach, doch um auf etwas Anderes hinzuwenden, sagte er aufstehend wie bestens aufgelegt:

„Na, nun noch einen kleinen Endspurt und dann ist hier in einer Stunde alles vergessen."

Alle halfen. Nachbar Hinrich lud die Karren voll und karrte von Zeit zu Zeit, buchstäblich im Schweiße seines Angesichts, eine Schiebekarre zum Lager. Arnold stapelte den Koks im Lager unentwegt hoch und sah allmählich aus wie ein echter Kohlentrimmer.

Dann aber kam wirklich die letzte Karre dran. Frau Westhoff fegte den Bürgersteig und den Toreingang. Hinrich Kramer versuchte das schwarze Band auf dem ganzen Wege zu beseitigen, fegte und harkte, so dass man wenigstens den guten Willen sah, dass man hier zum Sonntag hatte alles sauber hinterlassen wollen.

Zum Schluss standen alle drei vor dem übermannshohen, beängstigend nach außen ausgebogenen Holzplanken, sahen schweigend zum Gipfel des Haufens und sahen sich dann ebenso schweigend und einander zunickend an. Das hieß: So, nun ist es doch geschafft. Frau Westhoff aber sagte:

„Geschafft haben nur Sie etwas, Herr Arnold. Was wir geholfen haben, war kaum der Rede wert. So, und nun kommen Sie in die Badewanne. Unter dem Waschkessel habe ich eben etwas Holz gesteckt und die Zinkwanne steht daneben. Handtuch und Seife bringe ich noch."[6]

Als Arnold in die neben dem Lager liegende Waschküche kam, sah er, dass Frau Westhoff auch dieses Bad längst vorbereitet hatte.

---

ihrem Beruf, und in der Landwirtschaft eingesetzt, oft in kleinen Betrieben, damit der Betrieb weiterhin die nötigen Dienstleistungen erbringen konnte. Es war verboten, sie als Familienmitglieder zu behandeln, was aber fast immer der Fall war.

[6]   Das war der damals in diesen Verhältnissen übliche Badezimmerkomfort, Frau Westhoff badete an einem Samstag Nachmittag in einer Zinkbadewanne in der Waschküche. Das Wasser wurde im Wäschekochkessel heiß gemacht und mit einem Eimer umgefüllt.

Das Wasser war viel wärmer als es bei der Außenwärme nötig gewesen wäre. Die Wanne war schon halb gefüllt und ein Brettstuhl stand daneben. Da kam sie auch schon zurück.

„Das ist hier fast schon zu viel, aber wenn sie nun das Maß Ihrer Güte noch voll machen wollen", sagte Arnold, „dann geben Sie mir bitte auch noch eine Gießkanne."

„Eine Gießkanne? Wozu die?"

„Die hänge ich mir voll mit warmen Wasser hier an den Draht. Das ist dann eine ideale Brause. Dann braucht man eigentlich gar keine Wanne mehr."

„Na, von Ihnen kann man auch noch etwas lernen."

Auch die Gießkanne kam. Er badete mit Wonne, ließ sich ausdauernd weichen, seifte und schrubbte sich, brauste und brauste vor lauter kindlichem Vergnügen noch einmal. Dann fing er an sich anzuziehen, bedauernd, sein Gepäck nicht bei sich zu haben, in dem er wenigstens noch etwas saubere Wäsche gehabt hätte.

Als es dann sieben Uhr abends war und von zwei Türmen in unmittelbarer Nähe wie im Wechselgesang der Sonntag eingeläutet wurde, da kam mitten im Hochsommer die im vergangenen Jahr ausgebliebene Weihnachtsbescherung. Hinrich Kramer klopfte, kam herein. In der Hand trug er ein Bündel aus einem Handtuch zusammengeknotet und über dem anderen Arm hingen ihm verschiedene Kleidungsstücke.

„Junge, Junge! Nun wollen wir mal sehen, ob Sie davon etwas gebrauchen können. Ich habe da einen Neffen im Haus, der wächst aus allem heraus, ehe die Sachen vertragen sind – und Ihnen passen sie vielleicht."

Da kam ein dunkelblauer Anzug zum Vorschein, Knickerbocker, ein Pullover, dann Wäsche, Hemden, alte zwar aus dem Trikot mit einem Einsatz und sonstige Unterwäsche, Socken und Wadenstrümpfe. All das sei dem anderen jungen Herrn längst zu klein. Der wäre vom Schlage der Waldecker Bauern.

Als Arnold nun zur Probe den Rock anzog – der Spiegel fehlte – da hatte er selbst den Eindruck, dass ihm die Sachen ‚nicht ganz gehörten'. Der Vorbesitzer war einmal wohl schmal gewesen, dabei aber schlank und groß und so hing ihm der Rock etwas länger herab. Arnold musste tief fassen, wenn er auf den Grund der Seitentaschen kommen wollte. Doch das machte ja alles nichts. Für ihn war der Anzug so gut wie neu. Dunkel, feiertäglich, sozusagen ‚erste Garnitur'. Die dritte, das waren nun die vertragenen und scheckig geflickten Reste seiner Marinekluft und zwischen diesen beiden gab es nun noch eine weitere, mit ‚sportlicher Note', mit Wadenstrümpfen, Knickerbocker und Pullover. Das hätte er sich auch in einem Jahre noch nicht kaufen können. Und hier erhielt er von freundlichen Menschen alles geschenkt.

Inzwischen hatte er sich für heute Abend zu dem Anzug ‚mit sportlicher Note' entschieden. Der runde, rosig gesund aussehende Kramer sah mit ungemeiner Freude durch und durch über seine Brille hinweg, wie nun zu Arnolds aufgewecktem, offenen Gesicht die ergänzende äußere Aufmachung kam. Unversehens stand da ein ausgewechselt Anderer vor ihm. Doch – oh weh – diese Schuhe!

„Haben Sie denn noch andere Schuhe?"

„Nein, das ist das einzige Paar, woher auch?"

„Da kann ich Ihnen aber auch nicht helfen, von den Elbkähnen von unserem Jungen da brauchen Sie immer nur einen für beide Füße."

Nun ließ es sich vom Wohnhaus her vernehmen: „Arnold! Herr Arnold!" Als er schließlich in der Waschküchentür erschien, da erstarb auch Frau Westhoff vor Überraschung, was sie weiter hatte sagen wollen. Als dann auch Hinrichs wohlbekannte Glatze im Türrahmen erschien, war sie noch erstaunter. Erst die erklärende Handbewegung: „Von unserem Heiner" löste alle Rätsel.

„Kommen Sie dann doch bitte herauf. Vor allem müssen wir abrechnen."

„Nein! Ich habe schon viel mehr bekommen als eine ganze Woche Arbeit wert wäre."

„Von mir nicht."

„Ich nehme aber nichts mehr an."

„Nun kommen Sie wenigstens herauf, damit ich sie richtig ansehen kann und Sie sich selbst im Spiegel sehen."

Sich von Herrn Kramer verabschiedend sagte er:

„Herr Kramer, seit Jahren hat mir – außer meiner Mutter – niemand mehr so von Herzen und ohne Veranlassung etwas Gutes angetan. So hat es auch unsere Familie früher immer gehalten. Jetzt kann ich Ihnen erst mal nur danken. Aber ich arbeite von Montag ab hier in Steinbeck beim Meister Buscher. Außerhalb meiner Arbeitszeit werde ich kommen und sehen, ob ich Ihnen, gleichgültig wobei, helfen kann. Vielleicht kann ich Ihnen ja auch in meinem Beruf in Ihrem Betrieb etwas machen."

„Mensch, das gibt es natürlich nicht? Da nähmen Sie ja Ihrem neuen Meister die Arbeit weg. Können wohl mal auf einen Sonntag Nachmittag zum Kaffee, auch zum Mittagessen kommen."

„Ja, ich werde mich sehen lassen. Jetzt nur erst einmal vielen herzlichen Dank."

„Ich darf doch wohl meinen Spaß an Ihrem ‚Wiedereintritt in das bürgerliche Leben' haben, was? Und damit ging er, über das ganze wohlgenährte und gutrasierte Gesicht lachend, auf das Verbindungstürchen zwischen beiden Anwesen zu.

Arnold nahm Handtuch, Seife und Bürste, verschloss die Waschküche, um sich bei Frau Westhoff zu verabschieden.

„Erst müssen Sie sich Ihre Verwandlung mal im Spiegel begucken", damit zog Frau Westhoff Arnold ein Stück in den Flur und schaltete die Beleuchtung ein. Da sah ihm nun ein anderer, ganz neuer Thomas Arnold aus dem Spiegel entgegen. Und dabei fiel geradezu etwas von ihm ab: Gott-sei-Dank, nun nicht mehr einer von den vielen, eine Nummer in der unterschiedslosen grauen Schar!

„Und nun müssen wir – auch wenn Sie abwehren – abrechnen. Also ohne viele Worte: Wie viel Stunden waren Sie hier? Von eins bis sieben Uhr? Und der Stundenlohn ist wie viel?"

„Weiß ich nicht, fange hier erst am Montag wieder an zu arbeiten. Können wir das Abrechnen nicht überhaupt – verschieben? – komme mal wieder 'rein."

„Ausrücken wollen Sie mir."

„Nein, nein."

„Also Stundenlohn eine Mark, macht..."

„Für solch eine Arbeit doch keine Mark! Das ist doch Arbeit für'n Hilfsarbeiter, doch höchstens..."

„Also, hier ist das Geld! Wegstecken! Ist schon richtig gerechnet."

Da half kein Widerstreben. Frau Westhoff steckte ihm die zusammengelegten Scheine einfach in die Tasche. Und ehe Arnold auch nur soweit kam ,Danke schön' zu sagen, war das Flurlicht schon wieder aus und er fühlte sich in die Küche hineingeschoben, wo auch schon wieder alles für sein Abendbrot fertig stand. Die Haushaltshilfe verließ gerade den Raum und Frau Westhoff leistete ihm Gesellschaft. Nicht ohne durch geschickte Fragestellung, fast unmerklich, noch mehr Einzelheiten seines und seiner Familie früheren Daseins zu erfragen.

Im Aufbrechen klingelte es, um ein Geringes länger, als man gewöhnlich an einer Hausglocke schellte. Das war Hinrich Kramers Zeichen: So lange klingeln, wie man schnell von eins bis zehn zählen kann. Er kam nochmals als Weihnachtsmann: Er brachte einen Handkoffer, denn er hätte sich gesagt, worin der arme Teufel nun all das ordentlich verpacken solle. Alle gingen herunter. In der Waschküche öffnete Arnold den Koffer und traute seinen Augen nicht. Der war nochmals fast voll. Er war allein, die Spender standen draußen. Er stand unschlüssig, ohne den Kofferinhalt zu untersuchen. Das ging doch nun nicht. Das konnte er doch nicht einfach alles annehmen. Das waren doch – und nicht nur für ihn, der alles verloren hatte – Werte! Kramer war draußen nahe der Türe, sah die Unschlüssigkeit und ging von Frau Westhoff gefolgt hinein.

„Also Herr Kramer, ich nehme das unter gar keinen Umständen an. Wie hab' ich mir denn das verdient? Wie soll ich das wiedergutmachen?"

„Wiedergutmachen? Ich will Ihnen mal was sagen: Wenn etwas geschenkt wird, dann will man auch nichts dafür als Gegengabe haben! Bei uns ist das Zeug über. Wir können es nur verschenken. Jeder würde uns dumm angucken, wollte ich es verkaufen. Und ich weiß niemanden, der es so gut wie Sie nun wirklich gebrauchen kann. Und damit nun basta! Einpacken! Koffer zu! Und der Schlüssel, ja zwei stecken in der Innentasche."

Ohne weiter zu wissen, welche Schätze der Koffer außer dem oben aufliegenden Regenmantel noch bergen mochte, legte er sorgsam die Wäsche, den blauen Anzug hinein und obenauf packte er das, was er jetzt als seine Arbeitskleidung bezeichnete.

Zum Tor geleitet, aufgefordert sich wieder sehen zu lassen, hielt Kramer Arnold nochmals zurück:

„Sie sind hier ja noch fremd" Den Anzug müssen Sie sich etwas richten lassen. Da gehen Sie mal zu meinem Schneider. Hier ist die Anschrift und sagen Sie ihm, Sie kämen von mir. Das weitere bespreche ich schon mit ihm, Gehen Sie gleich morgen früh hin."

So verabschiedeten Sie sich und bedankten sich gegenseitig. Arnold ging dem Bahnhof zu, wie er heute Mittag gekommen und war so froh, als ginge es in ein neues, besseres Leben.

* * *

„Na, Du alter Armleuchter! Haste dem stinkfaulen Pfannkuchengesichte auch fein die Kohlen in'n Keller getragen? Und hast ooh nich vajessen die Kellertreppe fein abzufejen? Ei, was bist Du für ein feines Aas geworden! Da verkehrste wohl nich mehr mit uns Proletens, wa?"

Arnold war ob dieser und anderer Anreden zuerst richtig verwirrt. Dann aber fing er sich wieder schnell in diesem ‚Bunkerverkehrston'. Wer sich richtig wusch und sich etwas mit Sorgfalt die Nägel saubermachte, wurde genauso angepöbelt, wie jeder von außen, der ein sauberes Hemd anhatte.

Nun, von übermorgen ab war das alles vorbei und dann hatte er ja wieder ein anderes Dach über dem Kopfe. Vater Tobias freute sich über den kurzen Bericht. „Hab's Ihnen ja gleich gesagt. Würden's nicht bereuen."

An einem freien Tisch des Aufenthaltsraumes packte Arnold nun seine ganzen Habseligkeiten um. Der Rucksack mit Decken und so weiter konnte und musste ungefähr so bleiben. Aber das Bündel musste nun verschwinden. Das Meiste konnte in seinem Koffer untergebracht werden.

Unter neidischen Blicken und immer wieder unter hämischen Bemerkungen packte er um, sich möglichst so stellend, dass von dem Nebentische aus nicht alles eingesehen werden konnte. Nun war doch nicht alles im Koffer und im Rucksack unterzubringen. Die Segeltuchtasche mit seinen Lebensmitteln, Besteck und Dosen, auch dem Waschzeug, musste er als drittes Gepäckteil behalten. Der neue Regenmantel wollte trotz aller Verpackungskünstle nicht mehr in den Koffer hineinpassen. Er hängte ihn über die Stuhllehne, sodass ein Stück auf dem Boden lag.

Zwei Vagabundentypen gaben hier den Ton gegen ihn an. Hier war er jetzt ausgestoßen. Hier hatte er nur noch offene Feindseligkeiten zu erwarten. Hier galt nur, wer sich mit Erfolg vor jeder Arbeit drückte, trotzdem gut lebte, indem er als Landplage alle Wohlfahrtseinrichtungen bis zur äußersten Möglichkeit ausnutzte. Wie diese beiden Lehrmeister der Drückebergerei sich vor jeder geregelten Tätigkeit drückten, so traf man sie auf jeder Verpflegungsstelle, in jedem Bunker. Überall gaben sie ihre Erfahrungen weiter, was man sagen musste, woher man käme, wie schlecht es einem bisher gegangen wäre, wie schlecht doch die meisten Menschen wären. Er käme immer erst seit vorgestern aus der Gefangenschaft, Papiere sind immer in der vorigen Nacht im dunklen Zug gestohlen, auch die Lebensmittelkarten. ‚Hätte ja ooch nur for drei Tage jekricht'.

Arnold verschloss den Koffer, legte den Rucksack obendrauf. Hier war es nicht mehr geheuer. Schnell wollte er mal zum Vater Tobias, dort fragen, ob er seine Sachen bei ihm sicher abstellen könne. Das wurde ebenso schnell bejaht. Nichts Gutes ahnend eilte er zurück. Seine Sachen lagen wie unberührt – nur war da noch eine schnelle Bewegung gewesen und die Unterhaltung stockte als er so schnell wieder erschien. Arnold musterte den Tisch. Doch da war nichts Auffälliges. So nahm er seinen Rucksack mit einem Gurt über die Schulter, den Mantel vom Stuhl über den Arm. Platsch. Da fiel etwas vor seine Füße. Ein dunkelbraunes, schmierig glänzendes Etwas in Bieruntersatzgröße. War wohl ‚zufällig' auf den am Boden liegenden Saum des Regenmantels und genauso ‚zufällig' hatte auch noch jemand darauf getreten, dass der Mantel nun einen großen Sirupflecken trug. Wortlos nahm Arnold, von einigen anderen lauernd und schadenfroh beobachtet die Tasche und den auf den Stuhl liegenden Koffer auf. Prüfend, ob er nichts vergessen, bemerkt er eine mit Sirup verschmierte, zusammenge-knüllte Zeitung, die wahrscheinlich eben erst unter seinen Koffer gesteckt worden war und schon hatte er den ganzen Schmier von der Unterfläche des Koffers in Kniehöhe an seinem eben erst bekommenen Knickerbocker gewischt. Er stellte ab, besah unter schadenfrohem Grinsen vom Nebentisch her den Schmier an seiner Hose.

„Tja, so'ne feine Leute brauchen eejentlich ‚nen Diener, der se det Jepäck nachträjt, denn beschmier'n se sich ooch nich on ‚nen Hacken bis zum Nacken."

Na dann herzlichen Glückwunsch!"

Vater Tobias war durch und durch ein Menschenkenner. Er erfasste sofort, was hier gespielt wurde und wusste auch, wer die Triebkräfte waren. Arnold wies er in einen Raum mit nur zwei Betten ein. Da konnte er sein Gepäck mit sich nehmen und bei sich haben. Ja, er konnte sogar abschließen und fortgehen, wenn er es gewollt hätte.

So kam der Sonntagmorgen. Arnold war schon früh auf den Beinen. Vor allem wollte er heute hier aus dem Bunker heraus. Zu dem Schneider von Herrn Kramer sollte er heute Morgen schon gehen und dann wollte er in die Umgegend. Wollte irgendwo sonntäglich, nicht hier in der Feldküche, essen. Und warum sollte er nicht, wie Frau Westhoff gestern scherzend gemeint hatte, zum Schützenfest in das Nachbardorf Issel gehen und sich dort die hübschen Isseler Mädchen ansehen.

Den Schneider traf er auf seinem Hof an, als er gerade aus seinem Ziegenstall kam. Hinrich Kramer hatte ihn gestern Abend noch gesprochen und ihm Arnolds Kommen angezeigt. Die Hose kürzen, das wäre eine Kleinigkeit von einer guten halben Stunde Arbeit. Aber beim Anprobieren des Rockes, da schüttelte er immer wieder den Kopf. Eigentlich passe das ja alles, es sähe nur so aus, als gehöre der Rock seinem größeren Bruder. Aber wenn man sich die Arbeit machen wolle, dann könne man den Anzug so hinbekommen, als wäre es ein Maßanzug für Arnold.

„Was würde das denn kosten?"

„Das ist ja nur eine Sache für Herrn Kramer."

„Nein, hier bezahlt Herr Kramer nichts mehr, nicht das Verkürzen der Hose und das der Ärmel, das bezahle ich selbst. Er fragt sich nur, ob ich die Änderung des Jacketts schon sofort bezahlen kann. Also, nun sagen Sie mir doch einmal, was das so ungefähr kosten würde, wenn Sie es mir machen?"

„Nun will ich Ihnen mal was sagen, junger Mann. Der Kramer hat mir von Ihnen erzählt. Und wenn ich Ihnen jetzt hier etwas ändere, das kostet den Kramer nichts und das kostet auch Sie keinen Pfennig. Uns geht's dreckig schlecht gegen früher. Aber wir haben das Dach über dem Kopf und alles sonst und vor allem unsere Arbeit behalten. Wenn ich auch meine große Familie nur durch meiner Hände Arbeit ernähren muss. Sie aber, Sie haben mehr verloren als ich. Kommen Sie mal so nächsten Mittwoch, Donnerstag, da probieren wir noch einmal und für nächsten Sonntag können Sie auch den Rock bekommen."

Arnold ging wie betäubt. Jeder einzelne hatte nach dem verlorenem Kriege Schwierigkeiten über Schwierigkeiten. Nach all dem Schrecklichen, der ganzen Kette menschlicher Gemeinheiten bis gestern Abend. Wie waren denn nun die Menschen? Waren Sie gut und hilfsbereit, so wie Frau Westhoff, wie Kramer, wie dieser Schneider und wie Vater Tobias? Oder waren es die männlichen und weiblichen Vagabunden der Landstraße, der Bunker, der großen Bahnhöfe, des Schwarzmarktes, die für das heutige Leben und für das Leben können den Ausschlag geben? Auch so ein Kohlenhändler war dieser Gruppe nahe verwandt!

2. Schützenfest in Issel – 1. Teil

Einsteigen zum Zunftfest in Issel!"

Arnold[7] war langsam schlendernd an eine breite Straßenkreuzung gekommen. Ein ‚Junger-Leute-Betrieb', wenn auch nicht wie Halbwüchsige durcheinanderjagend und schreiend – aber laut in bewegten Gruppen. Man könnte vermeinen, es handele sich um das Treffen eines Fußballklubs. Dann stand da ein großer Wagen mit zwei aufgeputzten Pferden davor. Der Wagen hatte in der Längsrichtung zwei einander gegenüberliegende, gepolsterte Sitzreihen, zu denen man von hinten einsteigen musste. Dies Gefährt für Gesellschaftsfahrten hatte als Regenschutz noch ein Dach und Segeltuchgardinen, die bei schlechtem Wetter ringsum zugezogen werden konnten. Von diesem Wagen wurde nun immer wieder gerufen: „Einsteigen nach Issel! Fünfzig Pfennige!" Und der Wagen war schon gut besetzt.

Arnold war darum zu tun, sich im Gehen die Landschaft zu erwandern, er hatte von Frau Westhoff vom „Zunftfest - 330. Gildenfest in Issel" gehört. Hier hieß es Zunftfest. Er hatte keine Ahnung, worum es da ging, auch nicht, wo Issel liegen könne. Auf der einen Straßenecke stand ein Gasthaus, alt, behäbig, ein einstöckiges Fachwerkhaus mit breiten, dunklen Pfosten, weißen Fenstern und grünen Läden. Ans Haus gerückt ein paar frischgedeckte Tische, sodass bis zur Baumreihe, die Straße und Bürgersteig trennte, gerade noch soviel Platz verblieb, dass die Fußgänger gehen konnten. Nach etwas ‚Augenblinkeln' trat Arnold noch einen Schritt näher an die kleine Bedienerin mit dem weißen Schürzchen heran.

„Wie weit ist denn, nach diesem berühmten Issel zu laufen?"

---

[7] Thomas Arnold hatte ordentliche Kleidung von Herr Kramer bekommen. So wagte er sich als Flüchtling zum Schützenfest zu gehen

25

„Genau so weit, wenn man langsam geht." Lachen.

„Ja, also wenn ich nun dahin gehen und nicht rennen und auch nicht mit diesem Vehikel hier fahren wollte – wie weit wäre es dann?"

"So etwa eine Stunde. Aber dann gehen Sie am besten nicht die Straße, sondern den alten Postweg entlang, hier...", und dann beschrieb das freundliche Mädchen den Weg und als Arnold ging, rief sie ihm noch eine Warnung nach: „Vorsicht bei den hübschen Mädchen, die Burschen in Issel sind furchtbar eifersüchtig!" „Will mich danach richten. Aber nur, wenn es sich auch nicht lohnt."

Es dauerte nicht lange und Arnold kam aus der Ortschaft heraus. Die letzten Häuser, bunt gewürfelt in ihrer Größe und ihrem Aussehen, waren mal in hellen Farben geputzt, mal in Ziegeln erbaut und gingen allmählich in kleine Besitzungen über, bis auch diese aufhörten und die Straße in die weite, flache Landschaft vorstieß, die in der Ferne durch einen blauen Höhenzug begrenzt war. Diese Landschaft war ihm neu. Trotz des Hochsommers sah man saftig grüne Viehweiden, die durch Hecken voneinander getrennt und oftmals von kleinen Bächen durchzogen waren. Von Zeit zu Zeit gingen von der Straße meist baumbestandene Wege ab, die immer auf einen abseits der Straße gelegenen Bauernhof zuführten. Diese Bauerhöfe lagen immer einzeln in der Landschaft. Mehrere hochragende Giebelhäuser von verschiedener Größe in schwarz-weißem Fachwerk lagen wie eine unangreifbare Burg, umstanden von einem eigenen Hain von Eichen. An der Zahl und Größe der Hauptgebäude und den Scheunen und an dem Abstand zum nächsten Gehöft konnte man etwa die Größe jedes dieser imponierenden Höfe ablesen. Angrenzend an jeden Hof sah man Obstgärten und eingezäunte Viehkoppeln. Arnold hatte den Eindruck, dass von diesen Bauern niemand eine Hauptstraße betreten musste, wenn er zu all seinen Äckern kommen wollte.

In der Beobachtung so vieler neuer Eindrücke tauchten ganz unerwartet vor ihm schon die ersten Häuser von Issel auf. Nach so viel Erwartung, soviel Gerede und wohl auch Reklame, wirklich so, wie es sich gehörte: Durch Ehrenbogen und buchstäblich mit ‚Ehrenjungfrauen' empfangen. Hier schien am Vormittage nicht nur das ganze Dorf auf den Beinen, sondern hier schien sich eine weite Umgebung ein Stelldichein zu geben. Es war ja auch keine Kleinigkeit: 330. Jubiläum! Das musste ja nicht nur an einem oder auch drei Tage lang, sondern das musste natürlich mehr als eine ganze Woche gefeiert werden. Und heute und jetzt war der Auftakt.

Arnold nahm sich vor so zu tun, als wäre man hier zuhause oder als sei man nicht fremder als die vielen andern, die mit Fahrrädern hierher gekommen waren.

Vor allem musste er jetzt einmal erfahren, worum es hier ging. Was war das – die Knechte, bei denen man zu den höchsten dörflichen Ehren aufsteigen konnte. Wen fragte man. Direkt oder hintenherum; einen alten Mann oder ein junges Mädel? Und im gleichen Augenblick war auch diese Frage schon beantwortet.

An Arnold kamen zwei kichernde Blondköpfe vorbei. Sie hatten sich gegenseitig untergehakt und in dieser sich gegenseitig aufmunternden und stützenden Gemeinsamkeit strahlten sie ein Selbstbewusstsein aus, das jede allein niemals zu zeigen gewagt haben würde. Arnold war sicher nicht der erste der Fremden, den sie aufs Korn genommen hatten. Mit einer schnellen Kopfbewegung der anderen etwas zuflüsternd kamen sie an dem sich rückwärts an einen Zaun anlehnenden Arnold vorbei. Was sie sich gegenseitig zugeflüstert hatten, brauchte gar nicht auf Arnold bezogen zu sein, sollte aber den Eindruck erwecken, als hätten sie ihn gemeint und Arnold hatte es nun einmal so vor: Junge, lass Dich nicht verblüffen. So meinte er, gerade noch laut genug:

„Ach auch fremd hier?" „Ja", sich kichernd halb umdrehend, „sind von ganz weit her."

„Wohl aus dem Morgenland?"

„Geraten!"

„Und dann gleich in unser schönes Dorf?"

Solche Frechheit war den beiden Mädels aber doch zu viel. Sagte der jetzt ‚unser Dorf'! War heute sicher zum ersten Male hier. Den wollten sie sich noch einmal vornehmen. Sie drehten um, schlenderten langsam, blieben stehen, blieben nochmals stehen, hatten auf einmal ein ungeheures Interesse an der Aufstellung der Schützengilde.

„Kommen so blonde Zöpfe denn aus Vorderasien oder aus Hinterindien?"

„Nee, die werden gleich hinter Detmold aus'm Teich gezogen."

„... und auf Bestellung geliefert?"

„Und Sie sind nicht bei ‚Ihrer Schützengilde' in ‚Ihrem' schönen Dorf?"

„Ach, wenn ich da mitmache, da kriegen die anderen ja alle keine Preise."

„Aufschneider! Sind wohl gestern in Bielefeld gewesen?"

„Wieso Bielefeld?"

„Zuviel Backpulver!"

„Damit kann man doch nicht schießen?!"

„Schießen Sie doch nachher mal mit'm Bogen." Die andere: „Dreimal vorbei." „Dann kommen wir mal gucken."

„Soll ein Wort sein!"

Nun wusste er immer noch nichts. Arnold wandte sich jetzt an einen Nebenstehenden. Das war scheinbar ein alteingesessener Isseler.

„Was heißt das eigentlich ‚Knechtsfest' und dann heißt es mal ‚Papageienschießen' Ich bin nämlich nicht von hier."

„Nun, dann spiele ich mal den Fremdenführer, sagte der Angeredete. „Ohne Erklärung kann man auch nicht verstehen. Die ‚Knechte', das ist nur eine Abkürzung für Landsknechte. Richtig heißt es ja auch ‚Die Gilde der Landsknechte'. Auch auf dem Plan von Issel da steht nicht Knechtewiese, sondern Landsknechtswiese. Aber nun ist es im weiten Land als Isseler Knechtefest bekannt. Und hier in Issel ist es so, dass so gut wie kein anderer Verein, kein Schützenverein oder ähnliches hochkommen kann. Das Landknechtsfest vereint alle Isseler, hoch und niedrig.

Das Ganze ist eine Erinnerung aus dem Dreißgjährigen Kriege und auch die Wettkämpfe sind aus dieser Zeit überliefert, das Hammerwerfen, Bogenschießen und so weiter. In vierzehn Tagen ist das eigentliche Volksfest, heute ist nur das ‚Papageienschießen' und das muss man auch erklärt bekommen oder es sehen."

Und so hatte Arnold jemanden gefunden, der ihn genauestens unterrichtete. Arnold hielt sich an seinen Fremdenführer, zog selbst mit dem Zuge und mit Musik durch das stattliche Dorf bis zur Festwiese, die hier einmal nach der jahrhundertealten Überlieferung mitten im Dorf lag. Die Knechtwiese war umrahmt von schönen alten Rüstern[8]. Es war die vorbildliche Spielwiese für die Jugend, für die Wettkämpfe der Turner. Sie war eingesäumt durch ein Gehölz mit eingebettetem Blumengarten, durch die Turnhalle und durch den Knechtehof mit dem Saal, der gleichzeitig der Festsaal des Ortes für alle großen und kleinen Feste der zusammengehörigen Einwohner war.

Die alten Veteranen nahmen den Einzug ab. Dann trollte sich alles. Mittagskonzert einer Blaskapelle. An einen Mittagsschlaf brauchte heute in weiter Umgebung niemand zu denken. Die weitere Untermalung kam vom vollbesetzen Rummelplatz her, zu dem der Geräteturnplatz hatte herhalten müssen. Bei Karussells, Buden und Schaukeln tönten die Orgeln und Orchestrions ihre Melodien bunt durcheinander.

Ganz Issel musste hier sein. Die meisten kannten sich. Wohin Arnold sah, immer waren es Gruppen und er fühlte sich ziemlich allein. Geld wollte er nicht übermäßig ausgeben. Gegessen hatte er das hier traditionelle Essen, Sülze mit Kartoffelsalat und einen richtigen Schlag Senf darüber.

Arnold fand seinen Fremdenführer wieder. Jetzt bekam er weitere Erklärungen, zumal die Kämpfe schon im Gange waren. Die erste Erklärung war, dass es bei den einen auf rohe Kraft und bei den anderen auf Geschicklichkeit ankäme. Jeder könne sich aussuchen, was ihm liege. Da war das Steinstoßen, wo ein ganz gewöhnlicher Ziegelklinker so weit wie möglich zu werfen war, dann das schöne alte Hammerwerfen, das Schießen mit Pfeil und Bogen und mit der uralten Armbrust der Schweizer, der Ballweitwurf eines handlichen Lederballs und zum Schluss das allbekannte Speerwerfen.

Wenn es auch so war, dass jeder unbescholtene Mann über achtzehn Jahre sich beteiligen konnte, so wurde doch ein Einsatz gefordert. Je drei Probewürfe, drei Probeschüsse und so weiter

---

[8]   die Rüster = die Ulme - Laubbaum

kosteten in jeder Kampfart eine Mark. Und das war ein großes Geschäft für die Gilde.

Arnold sah, dass das Stein- und Hammerwerfen, das auf kleinen Plätzen vor dem Feuerturm ausgetragen wurde, für ihn nicht in Frage kam, ebenso das Speerwerfen. Beim Ballweitwurf hätte es ihn schon gereizt – doch sollte er eine Mark, eine ganze Mark dafür ausgeben? Nein.

Doch dann sah er im Mittelpunkt der Wiese den gelben Strohvogel, den Papagei, stehen. Nun hätte er gerne seinen Großvater bei sich gehabt. Der hatte ihm vor vielen Jahren einmal vor der Leipziger Messe einen eschernen Bogen und Pfeile mitgebracht und der Alte und der Junge hatten hunderte und hunderte Mal sich mit dem Bogenschießen vergnügt. Hier wollte er einmal eine Mark aufs Spiel setzen. Er bezahlte, bekam eine Blechmarke. Die ihm zuerst gereichten Bogen entsprachen ihm nicht, doch fand er einen, der seinem eigenen weitgehend ähnelte. Mit mehreren Bogen wurde gleichzeitig geschossen und nur ganz selten ein Treffer erzielt. Das hieß dann immer ausscheiden oder neu bezahlen. Jeder Treffer aber hieß: Drei Freischüsse und Anwartschaft auf das Stechen. Arnold schoss und traf den linken Flügel. Und er schoss und traf den linken Flügel nochmals. Und er schoss und traf den Körper.

„Drei Marken" rief der Rottmeister! „Für dreimal drei Frei-schüsse!" Und zu Arnold gewendet fragte er nicht gerade laut „Schießen Sie etwa so weiter?"

„Wohl möglich."

„Mensch, dann kommen Sie doch später, sonst verderben Sie ja das ganze Geschäft. Richtig getroffen werden, darf erst heute Nach-mittag. Sonst versucht's ja keiner mehr. Jeder denkt doch, er will sein Glück versuchen."

„Schön, ich habe nur Spaß am Bogenschießen, nicht an den Preisen. Wann soll ich denn wiederkommen?"

„Nicht vor fünf."

Die Zeit ging langsam herum. Halb unbewusst suchte er auch ständig die beiden Blondköpfe. Auf dem Rummelplatz stand er lange. Nicht des Rummels wegen, der gehörte zwar dazu. Er stand da als Techniker. Er studierte die Konstruktionen der verschiedenen Karussells, der einfachsten Ketten und der mit voller Fahrt auf richtigen Gummireifen auf der Berg- und Talbahn. Das ließ er sich sogar zweimal zehn Pfennige kosten. Überall suchte er das Geheimnis, die Tricks oder die Konstruktion zu verstehen, um beim ‚Verhexten Zimmer‘, das sich mit Bildern an der Wand, mit Kronleuchtern und aufgestellten Glasschlüsseln rund um die Besuche drehte, aus lauter Jux laut zu schreien, als ob er sich fürchtete.

So kam er bei seinem Bummel nochmals an den Stand der Armbrustschützen, die in einer abgesperrten Baumallee in Richtung auf die Stirnwand der Turnhalle wirkten. Und da reizte es ihn, eine Mark zu verlieren. Aber wie man mit einer Armbrust schösse, das wollte er auch noch wissen. Zwei Stände waren nebeneinander aufgebaut und der Betrieb war flau. Die Armbrust war nicht beliebt. Arnold sah sie sich an, ließ sie sich erklären, sah die Konstruktion, wie die Sehne durch langsamen Druck des Zeigefingers freigegeben nach vorne schnellte. Damit musste man doch noch besser als mit dem Bogen schießen können. Die Mark war bezahlt. Er schoss und sein Stahlposten mit dem roten Kopf saß zwar noch auf der die Turnhalle schützenden Holzplanke – aber hart unter der genauen Scheibenmitte. Das war ein Fehlschuss und trotzdem gar nicht schlecht gezielt. Der nächste Schuss brachte ihm acht Ringe und der dritte Schuss saß im Schwarzen. Aber zwanzig Punkte reichten nicht aus, um drei Freischüsse zu bekommen. Sollte er wie die meisten anderen auch nach diesem ersten Versuch ausscheiden? Ja. Und schon im Weggehen drehte er sich um, zahlte die nächste Mark, um sie zu verlieren.

Schuss! Elf hoch links.

Schuss! Elf hinter.

Schuss! Zwölf.

Vierunddreißig Ringe. Drei Freischüsse.“

Und auch dieser Rottenmeister fragte ihn fast mit den gleichen Worten, wie er schon beim Bogenschießen gefragt worden war, „Schießen Sie etwa so weiter?“

„Das sind die ersten sechs Schüsse mit der Armbrust in meinem ganzen Leben. Warum soll ich nicht weiterschiessen?"

„Aber dann kommen Sie doch später. Die hohen Ringzahlen dürfen erst heute Nachmittag geschossen werden. Sonst schießt ja niemand mehr."

„Und wann soll ich wiederkommen?"

„So zwischen fünf und sechs."

Kaffee musste er mal trinken, Kuchen wollte er essen. Als sich nach einem freien Stuhl umsah und sich nach der üblichen Frage an die anderen Gäste des Tisches hinsetzte, da sah er geradewegs, als hätte er seinen Platz ausdrücklich so ausgewählt, in wenigen Metern dem einen Blondkopf ins Gesicht. Sie saß am Tische der Familie und mit wer weiß wem aus der Verwandtschaft zusammen, aber ohne die aufputschende Freundin. Das erste Ergebnis des gegenseitigen Erkennens war ein hochroter Kopf. Und die Frage an jenem Tische hatte eben sicher gelautet ‚Was ist Dir, ist Dir nicht gut?' Arnold sah nur das Kopfschütteln, dass ‚Nein, nichts'. Aber sie vermied es von jetzt ab, zu ihm herüberzusehen.

Genaugenommen war es ihm langweilig. Am Gespräch seines Tisches hatte er sich etwas beteiligt. Doch waren da keine gleichen Saiten angesprungen. So schlenderte er bald wieder über die verschiedenen Plätze, blieb bei der Musik stehen und schließlich war es auch fünf Uhr vorüber. Am späten Nachmittag wurde das Treiben immer größer und an den Plätzen der Wettkämpfe war ein Gedränge, dass man kaum herankommen konnte.

Wohin sollte er nun zuerst gehen, zum Bogenschießen oder zu den Armbrustern? Aber bei den letzteren war ein solches Gedränge, dass er nicht ohne Schwierigkeit herankommen konnte. Von allem auch an den Scheiben. Das heißt, rechts und links neben den letzten Bäumen vor der Turnhalle drängten sich ganze Knäuel von Menschen, weil man dort die Einschüsse der verschiedenfarbigen Posten auf wenige Meter beobachten konnte.

So ging er erst zu den Bogenschützen, die ihren Stand vor dem Turnhalleneingang auf der Breitseite hatten. Der Rott- und Schießmeister erkannte ihn gleich, als er ihm die drei Blechmarken mit aufeinanderfolgenden Nummern übergab und die ihn zu dreimal drei Freischüssen mit dem Bogen berechtigten.

„Ach so, der Meisterschütze von heute Mittag."

Thomas Arnold suchte sich seinen Bogen aus. Die Kampflage war so, dass noch niemand drei aufeinanderfolgende Schüsse im Körper oder im Kopf des gelben Strohvogels hatte landen können. Der beste Schütze hatte bisher je einen Pfeil einmal am äußersten Flügelrand, den anderen zwischen Flügel und Körper und einen dritten im Körper gelandet. Aber es standen noch einige Schützen aus.

Die drei besten aufeinanderfolgenden Schüsse wurden gewertet. Vor aller Augen war hier keine Täuschung möglich. Arnold bekam die roten Pfeile. Er schoss und traf wieder den linken Flügelrand. Er ärgerte sich und hielt drum weit nach rechts und traf gerade noch den rechten Flügelrand. Es sah so aus, als sei es reines Glück, dass er überhaupt träfe. Doch der nächste Schuss landete, wenn auch etwas tief, im Körper am Übergang zum breiten Schwanz.

Alle Pfeile wurden nun entfernt und Arnold wählte seine Pfeile aus, wobei zwei beschädigte durch gelbe ersetzt wurden. Er schoss und traf den linken Flügel fast am Körper und er schoss und traf den rechten Flügel fast am Körper und er schoss den dritten Pfeil dem Strohvogel mitten durch die Brust! Damit lag er auf dem ersten Platz. Doch er hatte noch drei Schüsse und war jetzt in der Übung. Er schoss und traf den Körper. Und er schoss und traf den Körper nochmals! Und es war ganz still geworden, denn da musste man ja jede Bewegung gesehen haben und alles ging so schnell und selbstverständlich und der letzte Pfeil flog durch die Luft und saß im Kopf des Papageis!

Da hub ein ‚Bravo, bravo' an und ein paar Leute fassten den verdutzten Arnold und hoben ihn hoch und der wehrte sich und sagte: ‚Da wären noch andere, die schössen noch besser und das Vogelschießen wäre ja noch gar nicht aus'. Und sie ließen ihn. Als jetzt weiter geschossen wurde, nahm jeder an, dieser Meisterschütze würde sich ansehen, was seine Rivalen könnten. Doch der verschwand unversehens und der Rottmeister in der roten Pluderhose und dem Landsknechtshut suchte ihn und rief: „He, wo ist er nur? Und wie heißt er denn? Aber der Gesuchte war unauffindbar.

Bei den Armbrustern schob er sich jetzt durch. Wurde kaum beachtet. Zeigte seine Marke vor, die ihn auch hier zu Freischüssen berechtigten. Als er nun die Tafel sah, die zwei Nummern mit dreißig Ringen, eine Nummer mit einunddreißig Ringen, zwei Nummern mit dreiunddreißig Ringen und zwei mit vierunddreißig Ringen anzeigte, da wurde ihm klar, dass er mit seinen vierunddreißig Ringen von heute Mittag mit an bester Stelle lag. Der Rottmeister sagte an: „Herr Arnold hat heute Nachmittag geschossen: Elf, elf, Zwölf. Hat Freischuss und hat auf meine Veranlassung nicht weiter geschossen." Jetzt wurde es im engsten Umkreis still. Auch am Nebenstand wurde nicht geschossen. Arnold sah alle Augen auf sich gerichtet und dachte erst: ‚Hätte ich doch bloß meine Mark behalten!' und dann dachte er: ‚Von den allen hier hat Dich bis heute Mittag niemand gesehen und wenn Du jetzt nebenher schießt, dann verschwindest Du in wenigen Minuten wieder in der Versenkung. Und wenn Du nun eine hohe Ringzahl schießt, was dann?'

„Wollen Sie Ihre ersten Schüsse wiederholen?"

„Eigentlich müsste ich erst noch mal Probe schießen. Denn ich hab's mit der Armbrust heute zum ersten Male versucht."

Die beiden anderen Rottmeister stimmten zu: „Drei Probeschüsse." Arnold zu sich selbst: ‚Ruhe, nochmals Ruhe, tief Luft holen. So!'

Schuss! Zehn tief rechts.

Schuss! Zehn tief.

Schuss! Zwölf!

„Zweiunddreißig Ringe. Heute Mittag waren es vierunddreißig."

„Wenn's erlaubt ist, möchte ich erst jetzt die richtigen Schüsse tun."

„Genehmigt."

Hier im Schießstand war es ganz still geworden. Nur von ferne klang die Musik vom Rummelsplatz. Mehrere Honorationen und Veteranen der Gilde waren innerhalb der Absperrung. ‚Wer ist das?' ‚Wie heißt der?' ‚Arnold soll er heißen.' ‚Arnold? Nie gehört.' ‚Woher?' – Achselzucken.

Draußen drängte man sich, da man glaubte, das Schießen wäre gerade aus und gleich würde der Meister ausgerufen. Da hörte man wieder das ssst der schwirrenden Sehne und den Aufschlag auf das Holz der Scheibe.

Arnold stand in all seiner Schmächtigkeit da. Er war völlig ruhig und ganz sicher. Denn jetzt glaubte er, die Armbrust richtig handhaben zu können, umso mehr als mit einer Abtrift durch den Wind hier nicht gerechnet werden musste. Eigentlich tat er das alles aus lauter Spaß. Der Wettbewerb war wohl ein besonderer Rahmen, aber wenn man zu Dritt oder zu viert gewesen wäre, dann wäre es für Arnold auch genug gewesen. Nun aber stand er hier, aller Augen auf sich fühlend und bestätigte sich selber nochmals. Zu seinem alleinigen Vergnügen! Und schoss wie selbstverständlich eine Zwölf und nochmals eine Zwölf und – wie lange doch das Spannen der Armbrust dauerte – nochmals ssst und der letzte der roten Bolzen saß auf dem schwarzen Mittelteil der Scheibe!

Jetzt aber die Ruhe vorbei! Und als der Rottmeister fragte: „Wer hat noch Schußberechtigung?", da ging das schon in dem Tumult unter, der jetzt anhub. Es war achtzehn Uhr. Ein Tusch wurde geblasen, gepaukt und getrommelt, dass nun die Zeit der Wettkämpfe vorbei sei und die Ehrungen folgen würden. Der Rottmeister der Armbruster schrie noch „Meister der Armbruster mit sechsunddreißig Ringen... Herr... Arnold aus… Steinbeck!" und der befand sich schon wie auf einem Kamelrücken schwankend auf den Schultern von zwei Landsknechten, die ihn durch die bewegte Menschenmasse zur Tribünentreppe trugen.

Der Vogt der Landsknechte in überladener Tracht, innerlich über diese Stoffmassen fluchend, unter denen er mehr als die anderen schwitzen musste, wollte zu seinen Meistern und Knechten und zum Volk der Isseler sprechen.

Da gab es einen neuen Tusch! Was sollte denn das? Und nun kam die Überraschung des Tages: „Der Meister der Bogenschützen ist nicht auffindbar! Er soll sich melden! Sofort!", rief der Herold mit seinem Stabe mehrmals aufstoßend.

„Ja, hier.", kam es da von der obersten Treppenstufe der Tribüne in die Stille hinein und der Rottmeister der Bogenschützen bahnte sich seinen Weg auf Arnold zu, seinen Namen und Wohnort erfragend. Und der Vogt der Knechte entdeckte sie gleich, die Überraschung des Tages: Der Doppelmeister.

Als Arnold auf den weiten Platz unter sich sah, da fragte er sich: ‚Wo kommen bloß auf einmal diese ganzen Menschen her?' Denn der ganze Platz vor der Breitseite des Saales, dem die Tribüne vorgebaut war, war im Nu schwarz von Menschen. Der Vogt der Knechte sprach zu diesem Volk!

Bei Benennung seines Namens in Verbindung mit dem doppelten Meistertitel wurde Arnold hochgehoben und allen sichtbar auf einen Stuhl gestellt. Nun war sein Name hier bekannt. Jeder, der ihn noch nie gesehen hatte, würde ihn jetzt mit seinem Namen anreden. Aber – und darüber lächelte er innerlich – nur noch heute Abend, dann würde er wieder als unbekannt untertauchen.

Doch ihm ging es so wie schon manchem, der irgendwo zu Gaste war: Er hatte die Rechnung ohne den Wirt gemacht. Der Wirt war hier die Gilde der Isseler Landsknechte. Arnold erfuhr vor allem Volk, dass er für dies 330. Fest der Isseler Landsknechte zum ersten Ehrenmeister ernannt sei und sich für dieses Fest und die Feste des Jahres als Gast der Gilde zu betrachten habe.

Unten auf der Treppe in der ersten Reihe des ‚Volkes der Isseler' da standen die beiden Blondköpfe von heute früh und winkten zu ihm herauf und freuten sich ohne jede Hemmung.

Arnold stand immer noch auf dem wackeligen Gartenstuhl. Es hätte nur noch gefehlt, dass er von Jupiterlampen angestrahlt worden wäre. Nun war er für heute nicht mehr Herr seiner Entschlüsse. Jetzt folgte die große Sitzung der Gilde auf dem Podium des Saales. Mit Musik hielt die alte Garde der Landsknechte ihren Einzug. Im Saale waren die Tische von den Platzhaltern der Familien besetzt und schnell füllte sich der ganze Raum.

Arnold saß rechts, nein, er thronte buchstäblich auf einem überdimensionierten Prunkstuhl neben dem Vogt der Landsknechte, einem hochaufgeschossenen schlanken Mann in den besten Jahren und mit einem pfiffigen Gesicht. Seines bürgerlichen Zeichens war er Brennereibesitzer. Auf den Tischen aber standen Weingläser und damit fing erst das eigentliche Fest an.

Arnold wurde schon in Gedanken blau und grün vor Augen, wie er das durchstehen sollte. Ausschließen konnte er sich nicht. Durst hatte er bei der Hitze auch. Aber seit wann hatte er keinen Alkohol mehr genossen und im Magen hatte er auch nichts. Nach allen Seiten lächelnd, sich nach überall für die treuherzigen Glückwünsche bedankend, trank er nur spärlich.

Der Vogt der Landsknechte aber war ein Schalk. Er hätte den jüngsten Ehrenmeister der Landsknechte gern tüchtig eingeseift. Immer wieder trank er ihm zu, ermunterte andere, es auch zu tun. Aber bald merkte er, dass Arnold sich nicht ins Bockshorn jagen ließ.

„Helfen Sie mir, ehrwürdiger Vogt der Landsknechte von Issel", sagte Arnold, „Erstens kann ich überhaupt nicht viel vertragen und zweitens trete ich morgen früh um sieben Uhr eine neue Stelle an. Mehr brauche ich Ihnen wohl nicht zu sagen."

Nach wenigen Fragen und Antworten wusste der Vogt um die bürgerlichen Verhältnisse des jungen Mannes. Bald kamen für den ganzen Tisch handfeste Speisen, die als Magenpolster für ein richtiges Gelage dienen konnten. Und Arnold fand bald mehr Wasser als Wein in seinem Glas.

Die Saalmitte wurde als Tanzfläche geräumt, und für Arnold bestand kein Zweifel, wer seine erste Tänzerin wohl sein würde.

Beim Tanz wollte sie aber mit der Sprache nicht heraus, wie sie hieße. Wie er sie wieder zu ihrem Tisch führte, meinte sie, dass das mit dem Backpulver heute Mittag, das hätte sie nicht bös gemeint, aber er hätte ja so aufgeschnitten, als sei er und nicht sie hier in Issel zu Hause.

„Vorname wenigstens?"

„Nein. Nächsten Sonntag. Vielleicht!"

Abschied mit Verbeugung, Verbeugung zum Tisch und alle Blicke von den Tischen rundum auf sich vereinigt, ging Arnold wieder zum Gildentisch auf dem Podium zurück. Hier saß jetzt neben seinem Gönner ein Mann mit breiter, grüner Weste, dem man den Handwerksmeister schon von Ferne ansah.

„Da höre ich grad Sie sind von meinem Fach, Herr Arnold? Ich bin der Klempnermeister Köttermann hier in Issel":

„Das freut mich Sie kennen zu lernen. Ich bin aber nur ein ganz kleiner Geselle."

„War ich auch mal. Kommt drauf an, was man kann. Beim Kollegen Buscher sind sie? Und gefällt es Ihnen da?"

„Weiß ich noch nicht, fange morgen erst an."

„Ach so, würde mich sonst interessieren. Und wo haben Sie gelernt?"

„Bei einem Meister in Hirschberg. Aber das Meiste vorher und nachher bei meinem Vater und Großvater."

„Und wo?"

„Auch in Hirschberg."

„Und..."

„Ja, und ‚und' ist nicht mehr."

„Und der Vater?"

„Vermisst in Russland."

„Ja und, da gehen Sie jetzt als Geselle?"

„Natürlich. Und es gibt auch nichts, was ich nicht kann. Ich komme schon durch."

„Wenn ich Sie mir so ansehe, dann glaube ich das. Na, denn Prost, junger Bogenmeister, prost Vogt Klüterhoff."

Im Saale wurde getanzt, mitten hinein ein Tusch! ‚Ein Tanz für die Gildenmitglieder!' Da leerte sich die Fläche. Ein Walzer klang auf und statt hundert Paaren zuvor drehten sich vielleicht zwanzig im Kreise, der Jugend zeigend, wie man zum Ton der großen Tuba immer den großen Sprung-Walzer tanzt.

Tusch: ‚Ein Solo für die neuen Ehrenmeister!' Da half nun nichts. Arnold und die fünf Anderen kamen zögernd vom Podium, suchten unter den Blicken aller ihre Damen und bei allen schien die Wahl schon voraus bestimmt.

Drei Paare zogen zu leiser Musik ihre Bahn. An den Tischen: ‚Woher kennt er sie denn?' ‚Hat eben schon mit ihr getanzt.' ‚War aber noch nicht an ihrem Tisch!', ‚Der Alte hat eben oben grade

mit ihm die ganze Zeit gesprochen.', ‚Ist aber doch ein Wildfremder.', ‚Und das lassen sich die Burschen hier einfach wegfangen?'.
Tusch: ‚Solo für den Preisschützen und Doppelmeister!'

Jetzt glitten der Blondkopf Namenlos und Arnold, dessen Name
nun jeder wusste, wortlos durch den Saal, träumend dem Tanz
hingegeben. Nur nicht aufsehen, wo jeder nach ihnen sah.
Hoffentlich ging das nie zu Ende. Oder ginge doch das Licht aus,
dass man an seinen Tisch verschwinden könnte. Doch keine gute
Fee verwirklichte diese Traumwünsche. Die letzten Takte kamen,
Sie standen still. Seine ihr dankende Bewegung fiel förmlicher aus
als er wollte. Nun hätte man jedes kleine Geräusch gehört, so still
war es einen Augenblick im Saal gewesen. Dann aber übertönte das
Klatschen fast den neuen Tusch. Von jetzt ab beherrschte die
Jugend das Feld der Tanzfläche. Die Gilde verzog sich zu Gruppen,
mit und ohne Frauen, und labte sich am guten Trunk.

„Sag mal, blonde Namenlose, magst Du mir nicht sagen wie Du
heißt?"

„Sie haben ja grad mit meinem Vater zusammengesessen."

„Wer ist denn Ihr Vater?"

„Na, einer da oben." Mit dem Kopf zum Podium deutend.

„Die soll ich wohl auf einmal alle auseinander kennen. Also, nun
mal heraus mit der Sprache."

„Nächsten Sonntag. Vielleicht."

„Und wenn ich nicht wiederkomme?"

„Dann fehlte ja der erste Ehrenmeister."

„Und sonst nichts?"

Sie waren an ihrem Tische angelangt und als Arnold sich gerade
mit einer allgemeinen Verbeugung empfehlen wollte, hatte der
Blondkopf seine Courage wiedergewonnen und sagte wie selbstverständlich, mit leichter Geste der Hand auf ihr älteres Ebenbild
weisend:

„Das ist meine Mutter, das sind Frau und Herr Schäfer, Bruder
meiner Mutter und meine Base."

„Wollen Sie nicht bei uns etwas Platz nehmen?"

„Ich fürchte unhöflich zu sein, wenn ich nein sagen würde. Drum
sei's auf einen Augenblick.

Nach alltäglichen Fragen und ob er schon früher viel geschossen habe und dergleichen, verzog er sich bald wieder an die Seite des Vogtes, der jetzt ganz ernst mit ihm sprach. Name und Anschrift wollte er genau wissen (auch für die Zeitung). Dann würde er am Donnerstagabend hier erwartet. Da würden die Ämter für das eigentliche Fest verteilt. Er müsse auch angekleidet werden. Und mindestens um halb sieben Uhr abends sollte er vorher bei ihm zum Abendessen sein. Beide tranken noch ein Glas Wein zusammen. Arnold bedankte sich für die Einladung und, um nicht aufzufallen, verabschiedete er sich im Sitzen.

Und nun: Er konnte gehen, wie er war, er hatte weder Hut noch Mantel. Zu dem bewussten Tisch neigte er nochmals den Kopf. „Wollen Sie schon gehen, Herr Arnold?" Der aber zog es vor, den Anruf zu überhören.

Draußen stand er nun, in der hellen Dunkelheit einer warmen Sommernacht. Ohne Ortskenntnis. Nach einigen Fragen gewann er jedoch die große Straße und jetzt hätte er sogar den Fußweg über den alten Postweg, auf dem er mittags gekommen war, finden mögen.

Je weiter Issel nun hinter sich versank, kamen ihm die Gedanken. War das nun die Wirklichkeit, war's Spuk, war's Traum? Heute würde er's nicht mehr ergründen.

Schnellen Schrittes überholte er immer wieder Paare und Gruppen in froher, oft weinseliger Stimmung und war, ehe er es sich versah, schon wieder an seinem Ausgangspunkt. Wäre es früher gewesen, würde er sich bei der kleinen Bedienerin noch die Wegbeschreibung und die gutgemeinten Ratschläge bedanken. Doch in sechs Stunden war auch für ihn die Nacht herum und ein neues Leben sollte beginnen.

3. Arbeitsbeginn bei Klempnermeister Buscher

Viel früher als nötig war Arnold wach. Gestern? Gestern? Spuk oder Wirklichkeit? Nein, doch wohl die gleiche Wirklichkeit, wie der Kokshaufen am Sonnabend, wie Frau Westhoff und Herr Kramer, die neuen Anzüge und der Schneider. Aber nein, so'n Blödsinn. Er war doch kein Ehrenmeister bei den ... in ... Ja, in ... ach, Issel soll das geheißen haben. Und das Mädel, das war doch auch Natur und nicht nur ein Traum gewesen.

Nun denn, jetzt ging's wieder in das vor fünf Jahren abgebrochene berufliche Leben hinein. Es war mindestens noch fünfzehn Minuten vor sieben Uhr früh, als Arnold im Hausflur seines neuen Meisters seinen Koffer abstellte. Er klopfte an der Küchentüre.

„Guten Morgen.", sagte er mit fröhlichem Gesicht. „Ich bin der neue Geselle. Ist der Meister wohl da?"

„Ja ..., nein..., ja..., nein... ja, der kommt gleich herunter."

„Ach dann warte ich. Ich komme ja auch ein bisschen zu früh."

Die etwa dreißigjährige Frau musterte ihn, als sei sie selbst etwas missgestimmt. Arnold hatte so den Eindruck, als wehrte sie etwas von sich ab, doch war er sich nicht bewusst, dass er vielleicht hätte aufdringlich erscheinen können. Er stand nach wie vor auf dem Flur vor der nach außen aufgehenden Küchentüre. Arnold hielt die Frau nicht für die Frau des Meisters, dazu wäre sie doch wohl zu jung gewesen. Den Meister hatte er als gut sechzigjährig, ja vielleicht siebzig Jahre vom Freitag in Erinnerung. Da die Frau nichts sagte, ihn weder aufforderte hereinzukommen, noch sagte, er möge auf dem Flur warten, fragte er: „Arbeitszeug möchte ich dann anziehn. Kann ich meinen Koffer und meinen anderen Sachen nicht inzwischen auf meine Kammer bringen?"

„Kammer? Ihre Kammer?", fragte das ältliche Mädchen etwas fassungslos, „Ja sollen Sie denn auch bei uns wohnen?"

„Ja, das meinte ich."

„Hat Ihnen mein Vater denn das gesagt?"

„Nein, gesagt hat er das nicht besonders. Aber ist das nicht immer so?"

„So. Bei uns aber nicht."

„Sind die Gesellen bei Ihnen nicht im Haus?"

„Früher wohl mal. Aber..."

„Da kommt ja auch wohl der Meister selbst. Morgen, Meister. So, da wär' ich."

„Gut. Haben viel Arbeit. Kommen Sie gleich mit in die Werkstatt."

„Meister, und meine Sachen? Ich höre da gerade, es ist wohl Ihre Tochter, ich könnte und würde nicht bei Ihnen in Kost und Logis sein?"

„Das gibt's doch gar nicht."

„Sind Sie nie auf Wanderschaft gewesen?"

„Natürlich."

„Und da haben Sie nicht bei Ihren Meistern gewohnt?"

„Ja, ganz früher."

„Bei uns zu Hause wohnen die fremden Gesellen immer und auch jetzt noch im Haus. Das war ganz selbstverständlich. Und es war auch meist eine ganze Reihe. Und die wurden von meiner Mutter versorgt."

„Bei den Zeiten - heute?"

„Haben Sie denn keinen Platz, kein Kämmerchen in dem großen Haus?"

„Platz? 'Ne Kammer? Das schon, aber..."

„Ja, wo soll ich denn schlafen?"

„Wo Sie bisher geschlafen haben! Wo war denn das?"

„Im Bunker am Bahnhof. Zwei Mann übereinander und jede Nacht ein anderes Bett."

„Ja, das kann ich doch auch nicht ändern!"

„Kann ich wenigstens erst mal meine Sachen bei Ihnen abstellen? Im Bunker muss jeder immer alles, was er hat, bei sich haben, sonst ist es weg."

„... will mal mit meiner Frau sprechen... nachher."

In der Werkstatt stellte Arnold mit einem Blick fest: Das war einmal eine Werkstatt. Jetzt war es eine verwahrloste Bude. Was könnte man daraus wieder machen. Bei der Werkstattgröße hatte Buscher früher sicher ein großes Geschäft gehabt. Zwei Lehrlinge waren jetzt die Besetzung. Der Meister verteilte die Arbeit. Arnold und die Lehrjungen sollten Regenabfallrohre schneiden und löten. Mit Kreide schrieb der Meister die Schnittgrößen und Stückzahlen auf eine rostige Blechtafel. Dann nahm er alle mit auf den Hof, wo unter Dach das Zinkblech lagerte und hier auch auf der Tafelschere[9] zu schneiden war. Dann ging er langsam zum Frühstück ins Haus.

Arnold stellte den Anschlag der Maschine ein, hielt selber an und ließ die Lehrjungen abwechselnd schneiden, indem er sie gleichzeitig fragend prüfte, was sie vom Material und seinen Eigenschaften wussten. Diese Kenntnisse waren gleich Null.

„Da werde ich Euch mal erzählen wie so ein Blech überhaupt entsteht. Wie es gewalzt wird und so gewalzt wird, dass man für jeden Zweck das richtige Blech verwenden kann, immer für den Zweck ausreichend, aber niemals für etwas verschwendend."

Aber die beiden Kerle wussten ja noch nicht einmal etwas über die Aufteilung der genormten Blechtafeln, so dass es keine Verluste oder nicht verwertbare Abschnitte gab. Die Grundlage der Arbeit, die sie gerade machten.

Die Arbeit ging flott vonstatten. Gerade stellte Arnold eine andere Schnittbreite ein, als der Meister wiederkam. Er stand, ohne etwas zu sagen. Es war auch nichts zu sagen.

„... aber bei der Arbeit wird bei uns nicht so viel geredet."

„Ja, die Jungs wussten aber nichts davon, was ein Sechser-Schnitt, ein Siebener-Schnitt und so weiter war. Das habe sie jetzt aber begriffen, glaube ich."

---

[9] Tafelschere- auch Schlagschere genannt - Blech wird auf einem Tisch liegend – genau in die eingestellte Größe geschnitten

„Brauchen den Kopf auch nicht mit allem vollgestopft bekommen."

In der Werkstatt wurden die Abschnitte dann weiter abgekantet, gefalzt, gerundet und als Arnold den Eindruck hatte, dass beide Lehrjungen die Arbeiten mit allen Handgriffen soweit beherrschten, dass sie sie allein ausführen konnten, begann er, das Lötwerkzeug zurecht zu machen. Er hatte schon einige fertige Stücke neben sich stehen, als der Meister Buscher wieder nach dem Fortgang der Arbeit sah. Er stand, als beobachtete er die Arbeit der Lehrjungen, sah aber nur auf die Handgriffe seines neuen Gesellen und konnte nichts anderes feststellen als: Der kann es. Nun trat er näher. Was er sagte, zeigte gleich, dass er die Tätigkeit der Lehrlinge gar nicht beobachtet haben konnte.

„Was machen Sie denn da für eine komplizierte Löterei? Wozu denn die Falze? Das ist doch nicht nötig und das wird ja auch nicht bezahlt."

„Wie denn sonst?"

„Einfach übereinanderlegen und löten."

„Das ist doch keine richtige Handwerksarbeit."

„Genügt hier aber!"

„Gefalzt machen sie doch gar nicht soviel Mehrarbeit! Und ist soviel besser."

„Mag sein aber hier geht's nach meiner Flöte!"

Als Buscher die Werkstatt schon wieder verlassen hatte, eilte Arnold ihm nach.

„Meister, auf ein Wort. Haben Sie mit Ihrer Frau gesprochen?"

„Ja. Frau sagt, ginge nicht."

„Dann müssen wir aber nochmals miteinander sprechen."

„Wieso?"

„Dann kann der mir genannte Lohn doch nicht Ihr Ernst sein? Dabei musste ich doch annehmen, dass das Barauszahlung nach Abzug von Kost und Logis wäre."

„Da hab' ich mich ganz vertan, das ist ja der Lohn des großen Lehrjungen. Den hatte ich gerade gezahlt, als ich Sie am Freitag einstellte. Sie bekommen Tariflohn und wie schon am Freitag gesagt: Alles auf Probe, auch die Lohnhöhe."

„Ganz meinerseits. Auf Probe, auch die Lohnhöhe.", bestätigte Arnold lächelnd und kopfnickend. „Und nun aber doch: Wo kann ich hier wohnen? Wo kann ich essen?"

„Ja, wohnen? Da gehen Sie mal nach der Arbeit in das dritte Haus links auf unserer Seite zu Frau Heinze. Ich schickte Sie. Vielleicht hat die ihr Zimmer frei. Ja, und essen?", Er zuckte mit den Achseln, „das müssen Sie selbst mal sehen. Jeder hat seine Karten, da muss jeder für sich selber sorgen."

„Da kann ich nur sagen: Von Haus aus bin das ganz, ganz anders gewöhnt."

„Ja, die Flüchtlinge können einem hier gut was erzählen."

Um neun war Frühstückspause. Die Lehrlinge hatten sich ihren Kaffee im Wasserbade auf dem Lötofen warm gemacht und zogen ihre Brote heraus. Arnold hatte natürlich auch Hunger. Lief zur nächsten Bäckerei und kaufte sich ein Brot, um wenigsten vor dem Gröbsten geschützt zu sein.

In Buschers Küche ging die Unterhaltung heute früh immer nur um den neuen Gesellen.

„Als er neulich kam, da sah er ganz anders aus."

„Ja, auf der Landstraße heruntergekommen und um Arbeit bettelnd."

„Und heute Morgen zur Arbeit kommt ein feiner Herr."

„Arbeit hat er jetzt. Jetzt macht er schon Ansprüche."

„Ich wasche auch Fremden die Wäsche. So sehe ich gerade aus."

„Kann er denn arbeiten?"

„Das kann ich noch nicht sagen. Macht sich mehr Arbeit als nötig. Scheint auch 'n Besserwisser zu sein."

„Dann duck ihn nur gleich."

„Vor allem redet er mit den Jungens zu viel."

* * *

Der Feierabend kam. Arnold fand das bezeichnete Haus. Bekam das Zimmerchen, das die gute Frau gern vermietete, da sie selbst den ganzen Tag außer Haus arbeitete. Ganze Verpflegung? Nein, das ginge wirklich beim besten Willen nicht. Kaffee morgens?

Natürlich, auch welchen zum Mitnehmen. Das mache sie ja auch alles für sich selbst. Das wäre die gleiche Arbeit. Ein Mittagstisch wurde ihm empfohlen, viel zu teuer, aber was half das vorerst. Wenn Zimmer und Mittagstisch bezahlt war, war schon mehr als dreiviertel des baren Lohnes dahin. Er kochte sich abends selbst etwas. Seine Vermieterin, Frau Heinze, musste um ihren Lebensunterhalt schwer ringen. Sie war rührend hilfsbereit. Wenn es möglich war, kochte sie abends mit seinen Zutaten auch für ihn mit. Das waren dann geradezu Feierabende. Aber so ging das auf längere Dauer nicht weiter. Wenn er richtig arbeiten wollte und sollte, dann musste er auch ganz regelmäßig essen und nicht den hauptsächlichen Hunger durch trockenes Brot stillen.

Jetzt war er zwar ‚im Brote',aber es reichte nicht aus. Seit einer knappen Woche war ihm soviel um den Kopf gewirbelt, vom Koksschippen über den Ehrenmeister bis zu einer an sich schönen Berufsarbeit. Aber er fühlte sich mit seinem wirklichen Dasein in der Luft hängend.

So zermarterte er sich schon während der ersten Nacht in der neuen Behausung den Kopf: Wo war die Mutter? Die letzte Nachricht stammte aus Sorau. Das war noch jenseits der neuen Grenze. Natürlich konnte auch ihr etwas widerfahren sein, sie konnte vielleicht auch nicht mehr leben. Doch sein inneres Gefühl sagte ihm das nicht. Und wenn seine Mutter noch lebte und den Weg nach dem Westen gefunden hatte, dann würde sie leben, gleichgültig von welcher Arbeit. Und würde nach ihm fahnden, so wie er jetzt nach ihr mit aller Planmäßigkeit und allen zur Verfügung stehenden Mitteln und Einrichtungen suchte und suchen lassen musste. Er würde dann schon eine Tätigkeit finden, in der er auch für den Unterhalt der Mutter genug verdienen würde.

Wiederholt hatte Arnold schon in den ersten Tagen außerhalb der Werkstatt des Meisters Reparaturaufträge erledigt, hatte sowohl Frau Westhoff als auch Herrn Kramer getroffen.

Als er an einem Tage kurz vor Mittag mit seinem blechernen Werkzeugkasten am Rad dem Haus seines Meisters zusteuerte, sah er zwanzig bis dreißig Schritte vor sich auf dem Bürgersteig eine Mädchengestalt, die in der gleichen Richtung ging, in der er selber fuhr. Nur nach dem Gang und den Bewegungen schloss Arnold, dass das nur ‚Namenlos' aus Issel sein könne. Sicher war er sich dessen aber nicht. Im Weiterfahren überprüfte er den Eindruck mehrmals, ja und nein, um dann auf gleicher Höhe und nahe vor den herabgelassenen Schaufenstern seines Meisters sogleich festzustellen: Natürlich ist sie's und ebenso blitzschnell zu überlegen, dass er diese unverkennbar junge Dame weder hier, wo sie jeder kennen würde, auf der Hauptstraße mittags um zwölf Uhr, noch in seiner schäbigen Arbeitskleidung ansprechen und begrüßen könne. Alle Überlegungen waren aber schon zu spät. Das Erkennen war gegenseitig und als er mit einem ‚Ei, guten Tag' auf fröhlichem, nach hinten gewendeten Gesicht sie überholend weiterfahren wollte, kam sie im Gehen näher an den Rand des Bürgersteigs. Mit ihrer Linken schien sie anzudeuten, dass sie ihm die Hand gereicht haben würde, wenn er nicht so schnell vorbeigefahren wäre. Er hielt, blieb breitbeinig über seinem Rade stehen. Nahm sein Schiffchen zum Gruß ab, da streckte sie ihm auch schon die Hand entgegen.

„Dachte schon, Sie hätten mich nicht wiedererkennen wollen."

„Kenne Sie ja auch gar nicht – nur vom Anschauen."

Wie er ihr nur den kleinen Finger seiner verölten rechten Hand reichen wollte, sagte der frische Blondkopf in dem hübschen Schottenkleid: „Meinen wohl, ich dürfte nichts anfassen? Wenn die Männer bei uns arbeiten, haben sie auch schmutzige Hände. Ist nun einmal bei unserem Handwerk nicht anders." Und fasste, ja griff richtig in seine rechte Hand, sodass er den Eindruck hatte, nicht er schüttele, sondern ihm würde die Hand geschüttelt.

„Ich? Ich hab' vorerst noch gar nichts gedacht. Was weiß ich schon? Nicht mal 'nen Vornamen."

„Hätten doch mal raten können, treffen doch sonst immer ins Schwarze."

„Grete, Käthe, Monika – Lotte, Margret, Ursula?"

„Schlechter Namensschütze. Aber was nicht ist, kann noch werden. Nur nicht aufgeben!"

„Wie kommen Sie hierher?"

„Zu Fuß."

47

„Und warum?"

„Nur um Sie zu treffen!" (Es war die ganze Wahrheit, aber er hatte keinen Grund, es zu glauben.)

„Welche Ehre!"

„Ehre dem ersten Ehrenmeister."

„Von mir weiß ganz Issel und die umliegenden Dörfer den genauen Namen und ich möchte nur den Vornamen von einem einzigen Mädchen aus Issel wissen. Ist das nicht ein schlechtes Verhältnis?"

„Hab's ja schon gesagt: Nächsten Sonntag... vielleicht."

Inzwischen hatten Fabrikpfeiffen und Sirenen die Mittagspause angezeigt und der Anschlag einer schweren Glocke in der Ferne bedeutete das Gleiche. Die Menschen auf der Straße vervielfältigten sich im Nu. So gab auch Arnold sich den Anschein, als müsse er weiter, was jedoch nur geschah, damit man seine schöne und so sorgfältig gekleidete Partnerin nicht mit ihm in verschmierter Arbeitskleidung sähe. Ihr schien das jedoch völlig gleichgültig zu sein.

„Nun, dann vielleicht demnächst in Issel."

„Am Sonntag?"

„Vielleicht."

So ging die erste Woche herum. Er hatte sie sich ganz anders gedacht. Vor einer Woche lernte er Frau Westhoff, Kramer und die bürgerliche Welt in Issel kennen. Er hatte sich in einem Hafen gewähnt, als er Arbeit in seinem Beruf fand. Nun fühlte er sich trotzdem frei im Raum hängend. Bei der Lohnauszahlung sagte er betont:

„So, das war die erste Probewoche, Meister."

„Wieso?"

„Nun kommt noch eine."

Am Sonntag wollte er eigentlich nach Issel gehen. Vielleicht traf er dann ja die Prinzessin Namenlos. Und diese hatte an diesem Sonntag merkwürdig viel im Ort zu tun. Am Spätnachmittag aber gab sie es auf. Sie war dem Weinen nahe. Für so sicher hatte sie es gehalten, dass Arnold nach Issel, ja auch zu ihr kommen würde. Die Enttäuschung überwältigte sie fast.

Auch Arnold hatte den Blondkopf immer vor sich und hielt von Zeit zu Zeit neckende Zwiesprache mit ihm. Doch hauptsächlich waren seine Gedanken auf den Verbleib und das mögliche Ergehen seiner Mutter gerichtet. Im Laufe des Sonnabends gelang es ihm, die Anschriften der Suchdienste festzustellen. Er schrieb an alle. So war der Sonntag voll ausgefüllt.

Dann fing die Arbeitswoche wieder an. Kaum waren Buschers Leute in der Werkstatt, da kam ein Radfahrer, lief gleich durchs Haus in die Werkstatt. „Rohrbruch in Berkens Brotfabrik. Keller voll Wasser. Sofort mit mehreren Leuten kommen!". Der Meister sagte: „Arnold, fahren Sie mal mit dem großen Jungen hin, sehen Sie mal nach, was da los ist. Wird schon nicht so schlimm sein, wie es immer gemacht wird.". Der Junge kam nach einigen Minuten schon wieder mit der Botschaft „Leider schlimmer als angenommen.". Der Meister möchte selbst auch noch kommen. Arnold watete mit aufgekrempelten Hosen im Keller herum und glaubte die Ursache gefunden zu haben. Der Meister war ganz anderer Ansicht. Mit mehreren Leuten wurde der Keller ausgeschöpft und Arnolds Ansicht bestätigte sich, sehr zum Ärger seines Meisters, weil dem Gesellen, ohne dass ein Wort darüber verloren worden wäre, sein Können von Fremden bestätigt wurde.

Die Woche ging weiter, wie sie begonnen hatte. Täglich waren größere unvorhergesehene Arbeiten außerhalb der Werkstatt nötig. Die Arbeiten in den beiden Neubauten, die Buscher übernommen hatte, kamen kaum weiter und die kleinen Reparaturen in der Werkstatt gingen auch nicht weiter. Arnold war mit den Lehrjungen meist unterwegs. Wenn der Meister Buscher die Absicht gehabt hatte, Arnolds Können und Fähigkeiten auf den verschiedenen Gebieten zu prüfen, so hatte er das nach dieser Woche nicht mehr nötig. Und wenn er es mit Worten auch niemals zugegeben hätte und sogar seinen Frauen gegenüber nur die dürftige Feststellung traf, dass er nicht unzufrieden sei, so stellte er für sich doch fest, dass Arnold ein außergewöhnlich tüchtiger Fachmann war. Sonst hatten die Leute alle Spezialitäten. Buschers eigene waren Zeit seines Lebens die Außenblecharbeiten gewesen. Die übernahm er auch heute noch am liebsten, selbst wenn er sie nicht mehr selbst ausführte. Dieser Junge aber konnte einfach alles. Nahm Hilfsmittel zur Hand, die dem alten Meister neu waren. Und immer war er, man konnte es nicht anders sagen, fidel. Damit steckte er auch seine ganze Umgebung an und wo er arbeitete – und wären es die größten Schmutzarbeiten bei den Installationsreparaturen, da war eine allgemeine Stimmung, als wenn sie alle diese Schmutzarbeit zu ihrem reinen Privatvergnügen machten. Widerwillig wurde selbst der Meister Buscher öfters davon angesteckt. Was ihm aber bei aller Anerkennung der Tüchtigkeit Arnolds nicht passte, gar nicht passte, das war, dass seine Kunden nicht die Arbeit der Installationsfirma Buscher und Sohn lobten, sondern den ausführenden Gesellen. Gleich zweimal geschah es in derselben Woche, dass Kunden sagten, „Schicken Sie mir Ihren Herrn Arnold.". So kam der Sonnabend und die neue Lohnzahlung.

„Nun Meister, das war die zweite und letzte der Probewochen."

„Ja, können bleiben."

„Und was wollen Sie mir in Zukunft bezahlen?"

„Na, aber! Tarif! Was sonst?"

„Also Meister, ich will nicht so von heute auf morgen eine Entscheidung von Ihnen erpressen, aber ich stamme vom Fach. Ich weiß auch, was ich kann. Dieser Lohn entspricht dem jedenfalls nicht. Sprechen wir nächste Woche weiter."

„Will's überlegen. Aber glaub nicht, dass da was möglich."

Buscher blieb an seinem Schreibtisch mit dem geschwungenen Rollverschluss verdattert sitzen. Arbeit hatte er neue angenommen, als er endlich diesen Mann bekommen hatte. Er hatte geglaubt, ihn sicher zu haben. Die anderen, die in den letzten Monaten dagewesen waren, hatten ihn alle Knall auf Fall verlassen. Und - ehrlich bei sich im stillen Kämmerlein – es hatte meist nicht an den Leuten gelegen. Keiner hatte zwar entfernt gekonnt und war so selbstsicher in der Arbeit wie dieser. Dass alle wieder gegangen waren, lag an seiner Knödderigkeit, seiner Unzufriedenheit. Auch seine Frauen behandelten die Leute wie vor mehr als zwanzig Jahren wie einen ‚Arbeiter', der froh sein konnte, hier bei Buscher seinen Lohn zu finden. Als alter Mann hätte er ja genug zum Leben gehabt, aber er musste doch das Geschäft aufrecht erhalten. Es hieß ja ‚Buscher und Sohn' und wenn er auch von diesem Sohne seit dem Anfang des Rußlandfeldzuges, also schon seit vielen Jahren, nichts mehr gehört hatte. Und nach Aussagen anderer auch damit gerechnet werden konnte, dass der Sohn nicht mehr lebte. Trotzdem! Auch die Frauen hielten alles für den Sohn.

Nun war er in einer üblen Lage. Auch nach außen. Er hatte einen viel tüchtigeren Mann gefunden, als er erst geahnt hatte. Dies schmächtige Kerlchen mit der abgerissenen Kleidung hatte den Eindruck gemacht, dass es jede Stellung angenommen hätte. Und nun stellte er schon nach vierzehn Tagen Forderungen. Aber er konnte sich doch von einem Mann, den er vor einigen Wochen überhaupt noch nicht gekannt hatte, keine Vorschriften machen lassen! Aber er konnte, durfte ihn auch nicht gehen lassen. Buscher war das Haupt-Klempner- und Installationsgeschäft am Platze gewesen; alteingesessen, mit alter Kundschaft. Die anderen Klempner zählten nicht. Ließ er den Arnold jetzt gehen, dann würde man nicht nur über ihn reden, sondern der Arnold würde hier sofort eine andere Stellung finden – und das war dann die große Konkurrenz. Wie sollte er sich da herauswinden? Nun, er hatte ihm ja noch eine ganze Woche Bedenkzeit gelassen.

„Was ist denn mit Dir los? Machst ja'n Gesicht als sei Regenwetter. Hast Du was mit ihm gehabt?"

Die durch Arnold hereingetragene Betriebsamkeit brandete auch bis an die buscherschen Frauen heran. Sie stemmten sich dagegen. Aber trotz aller Ablehnung, die jeder andere als offene Feindseligkeit ausgelegt hätte, der nicht Arnolds sonniges Gemüt hatte, konnten sie nichts machen, nirgendwo einhaken, sich missbilligend einschalten. Zu ihrem Ärger war er von einer Rücksichtnahme, einer Zuvorkommenheit und Hilfsbereitschaft, die sie entwaffnete. Die Werkstatt hatte schon nach acht Tagen ein ganz anderes Aussehen. Etwas, was sie nie gekannt hatten. Jeden Abend war die Werkstatt so aufgeräumt, alles Werkzeug an seinem Platze, als sei die Werkstatt den ganzen Tag nicht benutzt worden. Es war da nichts zu machen. Es ging da alles seinen ordentlichen Gang. Ja, mehr als das und da hätten sie beinahe den Grund gefunden, Arnold zu bedeuten, dass nur sie hier etwas zu bestimmen hätten und das bis in alle Kleinigkeiten.

Der Schluss in der Werkstatt bedeutete in der Familie Buscher Kaffeetrinken, gemütlich, ohne fremde Leute. Eines Nachmittages war es schon längst über sechzehn Uhr und in der Werkstatt ein solches Rumoren wie schon den ganzen Tag nicht.

„Buscher, geh mal hin!" – „Nein, geh Du." – „Ist Deine Werkstatt." – „Ich geh aber nicht.". Frau Buscher ging. Vater und Tochter lauschten zum offenen Fenster hin.

„Was ist denn hier los?"

„Wollen es uns bequemer machen."

„Ist hier vierzig Jahre lang bequem genug gewesen."

„Wollen mal ein bisschen auf die Seite räumen."

„Weiß das der Meister?"

„Ja, hab' mit ihm gesprochen, dass ich hier kein Licht auf der Hand hätte."

„Und das hätte er zugegeben?"

„Ja, er meinte ‚gelegentlich'. Nun machen wir es einmal außerhalb der Arbeitszeit."

Wortlos drehte Frau Buscher sich in der Türe um. „'Gelegentlich', hättest Du, Buscher, gesagt.". Statt des gemütlichen Nachmittagskaffees verlief diese Stunde ziemlich wortkarg. Die beiden Lehrlinge gingen nach einer knappen Stunde. Doch die Familie Buscher hörte von der Küche aus über den kleinen Hof aus der Werkstatt weiteres Rumoren, das durch Sägen, Hämmern, Klopfen abgelöst wurde. Erst als die Zeit zum Abendbrot heranrückte, kam auch Arnold über den Hof und durch den Hausflur.

Die Haustür sofort hinter ihm riegelnd und alle drei wie selbstverständlich in die Werkstatt eilend war eins. Man wollte sich entrüsten, um ihm morgen sagen zu können, dass solche Eigen-mächtigkeiten ganz und gar unerwünscht seien! Aber nun sah man nur Ordnung. Eine neue Ordnung. Man hatte gar nicht mehr gewusst, dass die Werkstatt überhaupt so groß war. Was hatte er nun eigentlich gemacht? Ja, was? Alle drei standen, gingen ein paar Schritte, standen wortlos und als sie gingen, hatten sie nur den

Eindruck: Um Gottes Willen, dass so viele Töpfe zu löten gewesen wären und neue Böden bekommen mussten, das hatte keiner von ihnen auch nur geahnt. Jetzt standen die Töpfe aufgereiht, auffindbar und nicht irgendwie und irgendwo.

„Also Buscher, lass einen Tag Töpfe löten, damit wir nicht jeden Tag so und so viele Frauen wegschicken müssen!"

Während der beiden Arbeitswochen war auch das persönliche Leben Arnolds weitergerollt. Täglich, wenn er zur Arbeit, wenn er zu seinen Mahlzeiten und wenn er zu seiner Schlafstelle ging, sagte er sich, dass er sich das eigentlich ganz anders gedacht hatte. Immer wieder stellte er sich vor, wie es wäre, wenn er zu Hause in Hirschberg fremder Geselle sein würde. Nur nicht daran denken! Jetzt musste er hier durchkommen, musste hierbleiben, wollte allen Schwierigkeiten zum Trotz am gleichen Ort bleiben, denn er musste seine Mutter finden - und ahnte nicht, wie lange es dauern würde, ehe er das erste über ihren Verbleib erfahren sollte.

4. Schützenfest in Issel – 2.Teil

Beim Schneider war er wie verabredet. Als Thomas am Mittwoch zur Anprobe kam, fragte ihn der Schneider:

„Sie heißen Arnold? Sind Sie der Teufelskerl, der da ganz Issel rebellisch gemacht hat?"

„Wieso?"

„Hat mich einer aus Issel gefragt, ob ich einen Arnold kennen würde hier in Steinbeck und hier gibt's sonst keinen mit dem Namen."

„Vielleicht ist das ja auch nur ein Vorname."

„Also, sind Sie's oder sind Sie's nicht?"

Nur mit Kopfnicken bestätigte er: Ja. „Aber nicht darüber reden. War nur Zufall. Will auch wieder von der Bildfläche verschwinden."

„Mensch! Komischer Vogel !   Feste ran!"

Als der Schneider nun erfuhr, dass Arnold morgen, Donnerstag der nächsten Woche, nach Issel eingeladen war, erst zum Abendessen beim Herrn Brennereibesitzer Klüterhoff und dann bei den Landsknechten, da sagte er ihm den blauen Anzug für den nächsten Mittwoch zu.

* * *

So kam ein ganz neuer ‚Herr Arnold' am Donnerstag nach Issel. Dieser Arnold hatte auch nicht vergessen, seine Hände in langer Mühe in einen ordentlichen Zustand zu versetzen. Es waren kleine, feste Hände mit verhältnismäßig langen Fingern, denen man die Geschicklichkeit gleich ansah. Solche Hände konnten zufassen und hämmern, konnten auch schreiben und konnten nicht zuletzt auch einen blonden Mädchennacken kraulen.

Pünktlich kam er bei Klüterhoffs an. Von einem Mädchen wurde ihm aufgemacht. Das war er von seinem Beruf bei Hausreparaturen so gewöhnt. Jetzt aber wurde er ‚empfangen'. Der Regenmantel, den er über dem Arm hatte, wurde ihm abgenommen. Hut[10]? Nein, bei dem schönen Wetter. Nein, Hut hatte er keinen. Schon seit sieben Jahren hatte er keinen mehr.

Beim Essen stellte er fest: Ein richtiger Mann hat auch eine richtige Frau. So pfiffig wie Herr Klüterhoff, so schlagfertig und quicklebendig war auch die recht rundliche Frau Klüterhoff. Und was es da zu essen gab! Nun ja, von nichts kommt nichts. Vor dem Essen hatten die beiden Männer erst einmal einen Doppelkorn verdrückt und weil man auf einem Bein nicht stehen kann, waren es zwei geworden. Diesmal waren in Arnolds Magen wenigstens zwei deftige Scheiben trockenen Brotes. Hier gab's ohne Firlefanz ein bürgerliches Essen. Für Besuch war etwas sorgfältiger, für Arnolds heutige Verhältnisse geradezu hochzeitstafelmäßig gedeckt. Aber sonst zeigte man sich, wie man war. Es wurde von allem ohne Ziererei und ohne viel Zureden gegessen. Jeder hätte an diesem Tische den Eindruck haben müssen, hier bist Du eingeladen, es ist Dir alles gegönnt, nun ziere Dich nicht und tue es wie die anderen: Iss und lass es Dir schmecken.

Auch hier musste Arnold erzählen. Aber während des Essens erzählte Frau Klüterhoff, damit der Gast zum Genuss des Essens kam. Nachher gab es aber ein Frage- und Antwortspiel und Arnold hätte manches erzählen sollen, was er nicht, noch nicht, erzählen wollte. Herr Klüterhoff drang aber schon so weit vor, zu erfahren, was Vater und Großvater für einen Betrieb gehabt hatten, wie viele Leute und so weiter. Was er aus dem ganzen Wesen und Benehmen von Arnold schon herausgefunden hatte, konnte er bei seinen ganz offenen Fragen nach Schule und Schulbildung bestätigt finden. Ja, dass er aus dem vierten Semester einer Ingenieurschule heraus Soldat geworden sei und diese Ausbildung natürlich jetzt nicht mehr werde abschließen können. Es reiche gerade zum Leben und

---

10 Man ging nie ohne Hut aus dem Haus, weder ein Mann noch eine Frau

wenn er seine Mutter gefunden habe, dann würde es vielleicht schon nicht mehr reichen.

Längst vor der angegebenen Treffzeit kamen Klüterhoff und Arnold im Gildenhause an. Vor dem Zusammentritt der Gilde war Arnold schon von Mehreren zu einem 'Klüterhoffschen' und noch einen ‚Klüterhoffschen' eingeladen und manche Pranke hatte anerkennend auf seiner Schulter gelegen.

Der erste Teil der Sitzung verlief viel geschäftlicher, als unser Gast es sich gedacht hatte. Der Teil verlief ganz ohne Alkohol: Tagesordnung, Programm des 330. Knechtefestes zu Issel, Einteilung und Verantwortlichkeit einzelner Gildenbrüder, einzuladende Gäste, offizielle Persönlichkeiten der Verwaltungen, Ernennungen von Ehrenmitgliedern, Ansprache an die Ehrenmeister und ihre Einordnung als Zugführer in die einzelnen Züge, ihre Unterweisung und Einkleidung.

Während des folgenden gemütlichen Teils wurde Arnold mit den beiden anderen Ehrenmeistern auf der Kammer eingekleidet. Es war schwer für seine Größe, besser für seine Schmächtigkeit, die passenden Ausrüstungsgegenstände zu finden. Und als die beiden anderen sich schon in ihrem Staat der tafelnden Gilde zeigten, war der Kammermeister immer noch am Suchen. Schließlich, es half nichts, musste einiges geändert werden. Als Arnold sich dann selbst auf dem Flur im Spiegel sah, in dunklem und in hellem Rot, mit Weiß und mit Silber am Hut, eine Schärpe, einen Koller und so weiter. Da hätte er am liebsten laut aufgelacht bei solcher Maskerade. ‚Ein Goldfasan ist nichts hiergegen', dachte er. Die Landknechtsbrüder fanden es ‚einfach großartig'.

Klüterhoff sorgte dafür, dass er immer wieder seinen Platz wechselte und so mit vielen Gildenmitgliedern in nähere Berührung kam. Kaum einer war da, der ihn nicht zu sich einladen wollte. Und als Klüterhoff einmal gerade hörte, sagte er laut: „Ladet den Jungen mal im Winter ein, jetzt kann er das gar nicht alles verdauen."

Da lud ihn auch gleich einer zu Weihnachten ein. „Ausgemacht?" Zwischenruf: „Will's auch die Frau Gemahlin?" – „Natürlich, abgemacht." Wir haben es alle gehört."

„Schützenbruder Arnold, Mensch, was tust Du eigentlich in dem Drecknest Steinbeck?" Kerle wie Dich können wir auch hier gebrauchen."

Den ganzen Abend hatte sich der Klempnermeister Köttermann um ihn bemüht und hatte ihn auch während des ersten Teiles der Versammlung neben sich gezogen. Auch er lud ihn ein. Sollte sich vor allem mal seine Werkstatt ansehen[11]. Hätte jetzt ein neues Lager für Röhren, Stabeisen und die verschiedenen Blechsorten gebaut. Wolle sich jetzt mehr auf den Heizungsbau verlegen. Alles was und wie der Köttermann erzählte, strotzte von Selbstsicherheit und Solidität. So kam es aber auch, dass alles, was er von sich gab, wie gönnerhaft einem Jüngeren dargestellt erschien, obwohl er das ganz und gar nicht beabsichtigte. Nach seinen breiten Erzählungen war er hier drum ganz überrascht, als Arnold für bestimmte Arbeiten nach ganz bestimmten Maschinen fragte, die neuesten Verbesserungen solcher Maschinen beschrieb und schon waren beide in einem tiefen Fachgespräch. Das zeigte, was Arnold noch so nebenbei über die Randgebiete seines Berufes wusste. Köttermann fragte, ob er nicht zu ihm kommen wolle. Er brauche da sowieso noch einen ersten Monteur, besonders für Hauswasseranlagen. Arnold wehrte aber ab: Gildenbruder und Monteur, das vertrüge sich nicht.

„Sind ja auch beim Buscher, ich will Sie ihm ja auch nicht ausspannen. Und wie gefällt es Ihnen da im Haus?"

„Hat viel Arbeit."

„Ist ja schon alt, da fehlt eben der Sohn."

„Hat sicher einmal ein ganz großes Geschäft gehabt."

---

[11] In einem Handwerksbetrieb gab es das Material auf Lager, Dachrinnen wurden aus Zinkblech selbst herstellt, die Rohre auf die Länge geschnitten, Gewinde vom Gesellen geschnitten, vorgefertigte Teile gab es kaum. Die Menge des gelagerten Materials war der Wohlstand, der „krisensicher" machte. In ländlichen Gegenden hatten die Handwerksmeister auch 1945 gut gefüllte Lager, während in den Städten Mangel an allem war . Viel Material war bei der Bombardierung der Städte zerstört worden oder von den Siegern abtransportiert worden. Demontage fand zuerst in den großen Städten statt, bis die „Sieger" in die Dörfer kamen, war alles gut versteckt, da man mit solchen Raubzügen rechnete und vorbeugen konnte.

„Könnte er auch behalten haben. Und sonst?"

„Wieso und sonst?"

„Na, ich meine so da im Haus. Gefällt es Ihnen?

„Kann nichts... kann nicht klagen. Nur warm werde ich da nicht. Kommt wohl, weil ich aus dem Osten komme.", und wieder ablenkend „aber schöne Arbeit, gute Kundschaft."

„Grüßen Sie mal alle von mir."

Wenn es nicht sein müsste, Herr Köttermann, dann wäre es mir lieber nicht. Braucht da niemand zu wissen, dass ich hier beim Schießen gut abschnitt. Und dann sehe ich die Frauen oft gar nicht."

„Wieso denn das? Wohnen da im Haus und sehen die Frauen nicht?"

„Wohnen tue ich da eben nicht."

„Was?"

* * *

Am Freitag Abend war großes Exerzieren. Arnold bekam seinen Schliff, seine Anweisungen. Alles war seit Jahrzehnten so eingefahren, das hätte auch geklappt, wenn er etwas falsch gemacht hätte. An diesem Abend, der natürlich auch mit einem kräftigen Umtrunk abgeschlossen wurde, sah er den Blondkopf unter den Zuschauern stehen. Er grüßte herüber. Doch gab es an diesem Abend keine Möglichkeit, auch nur ein Wort miteinander zu wechseln. Heute hätte sie ihm alles gesagt, jede Frage beantwortet.

Es hatte viel dazugehört, den alten Buscher zu bestimmen, Arnold für den Montag frei zu geben. Schon nach vierzehn Tagen? Wollte doch wohl nicht einfach wegbleiben? Nein, Herr Buscher konnte sich darauf verlassen, dass er am Dienstag früh wieder um sieben Uhr in der Werkstatt stehe.[12]

---

[12] Es war normal, nach dem Arbeitstag in den Nachbarort zu laufen – 5 -10 Km – und wieder zurück. In diesem Fall also am Donnerstag Abend und am Freitag Abend, Samstag bis Montag evtl. auch, wenn er nicht dort übernachten konnte

Am Sonnabend war Zapfenstreich der Schützengilde. Zapfenstreich in höchster Vollendung. In der Nacht, die dem früh herankommenden Sommermorgen schon entgegen ging, war Arnold auf seinem langen Heimwege. Daran dachte von den anderen natürlich niemand. Denn die anderen hatten alle nur wenige Minuten bis zu ihrem Bett. Aber der Fußmarsch durch die kühle Nacht hatte auch etwas Gutes. Der ‚Höhenrausch' verging und am nächsten Morgen stand er mit klarem Kopfe auf. Zum Frühschoppen musste er schon wieder in Issel sein und zum Mittagessen war er eingeladen. Am Nachmittag musste er sich als Meisterschütze präsentieren. ‚Wenn das nur gutgeht', dachte er bei sich. Aber auch jetzt lagen seine Ringzahlen weit über dem Durchschnitt. Es war zum Verrücktwerden. Arnold war nicht mehr Herr über sich selbst. Wollte er mal entwischen, stellte ihn gleich einer der Landsknechte, in diesem trinkfreudigen Lande wollte jeder mit ihm vor dem Mittagessen, nach dem Mittagessen, vor und nach der Zeit des Kaffeetrinkens, also kurz zu jeder, auch der unpassendsten Zeit, an der Theke gemeinsam einen heben. In seiner schlesischen Heimat wurden ja auch allerhand Schnäpse getrunken, aber mit der Mitte von Westfalen war das doch nicht zu vergleichen.

Nun war er auch nicht mehr in Knickerbocker und Pullover, der untergetauchte Herr Unbekannt, sondern war auf das Auffälligste aufgeputzt und noch einmal bei Dunkelheit zu übersehen. Es war für ihn ganz ausgeschlossen, nach dem Mädel Ausschau zu halten. Sie würde ihn natürlich längst gesehen haben.

Der ganze Tisch, die älteren und jüngeren Damen lächelten freundlich nickend, als er um den ersten Tanz bat. Heute war es beim Tanzen ganz anders als vor vierzehn Tagen. Heute war hier das große Volksfest eines weiten Umkreises. Die Tanzfläche war so gedrängt voll, dass an freie Bewegungen überhaupt nicht zu denken war. Es tanzten nicht nur die Gäste, die im Saal und auf den Emporen an Tischen saßen, sondern von außen strömten die Paare nur so herein und immer wieder versuchten Einzelpaare, sich vom Hauptquergang aus in die wie ein Brei zusammenhängende tanzende Masse hineinwinden zu lassen.

Das war jetzt der den Beiden genehme Boden. Sie hielten sich, soweit sie es in der Macht hatten, in der Mitte der Tanzfläche. Von den Tischen ringsum konnten sie so fast nicht beobachtet werden. Und rings um sie herum waren meist fremde Gesichter.

„Heute ist nun der Sonntag, an dem ich den Namen meiner Prinzessin Namenlos ‚vielleicht' erfahren sollte."

„Das war schon der vorige Sonntag. Ich hatte gesagt: Nächsten Sonntag."

„Da war ich aber gar nicht da."

„Hab's gemerkt."

Da blieb er mitten im Gedränge stehen, hielt sie fest, hielt sie unausweichlich fest. Wenn sie beim Tanze das Ohr des einen dem Mund des anderen nahe ganz leise miteinander sprechen konnten, ohne sich in die Augen zu sehen, so wendete er sich jetzt so weit, dass ihre Gesichter fast zu nahe einander gegenüber waren und sie den Kopf leicht zurücklegte.

„Hör mal Mädchen, zufällig habe ich da gut geschossen. Dann aber habe ich diese ganze Maskerade nur und ganz ausschließlich mitgemacht, um Dich wiedersehen zu können und jetzt: Wie heißt Du? – Oder ich tanze keinen Schritt mehr!"

Sie dachte aber nicht daran, sofort klein beizugeben.

„Vorname oder Vatersname?"

„Vornamen, der gehört Dir ganz allein."

„Erika."

„Stimmt's oder Schwindeln?"

„Stimmt."

„Ehrenwort?"

„Ganz großes Ehrenwort", und schon wiegten sie sich wieder, indem er zur Musik summte, ach Erika heißt Du, ach Erika heißt Du, E – r i k a."

Da sie mit Tanzende sowieso voreinander stehen blieben und das Klatschen den Anderen überließen, fragte sie:

„Nun möchte ich's aber genau wissen, seit wann, wieso und woher wir uns so genau kennen, dass Sie mich einfach ‚Du' nennen?"

„Ist doch viel einfacher."

„Frechling."

Beim nächsten Tanz hatte er Pech. Die Isseler Rivalen waren schneller, aber das Kusinchen war noch da. Nach der nun folgenden Tanzserie hatte er alle Informationen langsam herausgefragt, die er noch wissen sollte. Da tat er mit den selbstverständlichsten Bewegungen, als habe er gar nichts anderes beabsichtigt, den Schritt eines großen Diplomaten: Er forderte die Mutter des soeben ausgeflogenen Vögelchens zum Tanze auf. Diese Tänzerin suchte aber nicht das Gedränge wo es am dichtesten war, sondern mehr die freien Außenbezirke. Arnold hatte den Eindruck, dass diese bei aller Rundlichkeit behende Frau mit ihm und nicht er mit ihr tanze. Das Gespräch dieses Tanzes verlief völlig entgegengesetzt zu dem voraufgegangenen. Diesmal war es Frau Köttermann, die die ihr noch fehlenden Kenntnisse einzog. Gewandt, wie die Geschäftsfrau eines Ladengeschäfts, offenen Auges und mit einem dem Leben zugewandten freundlichen Zug um den Mund, fragte sie ohne lange Umwege das Wesentliche seines Herkommens. In Minuten wusste sie alles, was sie über das hinaus wissen wollte und was sie aus den nur beruflich gefärbten Berichten ihres Mannes noch nicht hatte herauslesen können. Er gab so leise und zurückhaltend, so nett seine Antworten und legte solchen Charme an den Tag als er sich jetzt am Tisch bedankte, dass sie mit einem Male ein Sprichwort, das man wohl von einem schönen Mädchen sagen konnte ‚Du bist zu schön, um treu zu sein' abwandelte ‚Du bist zu nett, als dass das alles stimmen könnte'. Hier Hahn im Korbe, ein tüchtiger Fachmann vielleicht, aber sonst doch ein armer Kerl. Flüchtling aus dem Osten. Das war so weit weg. Da gab's noch nicht einmal ein Telefonbuch bis dahin, ganz nahe an der Polakei. Aber doch klang da etwas anderes noch durch: Diese Liebe zu seiner Mutter, diese Sehnsucht und das durch nichts begründete Vertrauen, dass er sie finden, mit ihr leben und wieder neu anfangen wird.

* * *

Am Gildentisch hatte Arnold mit den Anderen gegessen und schon mehr trinken müssen als ihm lieb war. Immer wieder wurde er dort festgehalten. Aber ohne seinen Platz auf dem Podium aufzugeben, wechselte er bald zum Köttermannschen Familien- und Verwandtschaftstisch herüber. Jeden Tanz hätte er jetzt mit dem Mädchen tanzen können. Aber er hatte auch seinen Stolz und war freier Herr seiner Entschlüsse und so sollte es auch ihr gegenüber aussehen. In Wirklichkeit aber ließ er ganz absichtlich nicht nur den Isseler Rivalen, ihren Jugendfreunden wenigstens, bei zwei von drei Tänzen den Vortritt, sondern er trat auch, und das ganz ohne Berechnung, als Tänzer für die ältere Generation auf. Er ahnte nicht, in welchem Maße er dadurch das ihm schon sowieso entgegengebrachte Wohlwollen vermehrte.

Am Mittag des sogenannten ‚blauen Knechtmontags' war die traditionelle Wahl des neuen Vogtes. Arnold fühlte sich in diesem Kreise meist bemooster Häupter schon ganz heimisch und kannte viele der Landsknechtsveteranen schon beim Namen. In alten Tagen war der wirklich Beste auch Vogt der Landsknechte geworden. Jetzt hatte sich das bedauerlicherweise ganz verschoben. Der Ehrgeiz, der Beste zu sein, wurde bei den Wettkämpfen der Jungen entschieden und durch die Zuerkennung eines Ehrenmeister-titels belohnt. Aber einmal der Oberste der Landsknechte von Issel zu sein, das war eine Ehre, die jährlich neu vergeben und praktisch nur im Kreise der Veteranen entschieden wurde. Denn meist konnte sich ein junger Gildenbruder ein solches Ehrenamt gar nicht leisten. Denn mit dieser Ehre war verbunden, dass er für die Feste des Jahres einen Hofstaat unterhalten, neben einem großen Bierabend für alle auch noch mehrere Einladungen für bestimmte Gruppen veranstalten musste. Es hatte seinen guten Grund, dass diese Wahl stets am letzten Tage des Festes, also am Knechtsmontag, stattfand. Das war der Beginn des neuen Knechtejahres mit einer Reihe von Zusammenkünften, an deren Schluss dann das große Volksfest stand.

Das Getriebe der vorhergehenden Tage war vorbei. Nur in zwei kleinen Gastzimmern war Betrieb. All die bekannten Charakter-köpfe, man könnte auch sagen Originale, waren da. Der Pächter des

Knechtehofes kannte seine Gäste. Das Wichtigste war heute das Frühstück. Auch in einer bekannten großstädtischen Gaststätte hätte man sich jetzt nicht besser, nicht abwechslungsreicher bedienen lassen können, als hier. Einmal im Jahr genossen manche dieser Männer Dinge, die sie sonst nicht bekommen konnten: Delikatessen nicht alltäglicher Art. Nur etwas mochte dieses Frühstück von einer großstädtischen Gaststätte unterscheiden, das waren die Getränke, die der Örtlichkeit und den Gewohnheiten entsprachen und zwischen dem ‚Steinhäger' und dem ‚Klüterhoffchen' abwechselten. Von Zeit zu Zeit kam etwas Schwung hinein, wenn er eine Lokalrunde gab.

Da tauchte auf einmal mitten in dieser Gesellschaft von rot und weiß ein heller Sommeranzug auf, dessen Träger hier jemanden zu suchen schien. Schon steuerte er auf den am Kopfende eines Tisches behäbig thronenden Köttermann zu. Köttermann stand schwerfällig auf.

„Das ist aber schön, dass Sie zum Knechtefest kommen."

„Das ist nur ganz zufällig."

„Hätten gestern da sein müssen!"

„Hab' nichts davon gewusst. Und ich wäre auch jetzt nicht gekommen, wenn mich Ihre Frau nicht ausdrücklich hierher geschickt hätte. Heute keine Geschäfte! Dazu muss ich dann nochmal wiederkommen."

„Aber einen heben wollen wir mal!"

Die beiden Geschäftsfreunde hatten schon eine ganze Serie von Schnäpsen getrunken als Arnold zufällig vorbeikam.

„Ha, Arnold. Das hier ist noch ein ganz junger Kollege aus der Blechschmiede. Das Gold und Silber, was er da anhat, ist auch Blech. Komm Junge, setz Dich her."

Arnold und Herr Holk, der Reisevertreter von der Böldener-Röhren-Handelsgesellschaft, waren gleich im Gespräch. Arnold kannte die Firma und die Zweigniederlassung in Breslau. Ja, er kannte sogar noch die Namen der dortigen Vertreter.

Die letzten Schnäpse hatten Köttermann den Rest gegeben, doch als dann wieder eine Lokalrunde ausgerufen wurde, da sagte er zu Arnold:

„Junge! Musst auch mal eine Lokalrunde schmeißen. Das macht sich so besser."

„Hätt' ich auch schon getan, aber ‚Drahthindernis'" und dabei machte er die Fingerbewegung des Geldzählens.

„Wat? Geld haste keins? Kannste ja auch nicht haben." Und beschwerlich in seine linke Hintertasche langend, haute er seine altmodische Geldtasche vor Arnold auf den Tisch.

„Da! Das nimmste jetzt und damit bezahlste"

Mit ‚Nein!', ‚Unter keinen Umständen!' und ‚Nimm!" und nochmals unter ‚Nein!' und ‚Nimm!' wurde die Ledertasche zwischen beiden hin- und hergeschoben. Doch schließlich und unter Vermittlung des Herrn Holk und um des lieben Friedens Willen, nahm Arnold die Tasche an sich. Und unter ‚Na, dann woll'n wir uns wieder vertragen' wurden die nächsten Gläser geleert. Köttermann erwartete die arnoldsche Lokalrunde schon gar nicht mehr. Von seinem Geschäftsfreunde ließ er sich überreden, doch erst einmal ein Mittagsschläfchen zu halten. Er brächte ihn mit seinem Auto nach Hause, der Wagen stünde vor der Türe.

Als Köttermann sich in den späten Nachmittagsstunden weder mit klarem Kopf noch in der besten Stimmung wieder sehen ließ, war da ein ganz fader Betrieb. Mit Aufbietung aller Willensstärke wurde von der abgekämpften Gilde die Wahl des nun im kommenden Jahres regierenden Vogtes der Landsknechte gefeiert.

Köttermann erinnerte sich nicht mehr genau an den Vormittag, doch er hatte den Eindruck, dass da sicher noch einiges zu bezahlen sei. Er traf den Pächter des Knechtehofs auch bald. Nun, dafür sei er doch bei ihm wohl gut, meinte der Pächter. Er gab Erklärungen zur Höhe der Aufstellung: Die letzte Summe habe er noch mit dem Herrn im hellen Anzuge und mit Herrn Arnold zusammen verzehrt. Ach so, natürlich, er hatte hier ja mit dem Vertreter von Böldener zusammengesessen. So, und der hätte ihn mit dem Wagen mitgenommen? Na, nun müsse er es jetzt sogar nochmals schuldig bleiben, denn sein Portemonnaie hätte er komischerweise nicht bei sich.

Im sogenannten ‚grünen Zimmer' ging Köttermann sofort auf den neuen Vogt zu und nahm in seiner Nähe Platz. Da stand auch schon Arnold bei ihm und sagte lachend:

„Also von Ihrem Angebot hier das ganze Lokal von Ihrem Geld freizuhalten, habe ich natürlich keinen Gebrauch gemacht. Und hier ist die Geldtasche zurück."

„Mein Portemonnaie? Mensch, wie kommen Sie denn zu meinem Portemonnaie?"

„Haben Sie mir doch heute Mittag selbst gegeben. Ich wollte es doch erst gar nicht nehmen."

„Ich? Mensch, ich gebe doch mein Portemonnaie keinem Fremden. Bezahlen tu ich immer noch selbst."

„Aber Herr Köttermann. Ich.. Sie werden doch nicht..."

Und nun stand er da. Wieder alle Blicke auf sich gerichtet und bekam im Nu einen hochroten Kopf. Sah unsicher, verlegen von einem zum anderen und stammelte wieder an Köttermann gewendet:

„Wird sich ja alles klären... und" und mit dem kläglichen Versuch dabei zu lächeln, „Zählen Sie doch mal Ihr Geld nach."

Köttermann war sich hier unter all den vielen Augen auch nicht sicher. Er war auch kein Weltmann, der jetzt gewusst hätte, wie er solch eine unangenehme Situation in einem frohen Kreise mit einem Wort aus der Welt schaffen könnte. So tat er das Falscheste, was er für das Ansehen Arnolds tun konnte: Er sagte garnichts, sah vor sich auf den Tisch und schüttelte sacht seinen dicken Kopf. Was nun jeder nach seiner Einstellung auslegen konnte wie er wollte.

Arnold machte mit Schultern und Händen eine Bewegung, die heißen sollte: Nun, dann kann ich es auch nicht ändern! Und ging zu seinem Platz. Doch nun war eine Missstimmung eingezogen. Hier stand sich nun zweierlei gegenüber: Da war der schmächtige und freundliche Arnold, der in wenigen Tagen seines meteorhaften Aufstiegs alle für sich eingenommen hatte und doch, genau genommen, ein Wildfremder war, ein Flüchtling aus dem Osten. Nur er selbst ohne jede Rückendeckung durch eine Familie, ohne Bürgen für seine Redlichkeit. Und auf der anderen Seite der

Gildenbruder Köttermann, altbekannt, die unangezweifelte Redlichkeit in Person. Daraus konnte nun jeder machen, was er wollte. Arnold war sich dieser seiner Lage voll bewusst. Er suchte Herrn Klütterhoff, sah ihn nirgends, fragte,. ‚Nein, fortgegangen'. Sollte er in die Wohnung seines Gönners gehen? Nein! Und in das Zimmer ging er auch nicht mehr zurück. Er war zu tief verwundet und außerdem sich seiner Hilflosigkeit diesem Kreise gegenüber bewusst.

An diesem Abend war es noch hell, als er schon auf seinem Bette lag. Hätte er doch niemals eine Mark gewagt, um dreimal auf die Scheibe zu schießen und nie ein Mädel gesehen, einen Blondkopf, ein Heideblümchen Erika, das ihm vorausgesagt hatte, dass er mit Backpulver vorbeischießen würde.

Vorbei! Aus! Schluss! Arbeiten!

Dienstag, 4.September 1945:

5. Arbeit bei Buscher – Wohnen bei Frau Heinze

An Arbeit fehlte es nicht. Meister Buscher hatte zwar nicht erwartet, doch pünktlich um sieben Uhr früh hörte er am Dienstag Morgen Arnolds schnellen Schritt durchs Haus kommen. Die Begrüßung und die Arbeitsanweisung war so kurz wie sonst auch. Aber sowohl dem Meister als auch den beiden Lehrjungen fiel auf, dass Arnold nicht nur nicht so fröhlich wie sonst, sondern scheinbar von Sorgen geplagt und wie geistesabwesend war. Seinen Arbeitseifer hinderte das aber nicht im Geringsten. Ja, die Lehrjungen hatten gerade an diesem Morgen den Eindruck, das würden sie nie lernen, so schnell und so geschickt und so, das eine Stück wie das andere aus der Hand zu legen. Buscher arbeitete selbst mit. So war die Unterhaltung auf das Äußerste eingeschränkt. Wohl nach einer Stunde schweigender Arbeit verließ der Meister für einen Augenblick die Werkstatt und seine Frau fragte:

„Hast Du was mit ihm gehabt?"

„Nein, nichts."

„Was soll das heißen, da ist doch irgend etwas?"

„Da kann ich nicht mehr mit."

„Wieso?"

„Der Junge arbeitet jeden unter den Tisch! Hat mehr als das Doppelte von meiner Arbeit geschafft und: Saubere Arbeit."

Buschers Arbeiten bestanden zur Zeit hauptsächlich aus Reparaturen. Was in der Werkstatt ausgeführt wurde, war weniger als ein Viertel der Gesamtarbeit. So war Arnold mit einem oder mit beiden Lehrjungen fast immer ‚auf Kundschaft' und in ganz seltenen Fällen ging auch der alte Meister mit einem Lehrbuben fort. Die Frauen nahmen Reparaturen und Bestellungen an. Was Arnold wunderte, je länger er da war, dass das frühere Ladengeschäft und die zwei großen Schaufenster geschlossen blieben. In einer so

aufstrebenden Stadt wie Steinbeck und dann an der Hauptgeschäfts-
straße lohnte sich ein Ladengeschäft doch auf jeden Fall. Von Haus
wusste er immer nur so: Das Ladengeschäft trug den ganzen
Haushalt. Als Arnold einmal einige Tage lang in einem kleinen
Mehrfamilienhaus Reparaturen ausführte, trug ihm die
Hausbesitzerin auf, dem Meister doch zu bestellen, dass die seit
Jahren regelmäßige Durchsicht all ihrer Wohnungen und Häuser
wieder aufgenommen werden sollte. Arnold meldete neben der
Fertigstellung der Arbeit auch den Wunsch der Auftraggeberin.
‚Haben vorläufig noch keine Zeit für so 'was', war Frau Buschers
rasche Antwort. Doch mit dem wesentlich schnelleren Arbeitsfort-
gang seit Arnolds Eintritt wurden die meisten Aufträge aufgearbei-
tet, so dass es gar nicht lange dauerte, dass die Firma Buscher und
Sohn sich auch wieder an solche Aufträge erinnern musste.

Auch hatte sich sehr schnell herumgesprochen, dass Buscher eine
neue Kraft hatte. Wo Arnold einmal gewesen war, war er, war sein
Name bekannt. Immer mehr Leute musste er auf der Straße grüßen
und manchen Auftrag brachte er so von der Straße mit ins Haus. Ja,
der Meister Buscher wurde in steigendem Maße übergangen. Es
hieß nicht ‚Sagen Sie Herr Buscher möchte dies und jenes wieder
in Ordnung bringen lassen', sondern ‚Herr Arnold kommen Sie
und...'. Auch die Bestellungen bei den Frauen lauteten immer
häufiger ‚Schicken Sie mir Herrn Arnold'.

Dieser Arnold dagegen trat immer hinter seiner Arbeit zurück.
War immer fröhlich. Er kam, besprach die Arbeit, ging ans Werk
und war schon wieder fort, ehe die Auftraggeber ihm oftmals die
schon zurechtgelegte Zigarette oder sonst eine Kleinigkeit hatten
zustecken können.

Die Lehrjungen hatten, wenn sie mit ihm zusammenarbeiten,
einen ununterbrochenen Unterricht. Dieser Unterricht spannte
einen weiten Bogen von der Materialkunde, den Werkzeugen,
Geräten und Maschinen bis zum Wetter, zumal die meisten
Klempner davon viel zu wenig wissen. Aber sonst hielt er sich auf
Distanz. Vor allem zu den Frauen. Im Hause Buscher versuchte er
völlig in den Hintergrund zu treten. Wenn es ihm auch ganz wider
die eigene Natur war, mit seinem Brotherrn und dessen Familie

keinen menschlichen Kontakt zu haben, so wollte er aber trotzdem hierbleiben. Er wollte sich bewähren, wollte nicht wechseln. Nach diesem unangenehmen Zwischenfall in Issel sollte hier seine Arbeit, seine Haltung für ihn zeugen.

Die erste Klippe kam bei der nächsten Lohnauszahlung.

„Nun Meister, in dieser Woche habe ich nur fünf Tage gearbeitet, aber ich hoffe, dass..."

„Ja, hab' mir's lange überlegt. Eigentlich wirft das ganze Geschäft noch nicht einmal so viel ab, dass ich die viel zu hohen Tariflöhne zahlen könnte."

„Meister, am vorigen Sonnabend sagte ich es schon einmal: Ich stamme von Kindheit her vom Fach und ich kann das auch beurteilen."

„Ja. schließlich. aber ich will's jeden Tag widerrufen können! Will Ihnen mal vorläufig den Lohn von einem Vorarbeiter zahlen."

„Schön Meister, vorläufig angenommen. Meister, auch ich sage: Vorläufig!"

Es war so wenig, was Arnold als Lediger in der Ortsklasse B verdiente, dass er seinen Lohn immer ganz genau nachrechnete. Da gab es immer wieder Meinungsverschiedenheiten mit seinem Meister. Meist bei der Vergütung der ausgesprochenen Überstunden. Dabei machte Arnold diese Überstunden nicht einmal, um durch solche Mehrarbeit Geld zu verdienen, sondern um mit verhältnismäßig geringen Überstunden bestimmte Arbeiten an einem Tage zu beenden. Das bedeutete für den Meister, dass am nächsten Morgen an einer anderen Stelle eine neue Arbeit begonnen werden konnte. Wenn im anderen Falle am nächsten Morgen erst das Begonnene fertiggestellt würde, wäre die Vormittagszeit mit Hin- und Rückweg, Werkzeugtransport und dergleichen nicht voll ausgefüllt. Bei solch einem angebrochenen Vormittag wurde stets ein großer Teil der kostbaren Zeit nutzlos vertan. Wenn Buscher allerdings seine Rechnungen schrieb, dann vergaß er keine Stunde, keine Überstunde und auch keine der so kostbaren Meisterstunden. Bei den Lohnzahlungen hingegen wollte er möglichst alles als normale Arbeitsstunden berechnen.

Nicht allein der Meister, nein, auch die Buscherschen Frauen merkten schon bald an den einkommenden Geldern, dass das Geschäft sich wieder machte. Die drei Buschers waren die Einzigen drei Menschen in Steinbeck, die es für selbstverständlich hielten, dass Buscher und Sohn, die alteingesessene Firma, von der Besserung der allgemeinen Wirtschaftslage sofort bedeutenden Nutzen hatte. Alle anderen wussten, dass diese Besserung auf den beiden Augen des Gesellen Arnold stand. Und das sollten recht bald auch Buscher und Sohn nebst Frau und Tochter erfahren.

Das immer freundliche Gesicht täuschte darüber hinweg, dass an Arnold schwere Sorgen zehrten. Er selbst suchte sich durch Arbeit darüber hinweg zu bringen.

Erstens wurmte ihn die Angelegenheit in Issel. Dass man ihn fast als Dieb hinstellen könnte, ohne dass er dem Beleidiger sofort ins Gesicht schlüge, dass hätte er niemals für möglich gehalten.

Zum anderen waren bisher alle Versuche vergebens gewesen, über den Verbleib seiner Mutter etwas zu erkunden. Er hatte sich nur deshalb in diese Gegend entlassen lassen, weil er nach einem Gerücht geglaubt hatte, dass ein großer Teil der aus Schlesien geflohenen Menschen im östlichen Teil Westfalens und im Lipperland untergebracht wären. Alle Erkundigungen hatten jedoch ergeben, dass das Gerücht keinesfalls stimmte. Von der Mutter war jedenfalls keine Spur zu finden.

Endlich machte ihm sein Gesundheitszustand Sorgen. Wenn er das auch immer wieder von sich abschob, ‚Junger Kerl, hast ja ganz was anderes ausgehalten!' Er hatte aber doch immer Hunger, war schlapp, die Arbeitskraft war nichts anderes mehr als die ihm innewohnende Energie. Seine Wirtin war treu um ihn besorgt. Sie tat, was sie konnte. Aber schließlich ging es ihr nicht viel besser als Arnold auch. Ihre tägliche Arbeit erlaubte es ihr zum Beispiel kaum, sich um zusätzliche Lebensmittel zu bemühen[13]. Haushalt

---

[13] Auf Lebensmittelkarte gab es im Herbst – 1945 --1200 Kcal/Tag (Frauen) oder 1600 Kcal/Tag (schwerst-arbeitender Mann) Die Handwerksmeister hatten alle einen Obst- und Gemüsegarten – wie seit Generationen. Die Hausfrau – mit Hilfe von Kindern und so - hatte schon immer den Jahresbedarf an Gemüse und Obst für den Haushalt – einschließlich

und Wäsche nahmen alle Freizeit in Anspruch. Nur eine Vergünstigung hatte sie ihm vorauf. Sie aß bei geringen Abgaben mittags in der Kantine ihres Betriebes. Arnold war immer nur auf seinen Mittagstisch angewiesen. Im übrigen verpflegte er sich selbst, was von Zeit zu Zeit sogar solche Formen annahm, dass er Haferflocken und andere Nährmittel ungekocht und trocken aß.

Bisher war Arnold nie, wie man so sagt, kleinzukriegen gewesen. Seine innere Fröhlichkeit strahlte immer durch. Für alle Unbefangenen war es auch jetzt noch der Fall. Aber Issel, Buscher, die Mutter und seine heutige Lebensweise hatten stetig an ihm gezerrt und gezehrt, so dass er es selbst an seinem Gesichtsausdruck merkte.

Nun musste es ihm auch nochmals widerfahren, dass er Erika auf der Straße traf. Gewünscht hatte er es. Ersehnt schon tausend Male. Und nun war's da, ganz plötzlich und unerwartet.

Ähnlich wie er sie schon früher bei Besorgungen in Steinbeck getroffen hatte, so sah er sie vor sich hergehen. Er fuhr wiederum mit seinem Rade und mit allerlei Geräten darauf. Nun stellte er das Rad an der Hausseite ab. Sie musste ihn gesehen haben, ja hatte ihn gesehen. Er ging schnellen Schrittes, um sie einzuholen. Als fühle sie sich verfolgt, ging Erika nun noch schneller als zuvor. Er musste fast laufen. Es war ihm unangenehm aber er wollte sie jetzt sprechen. Wollte sie sich vielleicht mit ihm hier in seiner Arbeitskleidung nicht sehen lassen? Nein! Sie hatten sich schon hier getroffen und wie hatte sie ihm die Hand gegeben! Und wie lange war sie bei ihm stehen geblieben. Also hielt sie ihn auch für einen Dieb. Das wollte er jetzt aus ihrem Munde wissen. Noch etwas

---

Verköstigung der Gesellen und Lehrbuben – selbst angebaut, geerntet, eingelagert, sterilisiert oder eingekocht. Sie machte Säfte, Obstwein, trocknete Blätter für Tees In diesen Familien wurden kaum Lebensmittel gekauft – auch in Friedenszeiten nicht.
Wer von den Zuteilungen leben mußte, hungerte, falls nichts dazu kam von irgendwoher – Der Autor dieses Berichtes und seine Familie hatte nur wenig mehr, als die Lebensmittelkarten hergaben. Alle hatten immer Hunger, das erklärt die ausführlichen Berichte der Essen auf Festen.

hinter rief er sie an: „Fräulein Köttermann!" Ohne im Gehen einzuhalten und sich etwas umdrehend, fragte sie: „Herr Arnold?".

„Ich dachte Sie hätten mich schon vorher gesehen. Sie gehen so schnell, haben Sie nicht einen Augenblick Zeit?"

„Ja, wenn auch wenig."

Beide gingen weiter und Arnold hatte den Eindruck immer weiter laufen zu müssen. Sie sah nicht zu ihm herüber, sah nur ins Unbestimmte gcradeaus, wogegen Arnold sie fast immer im Gehen ansah, kaum auf den Weg achtend.

„Ich dachte.., wir dachten..., meine Mutter..., Sie wären mal..."

„Ich? Wie sollte ich nach Issel?"

„Vielleicht..."

„Erika? Was andere von mir denken, ist mir auch nicht gleichgültig aber von Ihnen möchte ich es jetzt unmittelbar wissen, was Sie von mir halten."

Erika hätte ihm gerne gesagt, was sie von ihm hielte, dass sie nur etwas Gutes von ihm hielte. Sie hätte ihm gerne erzählt, was sich schon seinetwegen für Szenen mit ihrem Vater abgespielt hatten. Aber obgleich sie es selbst war, die den schnellen Schritt angab, so fühlte sie sich hier auf der offenen Straße wie gestellt, wie verfolgt. Ihr war das Weinen schon lange nahe. Jetzt konnte sie es nur noch schwer unterdrücken. Sie schluckte und wie zitternd aufschluchzend ohne zu ihm herüber zu sehen, stotterte sie:

„Ja, mein Vater..." und dann übertönte das Schluchzen alles, was sie vielleicht noch zu sagen beabsichtigt hatte.

Da taten beide das Falscheste, was sie tun konnten. Er verhielt etwas den Schritt, sie sah etwas unbestimmt zur Seite, stockte einen Augenblick im Gehen, ging dann doch weiter und er, schon etwas hinter ihr zurückgeblieben, blieb auf einmal stehen, ihr unbewegten Gesichtes nachsehend. So schieden sie ohne jeden Gruß voneinander und wären sich am liebsten beide um den Hals gefallen.

* * *

An einem unfreundlichen Herbsttage mit den ersten großen Regengüssen kam Arnold von einer notwendigen Außenarbeit erst nach neunzehn Uhr und ganz durchnässt zurück. Aus Buschers Küche rührte sich niemand. Er klopfte nicht nur, um die beendete Arbeit zu melden, sondern auch mit der Bitte, ihm mit etwas Brot aushelfen[14] zu wollen, weil er sich wegen der unvorhergesehenen langen Arbeit darum nicht hatte kümmern können. Buschers aßen gerade zu Abend. Wie Arnold sah, nicht gerade schlecht. ‚Ja, einige Scheiben Brot könne er schließlich haben, doch sie müsse das Brot unbedingt bald zurückbekommen.'. Ohne auch nur ein Wort über Arnolds vollständig durchnässten Zustand zu verlieren, fing sie fürchterlich an zu barmen[15,] wie schlecht es doch heute sei und wie schlecht es ihnen ginge.

Schließlich hat aber auch die größte innere Spannkraft ein Ende, wenn kein Kräftenachschub erfolgt. Arnold arbeitete weiter. Er war etwas erkältet. Das Radfahren fiel ihm schwer. Nach einer Woche endlich merkte er es sogar selbst, dass jetzt mit der Arbeit vorläufig Schluss sein musste. Er kam eines Morgens pünktlich zur Werkstatt. Doch dann suchte er den Meister im Hause auf, um ihm zu sagen, dass er zum Arzt gehen möchte. Auf einmal gingen auch den Buscherschen Frauen die Augen auf. Hier brauchte man keinen Doktor mehr zu fragen, Arnold war krank. Als er - am 17.Oktober 1945 - nach einer guten Stunde – den Zettel mit ‚arbeitsunfähig' vorlegte, da war die Überraschung nicht mehr groß. Groß war nur die Wirkung.

Wenn der alte Buscher auch sofort wieder voll mitarbeitete, die Arbeitskraft von Arnold fehlte. Bestellungen mussten abgesagt werden. Reparaturen konnten nicht oder nur ohne Zeitangabe für

---

[14] Alle Lebensmittel waren rationiert, wurden auf Lebensmittelkarte abgegeben, Flüchtlinge und Stadtbewohner mußten von 1200 – 1500 Kcal/Tag leben, wobei meist nur ein Teil der Lebensmittel der Karten zu kaufen war, es war nicht genug da. Einheimische hatten oft etwas Land, etwas Kleinvieh, dann litten sie keine Not. Bauern mußten ihre Ernten abliefern = der staatlichen Verwaltung verkaufen – zu Marktpreisen. Die Hausgärten waren nicht abgabepflichtig – unabhängig von ihrer Größe.

[15] = jammern

die Fertigstellung angenommen werden. Wenn die Familie Buscher es sich auch nicht eingestehen wollte, so wurde aber bereits von der zweiten Woche ab das einkommende Geld merklich geringer. Denn die Haushaltskasse der Frauen war in den letzten Wochen ganz wesentlich von den Geldern für die kleinen Reparaturen an Haushaltsgerät[16], Töpfen und dergleichen aufgefüllt worden. Nun stapelten sich schon wieder die Töpfe.

Arnold wurde Bettruhe verordnet. Tagsüber möglichst im geheizten Zimmer zur Kräfteersparnis, Krankenzulagen. Nicht aus dem Haus, nichts arbeiten! Möglichst auch mal einige Wochen nichts mehr lesen.

„Einige Wochen?", meinte Arnold lächelnd, „Nächste Woche will ich wieder schaffen!"

„Ich aber nicht", sagte der Arzt, „Und werde es auch verhindern. Ich werde nach Ihnen sehen und werde auch Frau Buscher instruieren."

Als der Arzt erfuhr, dass Arnold nicht in dem großen Hause seines Meisters wohnte, sondern in einer ungeheizten Kammer schliefe, und von niemandem in seiner Wohnung versorgt und verpflegt werden konnte, da gab er Kraftausdrücke von sich, die er wahrscheinlich nicht drucken lassen würde.[17]

„Also: Zur Beobachtung ins Krankenhaus." Ist zwar nichts mehr zu beobachten, aber in acht bis zehn Tagen haben wir dann wohl einen Platz für Sie in einem Erholungsheim."

Und bald lag er in Decken eingehüllt ganze Tage auf einer Terrasse mit dem Blick auf die Weser und hatte Zeit zum Grübeln. Schließlich raffte er sich auch zu einem wohlüberlegten Brief an seinen Gönner Klütterhoff in Issel auf.

* * *

---

[16] Ein Loch in einem Eimer, einer Schüssel wurde gelötet, der Boden eines Kochtopfes durch einen Neuen ersetzt...

[17] Der Arzt hatte bestimmt keine Illusionen über den Charakter der Familie Buscher, aber eine solche Herzlosigkeit bei Ausnützung der Arbeitsleistung, hatte er doch nicht erwartet.

Man hätte meinen können, Buscher und Sohn hätten nur den einen Angestellten. Alle Bestellungen lauteten etwa so: „Wenn Herr Arnold mal gelegentlich in unserer Gegend zu tun hat...", „Herr Arnold war schon mal da...", „Schicken Sie mir aber nur Herrn Arnold...", „Ist Herr Arnold in der Werkstatt, dann macht er mir diese Kleinigkeit sicher gleich.".

„Nein der Geselle ist krank. Kommt aber bald wieder."

„Krank? Das ist aber schade, so'n fixer Junge.", „Ach krank? Sah auch schon all die Wochen so schlecht aus.", „Den würde ich mir an Ihrer Stelle aber wieder richtig aufpäppeln."

„Ach, bei den Zeiten fremde Leute versorgen?!"

„Na, so fremd ist er ihnen doch nicht. Macht doch auch Ihre Arbeiten, die das Geld bringen."

„Dafür kriegt er ja auch sein Geld."

„Geld allein genügt nicht."

„Arbeitet ja auch nur bei uns."

„Na hören Sie mal, von dem Jungen hatte ich aber einen ganz anderen Eindruck, der arbeitete als Ihr Geselle aber so, wie es Ihr Sohn nicht besser könnte! Möchte sagen: Man sah gleich, der ist von was her."

„Ach, ach...", sagte Frau Buscher da, mit der Hand abwehrend.

„Das kann man nie sagen. Bei den Flüchtlingen aus dem Osten kann man nie wissen.".

Arnolds Ausfall dauerte länger, als Buschers es sich gedacht hätten. Es kam eine Postkarte, dass er sich zwar schon wieder ganz wohl fühle, der Arzt jedoch noch einen weiteren Aufenthalt von vier Wochen als nötig erachte. Die Karte war ein schlechtes Weihnachtsgeschenk für die Familie Buscher. Denn sie hatten sich auch schon nach einem neuen Gesellen umgetan, hatten aber keinen Erfolg gehabt[18].

---

[18] Es war ein großer Mangel an Männern, die meisten waren in Kriegsgefangenschaft oder gefallen, im Alter von 18 -50 Jahren – kamen damals auf einen Mann 8 Frauen, die aber die schweren Arbeiten im Bau nicht leisten konnten.

Das erklärt das Interesse Köttermanns an dem Gesellen vom Fach und als Ehemann für seine Tochter - Das Verhalten der Familie Buscher ist nur

* * *

Arnold feierte ein frohes Fest. Die meisten Patienten wollten zum Fest nach Hause. Er wusste ja sowieso nicht, wohin er hätte gehen sollen. So feierte er in dem kleinen Kreise der Schwestern eine richtige Weihnacht mit Baum und Lichtern und all den alten Liedern. Wenn auch die Ungewissheit über das Schicksal seiner Mutter einen schweren Schatten über diese hellen Tage senkte, so gaben ihm andere, fremde Menschen die Gewissheit, dass er nicht ganz allein und außerhalb einer Gemeinschaft stünde.

Frau Westhoff, selbstverständlich Buschers Kundin, erfuhr wenige Tage vor dem Fest erst von Arnolds Krankheit. Ungern wurde ihr seine Anschrift ausgehändigt. Aber so hielt Arnold am Weihnachtstage nicht nur ein Päckchen mit allerlei Leckereien, etwas zu lesen und Schreibpapier, sondern auch einen langen Brief von ihr in den Händen. Einen mütterlichen Weihnachtsbrief, ganz einfach, ohne Schwulst, zu Herzen gehend. Und noch mehr tat sich.

Hinrich Kramer folgte mit einem deftigen, echt westfälischen Paket mit Fleischwaren und Pumpernickel als Zukost zu den beiden Flaschen, zu denen er noch nicht einmal das Schnapsglas beizupacken vergessen hatte.

Als Drittes kam zum Jahresende ein Brief von Klüterhoff. Er bedauerte, dass er bei der bewussten Angelegenheit nicht dabei gewesen sei. Aber Arnold solle sich doch keine Gedanken machen, er glaube nicht, dass Arnold überhaupt je so eine blöde Dummheit machen würde. So wie er, dächten auch die Gildenbrüder. Falsch wäre es aber auch von Arnold gewesen, nicht nach Issel zu kommen. Das könnte natürlich falsch ausgelegt werden. Er, Klüterhoff, stelle sich auf den Standpunkt, dass Arnold sich mit Recht beleidigt fühlen könne! Kurz: Sobald er wieder in Steinbeck wäre, gleich mal nach Issel kommen. An jedem der nächsten

verständlich, als Überheblichkeit dem Flüchtling gegenüber, mit dem man es machen konnte. So wurden Flüchtlinge in den meisten Arbeitsstellen behandelt.

Sonntage würde er unangemeldet von seiner Frau und ihm zum Mittagessen erwartet. Das Weitere würde sich dann schon finden. Und noch eine wichtige Neuigkeit erhielt er durch diesen Brief. Die Angelegenheit hätte auch das Haus Köttermann in zwei Lager gespalten, was sogar so weit gegangen wäre, dass Erika zur Zeit bei Verwandten in Bad Rothenfelde sei.

Solche Nachrichten waren für den inneren Auftrieb Arnolds besser als der schönste Haferbrei mit Zucker und übergossener Milch zum ersten Frühstück. Entspannung, neue warme Wäsche, Winterwetter und gute Pflege taten Wunder: Nicht nur sein altes Gewicht, sondern auch die frischen Backen und die innere Fröhlichkeit kamen wieder, so dass man ihn fast nur ungern scheiden sah.

* * *

Steinbeck hatte sich inzwischen nicht verändert. Auch er war noch nicht vergessen. Das stellte er schon in den wenigen Tagen fest bis der Arzt ihn ab 12.Januar 1946 wieder „arbeitsfähig" schrieb. Bei Buschers wurde er schon mit Ungeduld erwartet, zumal sie diese Übergangstage bei seinem guten Aussehen für ganz überflüssiges Feiern hielten.

Als sei er nicht Monate ausgefallen gewesen, sondern nur einige Tage, so ging die Arbeit bei Buscher und Sohn weiter. Obwohl man hätte glauben sollen, dass sogar die Buscherchen Frauen einmal durch die volle Ladenkasse und dann durch den nicht zu übersehenden Mindereingang von Geld hellsichtig geworden wären, so hatte sich auch in ihrem Wesen nichts geändert. Nach wie vor blieb Arnold für sie der unpersönliche Geselle, den sie so gut wie nie in ein persönliches Gespräch zogen. Arnold arbeitete wirklich so weiter, wie eine Nachbarin es Frau Buscher gesagt hatte: Wie der eigene Sohn. Und von einem Kollegen von der Schlosserei hörte der alte Buscher mal: „Den Jungen würde ich am Umsatz beteiligen! Nein, noch mehr, den würde ich als Teilhaber ins Geschäft nehmen!".

„Hat kein Hemd am Hintern", meinte Buscher.

„Aber Gold an den Fingern", meinte der andere.

Als an einem schönen Wintertage die Kleider gelüftet und gebürstet wurden, da wurde auch die ganze Kleidung des seit Jahren verschollenen Sohnes im Hofe aufgehängt. Eine zufällig erscheinende Nachbarin meinte:
„Das ist aber recht, da wollen Sie sicher Ihren tüchtigen Gesellen einkleiden."
„Wo denken Sie hin!"
„Na dann... dann lassen Sie's man ruhig von den Motten fressen."

* * *

Ein Jahr hatte Arnold es trotz allem ausgehalten. Von Lohnzahlung zu Lohnzahlung, so mehr im Unterbewussten, hatte er auf ein anerkennendes Wort gewartet. Doch eines guten Tages hatte er den entgegengesetzten Eindruck und den kleidete er für sich in folgenden Gedankengang: „Wenn ich hier einmal mein fünfundzwanzigjähriges Arbeitsjubiläum feiern würde, dann würde mir die ganze Familie Buscher im Chor sagen: ‚Überlegen Sie mal, wie viel Geld Sie als Lohn hier schon aus dem Hause getragen haben!'".

Dies war letzten Endes die ausschlaggebende Erkenntnis, als er beschloss, sich beruflich ganz neu und anders auszurichten. Völlig zufällig las er, dass eine große Firma auf dem Gebiete des Apparatebaus in Sparrenberg gelernte Spengler mit umfassender Praxis für Spezialaufgaben bei höchstem Lohn und weiteren Vergünstigungen suchte. Er nahm frei, stellte sich persönlich vor. Bei der Besprechung zog ein Ingenieur sogar noch einen Meister zu. Ja, er sei sowohl A-Schweißer wie E-Schweißer, habe beides bei der Marine zur Klempnerei hinzugelernt. Alle handwerklichen Dinge beherrschte er natürlich. Arnold traute seinen Ohren nicht, als er seinen künftigen Lohn und von den sozialen Einrichtungen des Betriebes erfuhr. Aber er erbat sich, anständig bis zum Schluss, erst in knapp drei Wochen eintreten zu brauchen, da er seinen

jetzigen Meister nicht plötzlich und ehe ein neuer Geselle eingestellt sein könnte, verlassen möchte.

Doch die Feststellung, dass seines Bleibens nicht mehr von Dauer
sein könne und die Erkenntnis, dass man in einer großen Firma mit
offenen Augen lernen und nochmals lernen könne,war nicht der
einzige Grund, fortzugehen.

Er war in Issel gewesen. Mehrmals sogar. Klüterhoff hatte ihn
mal an einem Sonnabend, mal an einem Sonntag Abend, von
Gastwirtschaft zu Gastwirtschaft geschleift. Überall trafen sie den
einen oder anderen Gildenbruder und tranken zusammen ,einen'.
Der alte Vorfall wurde von niemanden erwähnt. Aber es wirkte,
dass Klüterhoff sich mit Arnold sozusagen solidarisch erklärte. So
war das Eis gebrochen. Arnold war auch noch zu dem und jenem
eingeladen worden und ging auch hin. Aber der alte Köttermann
rührte sich nicht. Einmal musste er Arnold mit Klüterhoff gesehen
haben. Vielleicht konnte er sie auch nicht gesehen haben.
Jedenfalls entwischte er, nicht zuletzt zu Klüterhoffs Bedauern.
Und wenn Köttermann Arnold auch nicht gesehen hatte, so konnte
man mit aller Bestimmtheit damit rechnen, dass es ihm zugetragen
worden war, dass Klüterhoff Arnolds Partei ergriffen und, ohne ein
Wort zu sagen, Köttermanns Handeln verurteilte.

Die Ehrenkränkung war die eine Seite, das Mädel die andere.
Frau Klüterhoff war eine prachtvolle Frau. Sie hatte in ihrer Jugend
nicht nur einen geliebt und deshalb wusste sie genau, wie's um die
Herzen von Liebenden bestellt ist. Sie kundschaftete alle Nachrichten über Erika aus und brachte sie ihm so unauffällig bei, als
empfinge er immer wieder verschwiegene kleine Briefchen mit nur
für ihn bestimmten Inhalt. Wenn das Heideblümchen mit der durch-
scheinend weißen Haut genau so einen Nachrichtendienst hatte,
dann waren die beiden Liebenden, die es sich nicht eingestehen
wollten und heute gar nicht zusammenkommen konnten, jedenfalls
bestens übereinander unterrichtet.

Ein weiterer Grund für den Wechsel in seiner Berufstätigkeit war
sein Gesundheitszustand. Wenn Arnold sich auch nicht schlecht
fühlte, so war er sich darüber klar, dass er seine bisherige Arbeit

bei der unzureichenden Versorgung auf die Dauer nicht aushalten würde.

Im Hause Buscher platzte geradezu eine Bombe, als Arnold eines Mittags in all seiner Behutsamkeit sagte, dass er sich in Kürze verändern möchte. ‚Er könne ihn doch nicht einfach allein lassen!' ‚Nein, er wolle bleiben, bis er einen neuen Gesellen gefunden haben könne. Allerdings zum ersten Oktober, das wäre also in etwas drei Wochen, möchte er gerne frei sein.'. Die weiteren Ergüsse, die Arnold noch zu hören bekam, bestätigten die Richtigkeit seines Entschlusses. Denn ‚Dass man ihn so gut behandelt habe und dass das nun der Dank sei', das war nun auch für Arnold zu viel. ‚"Wie kann ein richtiger Handwerker nur in eine Fabrik gehen?' Ob ich da bleibe, ist ja noch die große Frage. Aber: Sehen, neue Arbeitsmethoden kennenlernen, sich umfassender ausbilden, das sei sein Ziel und jetzt sei er noch jung genug.'. ‚Ja, von einem Zweig auf den anderen springen!'.

Obwohl Buscher sich nicht nur an das Arbeitsamt, sondern auch an eine Reihe von Kollegen gewandt hatte, hatte sich bis heute keine neue Hilfskraft eingefunden. Wenn man von einem Galgenvogel absah, der die Bedingung stellte, mit seiner Freundin dort zu wohnen. Die Kollegen kannten Buscher und das Arbeitsamt auch.

Als der Meister dann nach seiner erfolglosen Gesellensuche auch noch versuchte, Arnolds Arbeitsplatzwechsel zu hintertreiben, dazu noch alle möglichen Arbeiten mit Überstunden und Hetze fertigstellen zu lassen, da schwand auch Arnolds Bereitwilligkeit. Erst hatte er vorgehabt, seinen Meister bis zum letzten Septembertage zu helfen. Da dieser aber ausgerechnet auf einen Montag fiel, sagter in der Wochenmitte an, dass er schon am Sonnabend seine Papiere haben möchte. Da erging sich nicht nur der Meister in mehr denn unfreundlichen Bemerkungen, sondern die alte Frau Buscher lauerte ihm im Hausflur auf, um eine vielleicht schon lange aufgestaute Kette von Beleidigungen auf Arnold niederprasseln zu lassen.

6. Umzug nach Sparrenberg

Tätigkeit bei Firma ARKTIS, einer Kühlgerätefabrik, und in der privaten Schattenwirtschaft

Mit einem unbestimmten Gefühl, wiederum in ein neues, ganz anders geartetes Leben zu fahren, bestieg Arnold den Lastwagen, der ihn mit seinem Gepäcke nach Sparrenberg bringen sollte. Sein Gepäck hatte er verstaut und befriedigt festgestellt, dass es sich erfreulich vermehrt hatte.

Der Eindruck, wiederum in ein neues Leben zu fahren, war beim Hinausfahren aus Steinbeck deshalb so übermächtig, weil er etwas hinter sich ließ. Er streifte geradezu etwas von sich ab:

Das Haus Buscher und seinen Geist. Wie lange hatte er versucht, alle Möglichkeiten abzutasten. Nicht nur mit dem Meister, sondern auch mit den Frauen in ein erträgliches Verhältnis zu kommen. Ohne nach eigenem Vorteil zu streben hatte er gearbeitet. Wo er als Buschers Geselle auch gestanden hatte, immer hatte er im Sinne und zum Besten des Geschäftes gewirkt. Alle Unfreundlichkeiten und Anspielungen auf das anmaßende und abstoßende Wesen der Frauen hatte er gemildert und beschönigt, obwohl die Bürger von Steinbeck natürlich ganz richtig beobachtet hatten. Und wie gerne wäre er sogar dortgeblieben und hätte am Wiederaufbau dieses schönen alten Handwerksbetriebes mitgearbeitet.

Die letzten Wochen - mehr noch die allerletzten Tage - hatten ihm aber verdeutlicht, dass seine Gegenseite stets nur an sich gedacht und auf den eigenen Vorteil bedacht gewesen war. Gleichgültig, was jetzt als Neues kommen mochte, das war aus! Befreit sah er die letzten Häuser des ihm so vertraut gewordenen Steinbecks hinter sich verschwinden.

Die Straße, die ihn von Steinbeck fortführte, war auch die Straße nach Issel. In wenigen hundert Metern kam die Abzweigung der Straße, die er nachts so oft und so froh zurückgewandert war. Und auch das... aus... vorbei! Nichts wollte er mehr von dort hören. Auch aus diesem Gesichtskreis wollte er verschwinden. Er nahm sich auch vor, selbst nichts mehr zu unternehmen, wenn ihn auch jeder Gedanke an das Mädel, die Gilde und an Köttermann hart an einen Ausbruch von Empörung brachte.

Nun strebte der Lastwagen einem Höhenzuge zu, der in einer Entfernung von etwa zwanzig Kilometern den Horizont begrenzte. Dort lag Sparrenberg, dort begann ein neuer Abschnitt seines Lebens.

Arnold fuhr nicht mehr ins Blaue. Er hatte das letzte Wochenende schon dazu benutzt, sich eine Wohnung zu beschaffen.[19]

Nun lernte er kennen, was ihm bisher fremd war: Die Großstadt. Mehr als die vielen Menschen auf den Straßen, die höheren Häuser, die Straßenbahn und am Abend das viele Licht, war es die Lebensweise seiner neuen Vermieter, die ihm den Unterschied verdeutlichte.

Was er von Haus aus, vom häuslichen Leben seiner Eltern, seiner Großeltern kannte, das war dem sehr ähnlich, was er in den meisten Häusern in dem immerhin kleinen Steinbeck auch gefunden hatte. Was er da als Gemeinsames glaubte feststellen zu können, das war, dass sich in der Familie wieder alles sammelte. Dass um den Familientisch und vornehmlich zu den Mahlzeiten die gegenseitigen Bande täglich neu geknüpft wurden: Von den Eheleuten zueinander, von jung und alt und umgekehrt. Immer war es die von keiner äußeren Macht zu sprengende innere Gemeinschaft der Familie. Symbol solcher Einheit war ihm nie gewesen, wenn die Familie nach der Tagesarbeit lesend, strickend oder im Gespräch beieinander saß. Symbol war ihm immer der Esstisch, an dem die Mutter das Essen austeilte. Dieser Tisch mochte ruhig in der Küche

---

[19] Wohnraum war in ganz Deutschland von dem Wohnungsamt erfaßt , jeder Person stand eine gewisse Fläche zu. Hatte eine Wohnung „zu viel" Fläche, mußten die Bewohner der Wohnung, des Hauses untervermieten. In Großstädten lebten in einer 4-Zi-Altbauwohnung oft 3 Parteien, jede davon mit 2 – 4 Personen. Firmen wurden bevorzugt vom Wohnungsamt bedient und ein junger Handwerker war als Untermieter willkommener als andere Flüchtlinge - oder gar eine Alleinstehende aus von weit her.

stehen. Er mochte auch alles noch so schlicht, ja arm, sein. Der auch mit dem Einfachsten gedeckte, aber gedeckte Tisch und das gemeinschaftliche Mahl aller, das war es!

Sein neues Zimmerchen war klein und schlicht, war sonnig und heizbar. Etwas mehr Farbe hätte es sogar gemütlich gemacht. Der Wohnungsinhaber war Angestellter in einer Fahrradfabrik. Kleine, geordnete Verhältnisse. Nach der äußeren Aufmachung, besonders der Sprache und vor allem bei Frau Niehm hätte man meinen können, Herr Niehm sei mindestens Direktor, wenn nicht gar Inhaber der Fabrik.

Bei den mehrmaligen ersten Berührungen mit der Familie seines neuen Vermieters am Sonnabend Nachmittag wie am Sonntag, stellte er etwas für ihn ungewohnt Merkwürdiges fest: Auf dem Küchentisch lag immer ein Brot und daneben ein Marmeladenglas mit einem darauf liegendem Messer. Wer Hunger hatte schnitt sich, säbelte sich ein Stück Brot ab. Bestrich es und aß es meist stehend. Der eine oder andere trank noch aus einem, meist auf dem Spülbrett stehenden Becher etwas Kaffee, der in einer stark verstoßenen Emaillekanne auf dem Herd[20] warm gehalten wurde. - - Mit seiner alleinstehenden Wirtin in Steinbeck hatte Arnold in den letzten Monaten, besonders an den Tagen des Wochenendes und an manchen sonstigen Abenden gemeinschaftlich gekocht. Bei aller dort gebotenen Einschränkung hatten sie mit Genuss und Freude über jedes gelungene Gericht zu Abend gegessen. - Soweit Arnold hier feststellen konnte wurde hier scheinbar überhaupt nicht zu Abend gegessen. Das Ehepaar war außerhalb und die halbwüchsigen Kinder allein zu Haus.

Das abgeschnittene Brot mit dem Messer auf dem Marmeladenglas war jedoch nur ein ganz kleiner, wenn auch schon bezeichnender Ausschnitt völlig anders gearteter Lebensweise. Gleich am Montag Abend, am Abend vor seinem neuen

---

[20] In vielen Stadtwohnungen gab es einen Kohleherd, oft 1/3 Kohleherd, 2-4 Kochstellen und ein Backofen - mit Gas oder elektrisch betrieben, Der Herd wurde mit irgendetwas geheizt und brannte Tag und Nacht die meiste Zeit des Jahres. Oft war es die einzige Heizung der Wohnung.

Arbeitsbeginn, bekam er eine erschöpfende Darstellung des Niehmschen Milieus.

Arnold klopfte an der Küche, um sich zu eigenen Broten etwas Kaffee aufzugießen. Er sah die Familie um den Tisch versammelt beim Essen. Nun wollte er als völlig Fremder nicht stören. Er hatte ja auch noch den ganzen Abend Zeit.

„Nein, Sie stören gar nicht! Kommen Sie nur herein." Und mit der Anweisung zu dem und jenem Topf konnte er sich etwas kochen. Dabei und bei der Unterhaltung, in die er immer wieder einbezogen wurde, bot sich ihm das folgende Bild: Das Abendbrot bestand aus dem Gerippe eines wohl tags zuvor im Wesentlichen verspeisten gebratenen Hahnes. Dies lag ohne Teller oder Schüssel auf dem Linoleumküchentisch. Vater, Mutter, Sohn und Tochter waren jeder mit einem Messer zum Teil mit einem Küchenmesser bewaffnet, schnitten, bohrten, zerrten, jeder so gut wie er konnte, die restlichen Fleischfetzen von dem Gerippe, um sie aus der Hand mit Brot zu vertilgen. Hatte niemand von diesen Vieren, vor allem die Frau, die Hausfrau und Mutter und er, der im Leben stehende Mann, den Urinstinkt, dass dies nicht mehr – im vollen Sinne des Wortes – ‚menschenunwürdig' war? Und hatten sie noch nicht einmal so viel Instinkt, dass man bei solch einem Fraß doch keinen Fremden zuschauen lassen konnte?

War das Millionen von Menschen vorübergehend aufgezwungene Leben auf der Landstraße, in den Bunkern so umwälzend gewesen? Diese Leute hier waren doch sesshaft, waren doch von allem verschont geblieben! Und trotzdem waren die Sitten der Entwurzelten, des Bunkerlebens bis in so tiefe Schichten des Volkes eingedrungen? War das, was er aus seiner fernen schlesischen Heimat kannte, die Ausnahme, dies die Regel? Aber nein! Dreimal nein! Dies war nicht menschenwürdig! Was war denn menschenwürdig? Das war nicht, ob einer, ob eine Familie in noch so schäbigen Räumen wohnte, menschenwürdig, das war die innere Haltung, die den Menschen vom Tier unterschied. War diese Grenze hier nicht schon unterschritten? Und nun das Unverständlichste von allem: In grellem Kontrast zu diesem hier stand die nach außen gezeigte

Eleganz. Wer mochte da noch klar sehen? Schein und Wirklichkeit, Flitter und Abgrund. War das die Großstadt?

* * *

Am nächsten Morgen stand Arnold um acht Uhr im Personalbüro der ‚Arktis-Kühlschrank- und Apparatebau'. Der Formalitäten waren viele bei einem so großen Betrieb. Ein junges, frisches Mädel spannte eine Riesenkarteikarte in die Maschine, nachdem sie Arnold aufgefordert hatte, Platz zu nehmen.

Die üblichen Fragen: Name, Vorname, geboren wann und wo.

„Schulbildung?"

„Ja."

„Machen durchaus den Eindruck aber welche Schule? Volksschule? Wie viel Klassen? Berufsschule?"

„Nein, Realgymnasium, Einjähriges."

„Ich denke, Sie wären Spenglergeselle?"

„Na klar, bin ich auch."

„Haben Sie auch Papiere?"

„Nur Soldbuch und Entlassungsschein."

„Bescheinigung über Gesellenprüfung?"

„Die liegt vielleicht noch in Hirschberg."

„Dann mal einen Augenblick, da muss ich mal fragen, was ich eintragen soll", und damit verschwand sie mit der Karteikarte und Soldbuch in einen - von vielen Holzsprossen aufgeteilte Glaswand - abgetrennten Nebenraum. Arnold sah nur die gebeugten Köpfe und hatte den Eindruck, als würde in seinen Papieren, seinem Soldbuch, geblättert. Nun erhoben sich beide. Der Personalchef kam mit dem aufgeweckten Mädel auf ihn zu.

„Wissen Sie Herr Arnold, solch ein großer Betrieb wie der hier, der will nicht nur alles genau wissen, der will auch alles belegt haben. Das ist hier schon fast wie beim Staate. Solch ein Ding von Karteikarte, das ist der reinste Steckbrief. Was Sie uns nun erzählen, das kann stimmen, kann aber auch nicht stimmen. Sie sind Flüchtling und keiner kann etwas nachprüfen. Im Soldbuch steht Stud. Staatl. Maschinenbauschule. Wo waren Sie?"

„In Görlitz."

„Wie viel Semester?"

„Vier."

„Mensch, da wären Sie ja beinahe Ingenieur."

„Das war. Und es war auch sonst vieles. Jetzt bin ich hier, um als Spengler zu arbeiten. Das habe ich gelernt. Vielleicht kann ich ja später noch Papiere nachbringen."

„Gut, ich war selbst als Schlosser und als Ingenieur in Amerika. Angefangen habe ich als Schlosser. Hätte ich nicht schlossern können, wäre ich am dritten Tage wieder herausgeflogen, blieb aber sieben Jahre im gleichen Betrieb. Also Fräulein Röbenkamp, einstellen als Spengler wie abgesprochen. Und Herr Arnold, auf ‚amerikanisch'!"

„Also auf Probe, aber sicher – und hoffentlich dann auch sieben Jahre!"

Das Mädchen hätte gerne noch mehr gewusst, was der große Fragebogen nicht enthielt, aber Arnold ging mit einer Gegenfrage oder mit einem Scherz über die angedeuteten Fragen hinweg.

Doch dieses Mädchen erwies sich gleich als treue Fürsorgerin. Sie gab ihm alles Wissenswerte mit auf dem Weg, die Anweisungen über Unfall- und Krankenfürsorge. Die Einrichtungen im Betrieb mit Bädern, Höhensonne und anderem. Zeigte ihm dann die Essräume im obersten Stockwerk, beschaffte ihm gleich die Essensmarken und legte den schmächtigen Arnold der rundlichen Küchenmamsell zur besonderen Pflege ans Herz. Dann brachte das Mädel es auch fertig, dass Arnold sofort Arbeitskleidung gestellt bekam, weil er als Flüchtling keine ausreichende Kleidung haben könne.

Nach einer guten Stunde wurde er bei dem Meister abgeliefert, in dessen Abteilung er nun arbeiten solle. Der Meister war selbst ein Könner. Neben der Reparaturabteilung unterstand ihm auch die Ausbildung der Spenglerlehrlinge.

Bei seiner ersten Vorstellung hatte Arnold scheinbar bei dem ihn ausfragenden Ingenieur einen ausgezeichneten Eindruck hinterlassen. Denn obwohl das schon einige Wochen her war, schien er hier vorangemeldet. Gelernte Kräfte, die alle Sparten des

Spengler- und Installateurberufes in Handwerksbetrieben wirklich allseitig ausgebildet waren, kamen als Neueinstellung nur sehr selten in einen eingefahrenen Fabrikbetrieb. Auch hier wusste man, dass solche Leute, gleichgültig in welchem handwerklichen Berufe, das rarste Wirtschaftsgut waren, das es gab. So wollte man auch hier diesen jungen Mann erst einmal ausprobieren, um ihn dann mit höchstem Wirkungsgrad an einen Platz zu stellen, an dem sein bestes Können sich am besten auswirken würde.

Arnold hatte hier gleich den Eindruck, dass er hier inoffiziell seine Gesellenprüfung nochmals wiederholen müsse. Die ersten Arbeiten waren einfache Blecharbeiten, Reparaturteile eigener Werkbauten. Man ließ ihn allein, um zu sehen, wie er sich anstelle. Doch die Ausführung war schneller fertig als der Meister veranschlagt hatte.

Ganz schnell und plötzlich musste da eine Lehre, eine Blechschablone, nach einer Handskizze mit genauen Maßen und profilecht hergestellt werden. Der Meister begann die Skizze zu erklären:

„Zeichnung ist ganz klar. Interessiert mich nur, wofür das ist. Damit man sich etwas vorstellen kann."

„Neues Kühlschrankmodell. Kleinstkühlschrank, Bett des Kühlteiles."

Arnold suchte sich, ohne noch etwas zu fragen, das notwendige Material aus. Schnitt und feilte, lötete und nietete ohne jede Hast, als sei es das Selbstverständlichste von der Welt und nicht ein Meisterstück. Am nächsten Tage machte er die Prüfungen in der Behandlung von Kupferblech und Kupferröhren. Wieder später machte er nach einigen Vorproben das ‚große Schweißexamen'. Er hatte selbst Spaß daran, wie man ihn, natürlich ohne dass er das Geringste von der Absicht merkte, immer wieder prüfte. Lachen hätte er immer mögen. Man hätte es ihm ja auch sagen können. Aber es ging so weiter und die Examensaufgaben wechselten.

Der Meister gab ihm eines Tages eine besondere Nuss zu knacken. Das Versuchslaboratorium benötigte einen Durchlauferhitzer, in dem mehrere Rohre als Aus- und Einführungen ‚hart' eingelötet werden sollten. Kaum war er mit seinen Arbeitsvorbereitungen fertig, um mit einer Stichflamme Weißglut zu erzeugen, als im Nebenraum das Schelten einer hohen Stimme hörbar wurde. Die Stimme, ihm noch unbekannt, war aber durchdringend und hatte hier scheinbar etwas zu sagen. Sie bemängelte die Ausführung einer Arbeit. Arnold hatte weder Lust noch Laune, sich darum zu kümmern. Sondern er sah mit der Schweißbrille vor den Augen unverwandt auf sein glühendes weißer und weißer werdendes Werkstück, als sich Schritte näherten. Kein ,Stab', sondern nur zwei Mann. Sie sahen ihm eine Weile zu und einen kurzen Augenblick ehe Arnold den Schweißdraht in die Stichflamme tauchte, fragte die zuvor gehörte Stimme irgendetwas in das Zischen des Sauerstoffbrenners hinein. Arnold gab keine Antwort, er arbeitete.

,Was und wofür das wäre?' – keine Antwort. Die Männer blieben. Der eine nahm eine Schweißmaske, kam noch näher und verfolgte den Arbeitsgang. Dieser war dann nach einer ganzen Weile beendet. Mit einem Knall erlosch der Brenner. Arnold legte Brenner und Schweißdraht aus der Hand. Schob seine Brille hoch, wartete und betrachtete seine eigene Arbeit, ohne auf den anderen zu achten. Als er aufsah, blickte er in die klaren Augen eines kleinen weißhaarigen Herren, ihm zunickend, anerkennend, wohlwollend. Der inzwischen hinzugetretene Meister hatte schon die gewünschten Erklärungen gegeben und im Weggehen hörten Arnold und der Meister noch die Stimme, die da sagte: „Geschickte Finger, kann mehr.". Und Arnold erfuhr: Seniorchef, Gründer der Firma, fünfundachtzig Jahre alt aber noch alle paar Tage im Betrieb. Arnold hatte ein Lob von allerhöchster Stelle erhalten, ohne es zu ahnen.

An die vierhundert Menschen sollte die ,Arktis' beschäftigen und Arnold lernte nicht nur den Betrieb, seine Gebäude und Räumlichkeiten, sondern auch immer mehr Menschen kennen. Zum ersten Male in seinem Leben waren auch Frauen und Mädchen seine beruflichen Mitarbeiterinnen. Unter den Arbeiterinnen waren manche, die in ihrem Wesen und Gehabe einen frischeren und intelligenteren Eindruck machten als manche der sogenannten Angestellten. Diese hatte er bisher als sozusagen ,höhere Wesen' betrachtet. Jetzt stellte er fest, dass die meisten von diesen an der Schreibmaschine oder mit den einfachsten Büro- und Registraturarbeiten verschlissen wurden. Vom ersten Tage ab sah er die eine oder andere immer wieder, kannte manche schon am Gang und ihren Bewegungen, es entspann sich ebenfalls recht bald mit mehreren ein Blick- und Wortgeplänkel. Das wurde nicht zuletzt durch den immer fröhlichen Ton seines Grußes, seines Gesichts und Wesens ausgelöst. Und weil er auch den Mund auf dem rechten Fleck hatte, wollte man ihn gleich als Berliner abstempeln.

* * *

Als Arnold eines frühen Vormittags sein Frühstück verzehrte, gesellte sich ein Arbeitskamerad zu ihm, der fast unmittelbar mit ihm sprach:

„Bist Du organisiert?"[21]

„Ne, jeboren."

„Ach ne, guck mal an! Ich hätte gedacht, Dir hätten'se aus dem Wasser gepuhlt."

„Ne, war Winter und grade zugefroren und der Storch hatte keinen Hammer im Kasten."

„Nun red' keenen Quatsch mehr. Biste nu organisiert oder nich?"

„Nein. Hab ich mich auch noch nicht mit befasst."

„Watt? Nich mit befasst? Tust wie'n Säugling. Hier bei der ‚Arktis' ist es aber so: Wir sind hier alle Metallarbeiter und fast alle organisiert."

„Vielleicht gehöre ich dann zu den Wenigen, die es nicht sind."

„Wenn Du dauernd Schwierigkeiten haben willst, dann kannste det ja machen. Mensch in solchem Betrieb, da mußte vernünftig sein. Tust die unterstützen, die ganz alleene wat für Euch tun können. Und det sind die von meine Gewerkschaft. Also ich will

---

[21] Ab 1945 wurden wieder freie Gewerkschaften gegründet. In der Metall-Industrie war es sehr früh und sehr nötig nach den Kriegszerstörungen, der Demontage der Maschinen und der hohen Arbeitslosigkeit. Damals entstand die Forderung nach Mitbestimmung, die meist politische geführt wurde, sozial-demokratisch – oder – kommunistisch - auch im Westen

Dir mal was sagen, ich bringe Dir nachher die Formulare und dann schreibste mir mal da Deine Personalien uff. Willst hier doch nich wie'n Ausgestoßener rumloofen, uff den se alle mit'm Finger zeigen."

„Und was habe ich davon?"

„Mann, die ganzen sozialen Einrichtungen hier im Betrieb, die habt Ihr ganz alleine uns zu verdanken. Wenn Du hier richtig essen, wenn Du hier baden kannst, wenn Du Dich unter die Höhensonne legen kannst, wenn Du es nötig hast, was Du verdienst und alles, was Du an Zulagen und für Überstunden kriegst, das haben wir nur denen da oben für Euch aus der Nase gezogen. Jeder einzelne kann det ja auch nich so."

„Ja, das ist ja ganz schön mit den Löhnen und Zulagen, auch mit dem geregelten Urlaub und so weiter."

„Mann, das ist aber noch lange nicht alles! Ist erst der Anfang!"

„Wieso?"

„In Zukunft wollen wir hier überhaupt mitbestimmen können, was hier geschieht. Wir wollen ganz genau wissen, was die da oben mit dem Geld vom Betrieb machen. Was sie produzieren, was sie uns bezahlen und was sie selbst daran verdienen sollen. Das wollen wir vorher wissen und ‚Ja' und ‚Nein' sagen können. Und wenn sie dann nicht wollen, dann sagen wir mal ‚Nein'. Dann können sie ohne uns mal versuchen, was sie dann verdienen."

„Das verstehe ich nicht."

„Kannst Du ooch nich, das überlass mal uns. Bei uns seid Ihr ganz gut aufgehoben. Sieh mich an, mich haben sie ja auch nich umsonst in'n Betriebsrat gewählt. Nur weil ich mal mit der Faust auf den Tisch schlage und es denen da oben mal richtig gebe!"

„Weißt Du, dieser Betrieb hier, der ist mir viel zu groß, das kann ich nicht übersehen. Aber so einen kleinen Betrieb wie bei meinem Meister, das verstehe ich. Was Du da gesagt hast, wäre ins Kleine übertragen also so: Der Meister will eine neue Arbeit übernehmen. Sagen wir mal die ganzen Blecharbeiten hier an einem Neubau von der ‚Arktis'. Dafür bekommt er so und so viel. Er ist billiger oder jedenfalls nicht teurer als die Konkurrenz. Ich als sein Geselle und noch ein paar, wir sagen ‚Ne Meester, die Arbeit wird nicht gemacht oder wird nur gemacht, wenn wir – ich weiß nicht wieviel – mehr Lohn bekommen."

„Ja braucht denn so'n Meister, ohne 'nen Finger krumm zu machen, immer so viel mehr zu verdienen als die, die die ganze Arbeit wirklich machen?"

„Also dann wird die Arbeit nicht gemacht. Wir aber sagen ‚Also, an den Blecharbeiten war weder für den Meister noch für uns genug zu verdienen. Dafür machen wir jetzt die Heizungsanlage dort und dort zu einem Preis, den auch die Konkurrenz bestimmt'. Und daran setzt der Meister Geld zu, was dann?"

„Naja auf solch einen kleinen Betrieb, da kann man das nich so anwenden."

„Wieso nicht? Großer oder kleiner Betrieb, das ist doch ganz gleichgültig. Der kleine setzt bei einem Mann tausend Mark zu, der große verliert bei hundert Mann hunderttausend Mark. Und wenn das nun ein paar Mal geschieht, wer trägt das Risiko?"

„Natürlich der Unternehmer!"

„Mensch, da wollt Ihr Rechte, tiefgreifende Mitbestimmungsrechte im Betrieb ohne jede persönliche Verantwortung. Wenn's schief geht, seid Ihr's nicht gewesen und der Unternehmer? Wenn dem Unternehmer nun seine Initiative, für die er mit seinem Geld und Besitz grade stehen muss, dauernd von Leuten gelähmt wird, die keine Sachkenntnisse und vor allem keinen Überblick über die Marktlage haben, nun schließlich Pleite macht? Was dann? Arbeitest Du dann einige Wochen oder Monate ohne Lohn?"

„Wo denkst Du hin!"

„Dann hört es hier aber nur auf mit dem täglichen Baden und mit der Höhensonne, sondern dann liegen ein paar hundert Mann auf der Straße und der Staat, unser aller Staat, zahlt von unserem Geld ganz nutzlos Arbeitslosenunterstützung. Und warum liegen dann die Leute auf der Straße? Weil ein paar Leute, die ohne jede Ahnung von den Folgen ihrer Forderungen und ohne einen Schimmer von den Zusammenhängen in die Planung und die Fabrikation eingegriffen haben."

„Wat? Von so was keinen Schimmer haben?"

„Du vielleicht? Oder sonst wer hier?"

„Ich nicht, aber die Gewerkschaftsleitung! Mensch, da sin Studierte mit Köppchen dabei!"

„Nun wird's ja immer besser. Leute, und wenn se auch Köpfchen haben, die den Betrieb hier noch weniger kennen als Du. Hier noch nie hereingerochen haben, wollen dann hereinreden, was hier gemacht werden darf oder nicht?"

„Die verstehen auch mehr als Du und ich."

„Bei der Herstellung von Ziegelsteinen, da mag es vielleicht noch gehen, dass sich einer von außen her ein richtiges Bild machen kann – aber bei so einem Betrieb?" Mit so viel verschiedenen Warengattungen, Materialien, bei der Konkurrenz, Export und so weiter? Junge, Junge, das getraute ich mich nicht einmal bei einem kleinen Handwerksbetrieb, den ich jahrelang genau kennen würde."

„Ja Du, aber wir..."

„Nein, auch nicht: Ich oder Ihr. Was meinst Du, wie viel schon allein von staatlichen Stellen in einen kleinen Betrieb hereingefunkt wird! Nicht einmal ein Handwerksmeister kann ja mehr machen was er will. Wenn irgendeiner Staats- oder Wirtschaftsstelle etwas nicht passt, dann kriegt er einfach keine Kontingente[22], keine Arbeitskräfte und dann hat sich's mit seinen Plänen, auch wenn er Ideen hat, die uns alle vielleicht weiterbringen würden. Heute wird schon alles vorgeschrieben. Und es ist auch ganz gleichgültig, ob es Privat- oder was für ein Besitz ist. Allein schon durch die Zuteilung der Rohstoffe wird bestimmt, was einer herstellen kann. Und mit den Preisen und Verdiensten ist es auch nicht anders. Die bestimmt nicht mehr der Hersteller, sondern der Staat und die Konkurrenz, auch die ausländische. Weißt Du, was Ihr da erreichen wollt, das macht der Staat ja schon lange und so gründlich, dass die Wirtschaft schon bald nicht mehr funktionieren kann. Euer, Dein, mein Staat."

„Trotzdem. Wir müssen das in die Hand bekommen."

---

[22] Kontingente = Material für die Fabrikation: alles Material wurde staatlich verwaltet und verteilt... es sei denn man hatte Beziehungen oder etwas zum Tauschen

„Ich könnte mir denken, dass die Betriebsleitung von keinem Werk etwas dagegen hätte, wenn ein paar Leute aus dem Betrieb verantwortlich mitreden und mitbestimmen würden. Aber Leute vom gleichen Bau! Zum Beispiel ein tüchtiger Werkmeister oder Abteilungsleiter. Aber doch nicht von außen! Mensch, da seid Ihr ja nur die reinsten Befehlsempfänger von Leuten, die da eine politische Suppe kochen, auf die Ihr überhaupt keinen Einfluss habt.“

„Den bekommen wir.“

„Wenn Ihr das mal erreichen solltet, diese volle Mitbestimmung im Betrieb, weißt Du, was dann ist?“

„Na, wat?“

„Dann habt Ihr Euch selbst überflüssig gemacht. Dann wird einfach von oben kommandiert! Und Maulhalten! Ich dachte, da wären wir schon mal gewesen? Wollt Ihr denn da wieder hin? Die meisten Deutschen aber nicht!“

Der Betrieb ging weiter. Arnold hatte ständig beide Augen auf, sah Arbeitsweisen und Maschinen, von denen er keine leise Ahnung gehabt hatte, obgleich sie alle hart neben seinem Handwerk lagen.

Als er nach wenigen Tagen einmal sein Mittagessen im Kantinenraum verzehrte, setzte sich wieder ein Arbeitskamerad neben ihn, den er noch nicht gesehen hatte.

„Ich habe gehört, Du bist neu bei uns im Betrieb. Bist beim Meister Hark. Ich möchte mich mal gern mit Dir unterhalten. Ich bin hier im Betriebsrat und da erfährt man immer, wenn ein Neuer kommt. Da möchte man auch gern genauer wissen, wer das ist.“

„Mit Betriebsräten hatte ich bisher noch nichts zu tun. Wo ich war, da hatten wir das nicht nötig.“

„Wieso? Wo kommst Du her?“

„Von einem Meister aus Steinbeck.“

„Nun ja, dann kannst Du’s ja gut vergleichen, wie viel besser es in einem großen Werk ist, wo alles organisiert ist.“

„Das kommt aber doch sehr auf den Meister an! Aber sag mal, kommst Du, weil der Kanotzke vom Betriebsrat neulich mit mir nicht fertig geworden ist?"

„Ach, der war schon bei Dir?"

„Ja, der hat mir alles Mögliche über Mitbestimmungsrecht im Betrieb erzählt."

„Ja, der will als Hilfsarbeiter hier gleich den Seniorchef ersetzen und der will ja nicht nur diesen Betrieb hier, sondern alle Betriebe, wenn sie auch nur ein paar Mann beschäftigen, völlig sozialisieren."

„Ja, so ähnlich war mein Eindruck auch."

„Der hat nur wenige Leute hinter sich. Aber die machen immer den Krach. Die bringen immer eine ganz überflüssige und uns alle schädigende Kampfstimmung in den Betrieb. Und leider sind auch Kameraden da, die sich durch Schlagworte beeinflussen lassen."

„Dann ist's ja gut. Ich dachte schon, das wäre hier so der Ton zwischen dem Arbeitgeber und uns. Ich fühle mich nämlich gar nicht so ausgebeutet. Ich kann im Privatbetrieb auch nicht mehr verdienen und hier gibt's doch auch viele Annehmlichkeiten."

„Die sind ja zum Teil erst durch uns erkämpft worden. Ich will es mal ganz einfach und verständlich sagen: Wir als die Vertreter der Arbeitnehmer, wir wollen nicht, dass die selbstverständlich vorhandenen Interessengegensätze täglich und überall zum Krach führen. Wenn ich's einmal ganz krass sage: Leute wie Kanotzke möchten den Chef totschlagen und sich selbst an die Stelle setzen. Ob's dann besser würde? Wir erkennen aber den Betrieb und den Besitzer als Vertragspartner an. Das unterscheidet uns. Wir vertreten den Standpunkt und er wird auch von der Betriebsführung anerkannt, dass ein Betrieb nicht alleine nur aus Maschinen, aus Gebäuden und Betriebskapital besteht, sondern dass menschliche Arbeit ebenso wichtig ist. Das Eine ist der Körper, das andere ist das Blut. Das eine ohne das Andere ist nicht möglich. Nicht gegeneinander, sondern miteinander müssen die verschiedenen Wünsche in Einklang gebracht werden. Wir sind der Meinung, dass der Erfolg des ganzen Betriebes und also auch der Nutzen für jeden Einzelnen umso größer ist, je stärker sich jeder vom Betriebsleiter bis zum letzten Hilfsarbeiter menschlich mit seinem Arbeitsplatz verbunden fühlt."

„Das klingt ja ganz anders als das, was der Andere auf mich eingeredet hat. Aber was sind nun Eure wirklichen Ziele? Sag mal etwas, worunter ich mir direkt was vorstellen kann."

„Das Wichtigste sind immer die Kollektivverträge über Lohn- und Akkordhöhe, die Leistungszulagen, Prämien und so weiter. Das sind die Dinge, die jeder jede Woche an seiner Lohntüte merkt. Das nächste ist die indirekte Lohntüte. Nämlich was mit den Betriebsüberschüssen getan wird. Hier bei uns vor allem die Wohnungsfürsorge. Und da ‚Hut ab vor dem Alten!'. Das ist von ihm begonnen, mit seinem Geld. Er hatte das vor vierzig Jahren nicht nötig und heute verwalten und vermehren wir das in seinem Sinne. Ein großer Teil von uns wohnt in Werkswohnungen, meist sogar in kleinen Einfamilienhäusern der Firma. Und zahlen so zwischen fünfzehn bis dreißig Mark monatlich weniger als in anderen Wohnungen.[23] Die meisten haben einen Garten noch obendrein. Die andere soziale Wohlfahrt siehst Du ja hier im Betrieb und da haben wir auch heute schon die gleichen Rechte und mindestens den gleichen Einfluss wie die Betriebsleitung."

„Nun, das hört sich ja alles ganz, ganz anders an. Da sollte jeder mitmachen."

„Natürlich haben wir auch noch weitergehende Ziele."

„Und das wären?"

„Nun wir hielten es auch für richtig, Einfluss auf den eigentlichen Betrieb zu bekommen. Zum Beispiel wie das Betriebskapital verwendet wird, wenn der Betrieb umgestellt werden soll, Änderung der Produktion, neue Arbeitsmethoden, Betriebsverlagerungen, Zusammenschlüsse mit anderen und so weiter."

„Ja, führt das aber nicht schließlich auch, wenn auch langsamer zur völligen Sozialisierung der Betriebe?"

„Ja, die Sozialisierung der großen Betriebe ist natürlich ein Ziel."

---

[23] Eine 3-Zi-Wohnung mit Küche, Bad und Ofenheizung, 50 - 60 m² kostete
946 im Monat 60 – 80 RM.

„Ist das nun nicht ungefähr das, was der Kanotzke anstrebt? Dem hätte ich noch gerne gesagt, was mir aber erst nachher eingefallen ist: Es glaubt doch wohl keiner, dass dann alles in Butter wäre! Dass dann alle ihr Bestes gäben, immer nur für den Andern! Was Du aber sonst gesagt hast, da stimme ich Dir vollkommen bei."

* * *

„Jetzt liegt zu Hause in Hirschberg Schnee, vielleicht ganz hoher Schnee", dachte Arnold eines Abends nahe vor Weihnachten, als er sich schon früh zum Schlafen gelegt hatte. Damit kam auch die übermächtige Erinnerung an seine Mutter zurück, die in den letzten Wochen durch die so wesentliche Umstellung seines ganzen Lebens etwas in den Hintergrund gedrängt worden war. Siedeheiß überkam es ihn: Seit mehr als einem Jahr hatte er mit verschiedenen Organisationen der Flüchtlings- und Vertriebenendienste Briefe und Anfragen gewechselt und diese ganzen Stellen konnten ihn jetzt gar nicht erreichen, da er nirgendwohin seine neue Anschrift mitgeteilt hatte. Selbst Büschers wussten nur, dass er bei der ‚Arktis' als ‚Fabrikarbeiter' eingestellt war. Diese Mitteilungen an die Flüchtlingsorganisationen mussten in der nächsten Freizeit nachgeholt werden! Dabei sagte ihm seine Überlegung, dass er möglicherweise schon Wochen verloren haben könne und durch die bevorstehenden Feiertage bis über Neujahr noch weitere Wochen verlieren könne. So saß er am kommenden Sonnabend Nachmittag in seinem geheizten Kämmerchen und schrieb und schrieb.

Aber noch ein Weiteres war ihm bewusst geworden, als er sich schlaflos wälzte, dass er nämlich schon Großstädter geworden war. Er pendelte nur noch zwischen der Arktis und seiner Wohnung, kaufte auf dem gleichen Wege seine geringen Notwendigkeiten ein und seit Wochen war er nicht mehr herausgegangen, geschweige denn, wie von Steinbeck aus, den Sonntag über Land gewandert.

Seine neuen Wirtsleute hatte er etwas näher kennengelernt. War mit ihnen ins Kino und auch sonst mal zu einem Glase Bier und auswärtigem Essen herausgegangen. Und wenn diese Art zu leben auch nicht die seine war und niemals werden konnte, so ließ er diese anders geartete Grundauffassung für andere aber gelten: Jeder sollte auf seine Art unglücklich werden.

Ein für Arnold belangloser Zwischenfall ließ die ganze Familie Niehm in einem anderen Licht erscheinen. Frau Niehm wollte nach alter Sitte zwei Wochen vor Weihnachten schnell noch waschen. Arnold half ihr beim Heraufschaffen der Wäsche, der Bütten, der Kohlen und so weiter zu der im Dachgeschoss gelegenen Waschküche. Dabei stellte er fest, dass beide Wasserhähne tropften, ja liefen. Schnell sagte er im Hause an, dass das Wasser für einige Minuten abgestellt würde, setzte neue Lederscheiben ein und der Vorfall war für ihn erledigt. Frau Niehm erzählte das am Abend beiläufig ihrem Mann,

„Ist ja recht, Herr Arnold ist ja Installateur! Da hat mir doch gestern gerade der Pütter sein Leid geklagt, dass er mit den Installationsarbeiten in seinem Neubau gar nicht weiter kam. Ob ich ihm nicht jemanden wüsste. Herr Arnold, wie wär's denn, wollen Sie nicht nebenbei noch etwas verdienen?"

Nach anfänglichen Hemmungen sah er sich die Arbeit in den nächsten Tagen an. Schrieb das notwendige Material auf und schon war er für alle freien Tage zwischen den Jahren nicht nur beschäftigt, sondern voll in seinem Element.

Nicht ganz einfach war die Beschaffung des Rohmaterials. Arnold kannte weder eine Großhandlung noch waren diese in der Regel bereit, so kleine Mengen an völlig Fremde abzugeben. Auch sein Werkzeug reichte nicht aus. Das sei alles nicht weiter wichtig, die Hauptsache, er wolle und könne es machen.

So fing ein für Arnold ganz fremdes Spiel an. Herr Niehm als Angestellter einer Fahrradfabrik kannte den Prokuristen der Installationsgroßhandlung Gebrüder Hemmer. Ein Anruf genügte. Der Zettel mit den erforderlichen Rohren, Fittings, Schellen und dergleichen ging mit einem gelegentlichen Botengange zu Gebrüder Hemmer herüber und am Abend lag der ganze Auftrag abholbereit beim Pförtner.

Beim Werkzeug war es etwas schwieriger. Arnold überlegte, was er wohl selbst kaufen und zur Ergänzung seines bisherigen kaufen solle. Auch dafür bekam er von Herrn Niehm die Anschrift der

Werkzeuggroßhandlung Lindenschmidt mit der Weisung, sich an Herrn Lindenschmidt junior zu wenden. Er wurde mit ausgesuchter Höflichkeit bedient, bestens beraten und bekam Großhandelspreise eingeräumt. Was er mitbrachte, war weniger als er hätte kaufen können, aber es war alles in allem die von Haus gewohnte Qualität. Mit einem Paket unter dem Arm, mit allem Lötzeug und einem ausklappbaren Werkzeugkasten, einem Montagekasten, kam er nach Hause.

Sogleich tat, was er auch tun würde, wenn er einmal einen eigenen Betrieb und mehrere Montagekästen sein eigen nennen würde. Schon von Jugend auf konnte er diese grau-braun-blau-ölig verschmierten Werkzeugkästen nicht leiden. Noch am gleichen Abend brachte er ihn zu einem Maler und ließ sich den Kasten von außen dunkelblau in Ölfarbe streichen. Das war immer sein und der konnte von außen immer sauber sein.

Das für diese Bauarbeit noch fehlende große Werkzeug, zum Beispiel Gewindeschneiden, wurde vom Bauherrn Pütter besorgt und bei einem Betrieb über die Feiertage ausgeliehen.

Diese außerbetriebliche Arbeit war noch deshalb von erhöhtem Reiz für Arnold, weil er ganz zufällig das frische junge Fräulein traf, das ihm am ersten Tage bei der ‚Arktis' so an die Hand gegangen war und ihn überall mit passenden Worten eingeführt hatte. Er ärgerte sich nur darüber, dass er keinerlei Erinnerung mehr hatte, wie sie gehiessen haben könnte.

„Sagen Sie mir nochmals bitte, wie ist Ihr Name. Es wird für Sie nicht gerade schmeichelhaft sein, aber ich gestehe es offen, ich weiß Ihren Namen nicht mehr, möchte Sie aber richtig anreden können."

Sie fand sich gar nicht zurückgesetzt, war gar nicht beleidigt, sondern meinte: „Wenn vierhundert Menschen in einem Betrieb und noch einige Hände voll Menschen privat Ihnen neu gegenübertreten, dann kann's Ihnen niemand verübeln, wenn Sie seinen Namen nicht behalten. Ich bin Lisa Röbekamp. Aber nun, wie kommen Sie denn hier heraus, wo es noch nicht einmal Straßenbeleuchtung gibt?"

„Helfe da Freunden von meinen Wirtsleuten etwas in ihrem Neubau."

„Und bei wem?"

„Pütters."

„Sind ja oder werden ja fast unsere Nachbarn, wenn die mal fertig sind. Können uns auch mal besuchen nach Ihrer Arbeit."

„Sie können ja auch in den Neubau mal reingucken, wenn ich da arbeite."

So ergab es sich sehr schnell, dass er sie in den letzten Tagen vor Weihnachten nach der Arbeit, wenn auch nicht in unmittelbarer Betriebsnähe,[24] erwartete und beide erst mit der Straßenbahn und dann zu Fuß, sie nach Hause und er zu seiner Privatarbeit, gingen.

Dezember war's und um fünf Uhr abends waren alle Katzen schwarz. Wenn es vor Tagen noch zwei Menschen waren, die hauptsächlich ihrer Arbeit lebten, so gingen nun auf einmal ein Mann und ein junges Weib mit aufgestauten Sinnen nebeneinander her.

Viel zu kurz und endlos zugleich erschien den beiden dieses stumme Zwiegespräch aller ihrer Sinne. Keiner von beiden hätte zu sagen vermocht, ob es Stunden oder nur wenige Minuten währte. Doch beiden war's wie eine erlösende Entspannung. Als sie dann schließlich beide ihre Sprache wiedergefunden hatten, da kamen von beiden Seiten die Vorbehalte.

Schließlich musste auch diese zweiteilige Einheit für heute voneinander lassen. Er brachte sie bis zu dem neuen Häuschen ihres Vaters, ließ sich ihr Fensterchen zeigen, um zu wissen, wo sie wäre, bis er sie morgen früh wiedersähe. Er stand, bis sie sich in der etwas helleren Haustür nochmals umdrehend verschwinden war.

Mit einer ganz sicheren Erinnerung aus dem Traumland fand Lisa in die auch sonst schöne Wirklichkeit am Herd ihrer Mutter zurück. ‚Woher so spät heute? Und mit solch rotem Kopf?'

"Es war so schön draußen, frische Luft und jetzt hier die Wärme.'

---

[24] Es wäre von allen, den Kollegen wie von den Vorgesetzten, als sehr ungehörig angesehen worden, hätte man zwei Angestellte – eine weiblich, einer männlich, zusammen auf der Straße gesehen.

Arnold arbeitete bei offenen Karbidlicht wie im Fieberzustand. Traumhaft sicher und mit einer Geschwindigkeit, die all die – oh, doch nicht verlorene, nein so vielfach gewonnene – Zeit wieder einholte.

Wieder kam die heilige Nacht. Damit kam auch die Erinnerung an die Mutter. Niehms holten ihn zu ihrer Bescherung. Das Äußere mochte da sein. Die Heimat, die Mutter, fehlte. Und doch war er diesmal nicht so unsagbar traurig, denn übermächtig hatte die plötzliche Zuneigung zu diesem Mädel, das Lisa hieß, sein Innerstes erfüllt.

Arbeit, Nebenarbeit und ein ganzes Herz voller Liebe, hatten ihn über etwas hinweggebracht, was er sich zu tun vorgenommen hatte. Aus Steinbeck war er ohne Abschied von Frau Westhoff und Herrn Kramer fortgegangen. Beide hatten ihm zum vergangenen Weihnachtsfeste so wohlgetan. Zum Schreiben war es nun zu spät. Da half nichts: Er würde sich am zweiten Feiertag ein Rad leihen und nach Steinbeck fahren. Und damit machte er alles wieder gut, was er versäumt hatte.

Es war für Arnold ein herrlicher Tag. Bei ihnen sollte er zum Essen bleiben. Esswaren und Süßigkeiten für eine ganze Woche bekam er mit, doch das Erlösendste war, dass er am Nachmittag beim Kaffee bei Frau Westhoff und zusammen mit Herrn Kramer sich einmal all den Kummer um Issel und auch um das Mädel vom Herzen reden konnte. Hinrich Kramer nahm sich ohne viel zu reden vor, die Sache mit der Geldtasche mit dem dicken Köttermann zu bereinigen.

Bei der ‚Arktis' ruhte zwischen den Jahren der ganze Betrieb. Mehr als die Hälfte der Belegschaft kam mit allen nur denkbaren Verkehrsmitteln von weit her angefahren. Die meisten der Beschäftigten saßen irgendwie am Boden an[25], hatten zum Teil Haus und Landwirtschaft, die von den übrigen Familienmitgliedern bewirtschaftet wurde. Die Väter und jungen Leute brachten das

---

[25] „saßen am Boden an" = hatten eine kleine/größere Landwirtschaft

bare Geld ins Hause. Einer sollte sogar da sein, der täglich dreißig Kilometer weit mit dem Fahrrad käme! Solche Belegschaft war krisenfest und hatte in ihrer überwiegenden Zahl aber den Wunsch, die Tage um Weihnachten und das neue Jahr zu feiern.

Arnold hatte auf diese Weise die Möglichkeit, mehrere ganze Tage im Neubau von Herrn Pütter zu wirken. Man sah, was er beschickte. Ja, bis auf Kleinigkeiten war die gesamte Installation des Hauses am Silvester gebrauchsfertig. Als Dank an Herrn Niehm, den Vermittler, und Herrn Arnold lud Herr Pütter die ganze Familie Niehm und Arnold zu sich zur Silvesterfeier mit voraufgehendem Essen ein. Das war als besondere Anerkennung für Arnold gedacht. Über den Plan gebeugt, gingen beide die Arbeiten nochmals durch, als Herr Pütter unvermittelt fragte, was denn wohl der Einbau einer Zentralheizung kosten würde. Und schon wurde auf durchsichtigen Butterbrotpapier die Heizung geplant, da legten die anderen energisch Einspruch ein.

Niehm erklärte: Arnold bekäme jetzt so viel neue Arbeit, dass er gar keine Heizung bei Pütter bauen könne. Arnold aber wusste noch nichts von seinem Glück.

Als Mitternacht herankam und die Neujahrsbläser am 1.Januar 1947 von den Türmen der Johanniterkirche wie seit Jahrzehnten ihre Choräle in die Nacht bliesen, da gingen überall die Fenster auf. Die Nachbarn wünschten sich ein gutes neues Jahr und prosteten sich zu. Die Großstadt wurde in ihren Bezirken zum Dorf, wo sich jeder kannte. Die Bläser wurden vom Lärm der Böllerschüsse und der Knallfrösche auf den Straßen übertönt. Die Feier in den eigenen Wänden war jetzt vorbei. Nicht nur Pütters und Niehms zogen sich an, sondern die Straßen waren belebt wie am Tage.

Und jetzt hatten diese merkwürdigen Menschen schon wieder neue Verabredungen, zu denen Arnold natürlich mitgezogen wurde. In dieser Nacht wurde ihm klar, dass es hier viele ,Niehms' und ,Pütters' gab. Sie kannten sich alle untereinander und standen in den besten Beziehungen untereinander. Wohl nur ganz selten wäre auszumachen gewesen, ob die einzelnen Geschäfte von dem einen als Privatmann und vom anderen als Firmeninhaber oder Geschäftsführer getätigt wurden oder vielleicht auch nur vermittelt wurden. Doch diese recht große Gruppe half sich gegenseitig, schaltete immer den richtigen Mann mit ein, ohne ihm den anfallenden Verdienst zu neiden. Arnold sollte noch lange Gelegenheit zu solchen Beobachtungen haben.

So viele Aufträge, wie er in dieser Nacht bekam, konnte er nur in Monaten seiner Freizeit bewältigen. Die erste Vermittlung durch Herrn Niehm wollte Arnold zuerst gar nicht ernst nehmen. Da lag er aber ganz falsch. Dieser erweiterte Stammtisch so vieler aufeinander abgestimmter Interessen war immer im Dienst, war immer ‚am Mann'. Vom Inhaber einer pharmazeutischen Fabrik bekam Arnold eine Geschäftskarte, sofort mit einer Notiz, wann und wo sie eine Besprechung ausgemacht hatten, da der Fabrikbesitzer den Eindruck hatte, dass Arnold die Sache gar nicht ernst aufgefasst wissen wollte.

So fing ein Jahr an, das voller unvorhergesehener Ereignisse ablaufen sollte. Eine ganze Reihe von Abenden hatte er noch im Neubau Pütters zu tun, täglich den Heimweg mit Lisa genießend. Auch im Betrieb wussten sie sich immer zu finden. Dann und wann aßen sie zusammen. Die alte Bekanntschaft Lisas zur Leiterin der Werksküche hatte als Wirkung eine durchaus vertretbare Bevorzugung des schmalen knabenhaften Arnold im Gefolge. Lisa machte sich, häufiger als sonst, einen krummen Weg durch seine Abteilung, so dass der Meister schon schäkerte, ob sie ihn, den Meister, so auszeichnen wolle.

Als der Geliebte sie einmal abends nicht nach Hause begleiten konnte, sondern noch Material einkaufen musste, war ihr, als habe sie etwas von sich verloren. Den ganzen Abend zu Hause war sie fahrig und unstet. Sollte sie noch fort und ins Kino gehen? Dann legte sie sich ins Bett und schlief nicht und dann schlief sie ganz unruhig, um viel zu früh im Dienst zu sein – aber ihn vorher noch zu sehen. Dann erst löste sich ihre Spannung. - Der folgende Heimweg war lang.

Schnee kam. Die Hänge waren tief eingeschneit. Die Rodel wurden hervorgeholt. Und wenn Arnold auch schon bei Lisas Eltern im Haus gewesen war, ja zu Abend gegessen hatte und auch

102

zum Wiederkommen aufgefordert worden war, hielt Lisa es doch für ratsam, die berühmte ‚Freundin für alle Lebenslagen' einzuschalten, mit der sie am kommenden Sonntag am Hangesküll rodeln wollte. Die Freundin holte sie tatsächlich in aller Frühe ab! Und mit Proviant und Rodeln zog alsbald ein seliges Paar in die entgegengesetzte Richtung, nämlich auf die schönen Hänge des Lipper Landes zu. Man konnte ja auch mit der Bahn zurückkommen. Jeder Zeitgewinn war geschenkt. Und es kamen Schnee-Sonnentage wie an einer Schnur!

So lebte Arnold vier verschiedene Leben mit- und durcheinander: Erst einmal und hauptsächlich war er bei der ‚Arktis' tätig. Das trug seine Lebenshaltung und füllte den Hauptteil seines Tages mit Freude, ja Hingabe an die Arbeit mit täglich neuen, wechselnden und lehrreichen Aufgaben. Es ist fraglich, ob man ihm vom Betrieb aus so wechselnde Aufgaben gestellt hätte, wenn man geahnt hätte, wie er das Gesehene behielt, verarbeitete und den Gesamtaufbau des Betriebes erfasste. Längst war er als Anerkennung zum neuen Jahre Vorarbeiter geworden und die Überlegungen und Pläne der Betriebsleitung hinsichtlich seiner weiteren Verwendung gingen schon wesentlich darüber hinaus.

Zum anderen lebte er einer beruflichen Nebenbeschäftigung, in der er einen ganz neuen Kreis von Menschen kennenlernte. Hier knüpfte er Verbindungen und schaffte sich, oftmals nicht einmal über Geld, sondern im unmittelbaren Tausch als Gegenwert für seine Arbeit, Kleidung, Wäsche, Küchengerät, ein Fahrrad an und nicht zuletzt vervollständigte er in diesem Tätigkeitsabschnitt seine berufliche Ausrichtung. Peinlich war er darauf bedacht, für jedes, auch das kleinste Werkzeugteil einen Beleg, eine Quittung zu bekommen, um jeden vielleicht einmal möglichen Verdacht sofort zu begegnen, er habe sich vielleicht durch die ‚Arktis' ausgerüstet.

Das dritte Leben war sein Leben mit Lisa. Und das war nicht auf die meist wenigen Stunden, oft nur Tagesminuten, beschränkt, sondern vielschichtig mit allen anderen Tätigkeiten verwoben, seine Hand und seine Leistung steigernd.

Endlich lebte er noch ein eigenes Leben. Das war oft weniger froh. Ein Leben im stillen Kämmerlein. Wenn sein berufliches

Leben sich auch dank seines gelernten handwerklichen Könnens, das auf der ganzen Welt in gleicher Weise geübt wurde, nun erfolgreich und erfreulich entwickelt hatte, so konnte er den Verlust der Heimat, den Verlust aller alten Freundschaften und der erweiterten Familie nicht verwinden. Vom ungewissen Schicksal seiner Mutter ganz zu schweigen. Zu leben haben, war nicht das ganze Leben. Doch dann wärmte ihn eine einzige Erinnerung an Lisa, an den Druck ihrer Hand, an einen Kuss das Herz und die ihn oft überkommende Einsamkeit war gebannt.

Neu ausgerichtet war auch Lisa Röbekamps Leben. Nicht ganz erfreuliche Erinnerungen hatte sie vor Jahr und Tag, viel zu jung, veranlasst, sich in die Berufsarbeit zu stürzen. Schon lange galt sie als anerkannt zuverlässige Kraft, war munter, sah gut aus, war helle und kein Blaustrumpf, war überall geschätzt, im Betrieb sowohl wie draußen.[26]

Vater Röbekamp war noch kein Fünfziger und Mutter Röbekamp war wirklich noch in den besten Jahren und allem Lebendigen offen zugetan - ihrem Kleinvieh sowohl wie der Liebe. Längst hatte sie, wohl schon bei Arnolds erstem Abendbesuch, erkannt, dass es sich hier nicht allein um eine gute Bekanntschaft aus dem Betrieb und auch nicht allein darum handelte, einem Flüchtling die Hand zu reichen und ihm die Gemütlichkeit einer harmonischen Häuslichkeit statt der schlecht oder nicht geheizten Bude spüren zu lassen. Sie hatte erkannt, dass es sich hier ganz einfach um Zuneigung, ja um Liebe handelte. Den Jungen besah sie sich richtig und hielt ihn für einen ordentlichen Jungen, was sollte sie da auszusetzen haben. Ändern hätte sie doch nichts können, selbst wenn die Wahl ihrer Tochter nicht so gut ausgefallen wäre. Und dass das Mädel dies große Geheimnis nicht erzählte, nun, dann waren ihre eigenen Jungmädchenjahre noch nicht fern genug. Das häusliche Leben bei Röbekamps war ungetrübt. Die Mutter machte Haus und Hof und alle anderen griffen zu, wo es Not tat. Die Mutter versorgte auch

---

[26] Da die Verlobten im Krieg waren, als die Lisas die Schule verließen, lernten die Mädchen einen Beruf, der sie bis zur Pensionierung ernährte - blieben sie ledig oder den sie im Betrieb des Verlobten als Mitgift einbringen könnten- kam er zurück und würde man heiraten.

die ganze Familie, entließ morgens einen nach dem anderen bis vor die Haustüre mit einem freundlich aufmunternden Wort. Und für jeden, der zurückkam, hatte sie erst einmal einen Augenblick Zeit, selbst wenn ihr irgendwelche Arbeit noch so sehr auf den Händen brannte.

Auch Lisa ging es wie Arnold: Der im Inneren schwellende, das Herz wärmende Gedanke an den anderen lieh allem Tun flinkere Hände.

Nach abgetautem Schnee mit schlechtem Wetter im Vorfrühling kam auch noch Regenwetter, das schlechteste Wetter für solche Liebesleute. Endlos lange schienen diese Regentage zu währen. Bald aber schon zog der Landmann seine neuen Furchen und ein helles, sonniges Frühjahr begann. So kamen die Fahrräder zu ihrem Recht. Und Arnold ging eine ganz neue Landschaft auf, die sich von den Hängen des Teutoburger Waldes, von der Senne bis über das Lipper Land hinaus bis in das Weserbergland dehnte.

Thomas Arnold arbeitete so gut wie Tag für Tag für seine privaten Auftraggeber, denen sich in der Nähe der Niehmschen Wohnung noch allerlei ganz kleine, aber einträgliche Aufträge zugesellten. Oft machte er solche Kleinigkeiten noch nach dem Abendessen. Zigaretten waren in der Regel kein Problem und eine ganz wesentliche Entlastung seiner Börse. Dazu kam, dass seine Verpflegung mit allen möglichen kleinen Zuwendungen geradezu märchenhaft gegenüber der in Steinbeck war, obwohl er sich auch hier sehr weitgehend selbst versorgte. Arnolds Arbeiten wurden, auch mit vollem Recht, gelobt. Er stellte fertig, was er versprach. Hielt seine Zeiten ein und, obwohl er den gleichen Stundenlohn wie jeder Meister ansetzte, empfand sich jeder preiswert bedient, weil in den aufgewendeten Arbeitsstunden sichtbar ein einwandfreies Werk entstand. Einer sagte es dem anderen am Niehmschen Stammtisch, an dem er immer wieder mal ein Glas mittrinken musste.

Er hatte schon zu Beginn dieser Privatarbeiten erkannt, dass er umso mehr schaffen und verdienen könne, je mehr, je besseres und zweckmäßiges Werkzeug er habe. So verwandelte sich manche zusätzliche Einnahme nicht in Bargeld, sondern in Gerät. Bisher konnte er alles noch in seinem Zimmer, und wenn es nicht gerade auf dem Bau war, im Niehmschen Keller unterbringen.

Der Niehmsche Haushalt war nach wie vor auf Wirkung nach außen eingestellt. Wenn Arnold auch unverständlich, so schien der Aufwand doch bestreitbar. Bei allem inneren Kopfschütteln musste er der gut aussehenden und gut gewachsenen Frau Niehm bestätigen, dass diese zur Schau getragene, scheinbar aufwendige Eleganz weniger kostete als es den Anschein erweckte. Denn sie schneiderte für sich und die Kinder alles selbst und das mit fixer, geübter Hand und einem nicht wegzuleugnenden Chic und Farbgeschmack. Jede einkommende Mark war im Niehmschen Haushalt willkommen. Arnold war ein angenehmer Mieter. War wenig zu Hause, peinlich sauber und so ordentlich, dass Frau Niehm niemals etwas fortzuräumen hatte. Was Arnold in Bezug auf die Sauberhaltung tun konnte, tat er bereits selbst. Da er sich dann und wann etwas kochen konnte, zahlte er auf eigene Anregung stets ein Drittel der monatlichen Gas- und Elektrizitätsrechnung und war mit den ihm selbst so viel geschenkten Zigaretten hier äußerst freigiebig. So erwuchs trotz so gegensätzlicher Lebensauffassung, die natürlich niemals in Worten zum Ausdruck gekommen war, ein ausgezeichnetes gegenseitiges Verhältnis. Auch Lisa wurde bei ihren gelegentlichen Besuchen stets bestens aufgenommen.

Als sein Gerät sich nun immer weiter vergrößerte, hätte er sich gern eine andere Bleibe gesucht, bei der er möglichst auch einen Nebenraum, etwa eine Werkstatt, bekommen hätte. Doch bei dem guten Einvernehmen, den vielen Vermittlungen an Nebenarbeit, dem Hinzuziehen an den Stammtisch und dergleichen mehr hatte Arnold einfach nicht den Mut, solche Gedanken überhaupt zu äußern.

Er beschied sich ohne Nebenraum. Vor allem auch, weil er sich sagte: ‚Sicherlich kann ich immer etwas nebenbei verdienen, doch ob das in Zukunft so bleibt, scheint doch fraglich.‘

Auch noch etwas anderes bestimmte ihn, kurz zu treten. Nach Lisas Meinung wusste man bei der ‚Arktis‘ nichts von seinen Nebenarbeiten. Vielleicht würde man von dieser Seite wenig eingewendet haben. Aber er hatte den Eindruck, dass mancher ihm

Schwierigkeiten machen würde, auch wenn sich ein Flüchtling das Notwendigste nur durch zusätzliche Arbeit erwerben konnte. Alle schönen Worte konnten nicht darüber hinwegtäuschen, dass die meisten Einheimischen die Flüchtlinge nicht gern sahen und besonders schlecht auf die zu sprechen waren, wenn diese sich durch Können wieder heraufarbeiteten und nicht bereits waren als ‚armer Flüchtling' stets zu kuschen und für das Gnadenbrot alltäglich dankbar zu sein, das diejenigen, die alles behalten hatten, herablassend abzugeben bereit waren.

In der ‚Arktis' hatte Arnold inzwischen nicht nur sein Gesellenstück nachgemacht, sondern man wusste längst, dass man einen Meister in seinem Fach gefunden hatte. Lisa wusste das viel früher als Thomas und freute sich über die Anerkennung seines Könnens durch die Betriebsleitung mehr als er.

Schon bald nach Weihnachten, zur Zeit des ersten Überschwanges ihrer jungen Liebe war Lisa Zeuge folgender Unterhaltung gewesen, die der Oberingenieur mit dem Personalchef führte.

„Mensch, aus der Kiste Arnold, da können Sie mir noch ein halbes Dutzend engagieren."

„Wieso? Schlägt er nicht ein?"

„Na und ob, und wie! Der wird bald bei uns Meister!"

„Na, nun man langsam."

„Hätten es heute selber sehen sollen. Sind ja selbst vom Bau. Hatte da schon vor einigen Wochen eine neue Lehre besprochen für das Kühlgehäuse von M3. Der Klein hatte sie endlich gezeichnet. Arnold sollte sie machen. Fragte sofort haarscharf: ‚Warum so? Warum nicht hier und hier rechte Winkel und hier und hier einfach Holzkeile?' Das überzeugte. ‚Ich müsste es selbst mal eben sehen', meinte er. Angekommen und nach einigen Minuten Beobachtung sagte der Teufelskerl, ‚Ich müsste es einmal selber schweißen'. ‚Ja, können Sie denn E-Schweißen?' ‚Na klar.' sagte er, nimmt die Gehäuseteile, spannt sie ein, als täte er nichts anderes als Kühlgehäuse schweißen, sagt ‚Das gibt mal'n rechten Winkel, mal auch keinen'. Schweißt! Mensch, schweißt! Ich hatte so den Eindruck, wie der so die Elektrode hält, da stände ein Maler an der

Staffelei und zöge ruhig und elegant seine Striche. Fertig, spannt aus, wir sehen es uns an. Inzwischen spannt er es sich schon neu mit einigen Veränderungen ein. Der Meister Kolke sagte mir, ‚Wenn ich den hier hätte, brauchte ich keine neue Lehre'. Da war der Arnold auch bald wieder fertig, er wüsste genug. Vor einer Stunde hatte er die Lehre fertig, probierte sie selber aus. Zeigt denen da oben mal, was Schweißen ist. Kölke stoppt ab. Bisheriges Mittel liegt bei zwanzig Minuten. Und der macht's beim dritten Stück mit neun, n-e-u-n Minuten. Der hat nicht nur geschickte Vorderfüße, sondern auch Köpfchen."

Beim Nachhauseweg fragte Lisa wie um etwas zu fragen, „Na Thomas, war etwas Besonderes heute im Betrieb?"

„Nein, nur das Übliche."

Für Arnold hatte das Vorkommnis aber noch verschiedene Nachspiele. Von dem Unangenehmeren erfuhren aber nicht viele. Zur Frühstückszeit des übernächsten Tages kam das Mitglied des Betriebsrates Kanotzke zu ihm:

„Du, ich will Dir mal was flüstern: So unkollegiale Genossen wie Dich können wir hier nicht riechen."

„Hab ich Dir wohl die Butter vom Brot geklaut, was?"

„Nee, mir kannst Du doch nicht..."

„Also was nun? Du willst doch was Bestimmtes?"

„Guck mal den Unschuldsvogel! Vor'n paar Tagen haste Dich in die Schweißerei reingedrängt und hast den alten Leuten mal gezeigt ‚wie geschweißt wird', was? Ist's nich so? Und jetzt sagt sogar der Kölke denen da oben, Du hättest das in weniger als der halben Zeit gemacht als die bisher. Er hat daneben gestanden und hat Deine Arbeit abgestoppt. Du bist ja'n feiner Jenosse! Hier fliegen mal von Zeit zu Zeit Eisenstücke durch die Luft."

„So, nun will ich Dir mal was flüstern. Deinen Roman erzähl, wo Du willst und wie Du willst. Deinen langen Vortrag neulich als Betriebsrat über ‚Mitbestimmungsrecht im Betrieb' und dass ‚alle durch die Arbeit der Genossen erzielten Überschüsse auch denen wieder zugute kommen müssten' und so weiter, habe ich gut behalten. Alles, was an Einrichtungen für die Belegschaft hier ist, hast Du madig gemacht. Ist Dir alles zu wenig, das Essen zu schlecht. Nun pass mal auf: Auf der ganzen Welt gibt es keine Rechte ohne entsprechende Pflichten! Bei Dir gilt das alles wohl nur für die anderen? Dass Du hier jeden Tag baden könntest, wenn Du wolltest, dass Du zu Weihnachten ein Eimerchen mit Sirup mit nach Hause genommen hast, im Haus von der Firma wohnst, einen Garten von der Firma hast, die Arbeitskleidung und hundert andere Dinge, das ist alles möglich bei einem so großen Betrieb, bei solch fabelhafter maschineller Einrichtung. Wenn Du nun alle Vergünstigungen und noch viel mehr haben willst, dann hast Du und jeder andere die verdammte Pflicht und Schuldigkeit an der Verbesserung mitzuarbeiten, nicht rumzustehen und mies zu machen, sondern sparen und arbeiten, damit für alle möglichst viel dabei herauskommt! Nur dann kannst Du auch was fordern! Wenn Du der Alte wärst, der vor sechzig Jahren auch als Spenglergeselle hier angefangen hat, dann schmissest Du solchen Kerl wie Dich, der hier nur hetzen kann, achtkantig raus.“

Bei der Betriebsleitung gingen entgegengesetzte Überlegungen um. Schon nach wenigen Wochen seiner Betriebszugehörigkeit war Arnold nicht nur bei allen Meistern, Ingenieuren, sondern auch beim Seniorchef und den beiden Söhnen bekannt. Ausgerechnet der Seniorchef mit seinem untrüglichen Blick für handwerkliches Können hatte den frühesten Anlass zu den Überlegungen gegeben. Schon bald hatte er versucht, mit Arnold in ein Gespräch zu kommen. Aber so aufgeschlossen und freundlich er zu allen bis zur jüngsten Hilfsarbeiterin war, diesem alten Herrn gegenüber wahrte er eine ungeheure Zurückhaltung und der musste mehr fragen, als er sonst gewöhnt war. Aber die Antworten waren so klar und die Erklärungen über die vielen ‚Warums’ zeugten so von Sach- und Materialkenntnissen, dass er sich hinterher gleich die Karteikarte ansah: ‚Auf jeden Fall halten’.

Alle waren sich völlig klar darüber, dass Arnold sich in seinem Berufe durchsetzen, mindestens Meister werden oder vielleicht eine noch höhere Stellung bekleiden würde. Es fragte sich nur, wo und bei wem. Man wollte alles tun, was möglich war, ihn zu fördern und für sich zu behalten.

So setzten auf verschiedenen Wegen verschiedene Versuche ein. Im Betrieb wanderte Arnold im Laufe der kommenden Monate durch verschiedene Abteilungen. Zum Teil machte er wiederkehrende Arbeiten an gleichen Einzelstücken, die an Fließband grenzten. Zum Teil hatte er Sonderaufträge. Dann wieder ging er zu verantwortlichen Prüfungsarbeiten über. Daneben liefen wie unbeabsichtigt, aber wohl aufeinander abgestimmt, Gespräche, die mit ihm geführt wurden. Und wozu einer der Ingenieure sogar einmal den Heimweg benutzte, den er ganz zufällig mit Arnold zusammen antrat. Man wollte von ihm hören, was er selbst für berufliche Absichten, was für geistige Interessen er habe und nicht zuletzt seine Ausrichtungen zu den sozialen Problemen der Zeit zu erfahren.

Lisa erwies sich trotz ihrer Liebe zu ihm als vorbildliche Angestellte des Betriebes. Natürlich hörte sie genügend Einzelheiten, um sich ein abgerundetes Bild zu machen. Doch sie erzählte ihm nichts und so zeigte er sich ganz wie er war.

Die Betriebsleitung hatte bald das richtige Bild von ihm: Der fröhliche, aufgeschlossene Arnold hatte Heimweh, hatte Sorgen um das Schicksal seiner Mutter. Zukunftspläne? Ja darüber war noch gar nicht zu reden. Weiter studieren? Wahrscheinlich nein. Wovon auch? Und immer wieder: Erst die Mutter, dann müsse er sein ganzes Leben neu einrichten, um für die Mutter zu sorgen. Ebenso klar aber sprach er sich darüber aus, dass es ihm bei der ‚Arktis' gut gefiele und dass er gar keine Veranlassung hätte, auch nur daran zu denken, von hier fortzugehen. Im Zuge dieses Gespräches hatte der Oberingenieur so ganz nebenbei Arnolds Versprechen in der Tasche, nicht zu wechseln, ehe er nicht mit ihm gesprochen hätte. Denn was jemand anderes ihm gegebenenfalls bieten könne, das könne die ‚Arktis' auch.

So kamen bald sonnige Tage, Thomas und Lisa hatten auch noch nach Jahren den Eindruck, daß es die schönste und sonnigste Zeit ihres Lebens gewesen sei. Jeder Sonntag gehörte ihnen allein. So hatte dies glückliche Paar, dem von keiner Seite etwas in den Weg gelegt wurde, schon bald ‚seine Plätze'. Sie fuhren zu ‚ihrem Haunberg', zu ‚ihrem Lohrbach' und so weiter.

Wenn der Sonntagsproviant[27] auch meist von Lisas Mutter kam, so wollte Arnold doch immer, dass sie in einem Gasthaus richtig aßen. Was Lisa mitbrachte, war schon von Anbeginn immer sehr reichlich für eine Person. Schließlich fiel es ihr doch auf, dass die Mutter doch unmöglich annehmen könnte, dass sie den ganzen Kuchen allein essen würde. Als sie davon stets etwas wieder mitbrachte, mit der Bemerkung, das wäre heute doch ein wenig zu gut gemeint gewesen:

„Wart doch zu zweit", undeutlich und zur Türe deutend: „bringt doch selbst was mit." „Wer?" die Tür zumachend „Zu zweit."

Da hatte sie's! Jetzt wusste sie alles oder gar nichts. Aber das Glas mit Kartoffelsalat im Radkorb am nächsten Sonntag konnte auch keiner allein essen.

Jetzt aber sollten alle Gefühle, alle Leidenschaften nochmals durcheinanderwirbeln. Aber in ganz anderer Weise, als die Beteiligten es sich gedacht.

---

[27] Auf Lebensmittelkarten gab es 1947 nach Mißernte und Morgenthau-Plan 600 Cal. /Tag für Schwerarbeiter, 500 Cal/Tag für andere. In ländlichen Gegenden war die Hungersnot nicht so lebensbedrohlich wie in den Städten, Hunger litt man dort nicht so sehr, im Gasthaus zu essen war gegen Lebensmittelmarken und Geld möglich. - Dieser Bericht wurde 1947-1948 geschrieben

Mittwoch, 19.März 1947:

7. Wiederfinden der Mutter

Eines Tages sagte Arnold im Betrieb zu Lisa, dass er am Abend erst noch an seiner Wohnung vorbeigehen müsse, um etwas zu holen. Als er sie dann zum gemeinsamen Heimwege traf, da hatte er den eigentlichen Zweck des Weges zu seiner Wohnung gar nicht ausgeführt, sondern kam sonderbar stürmisch und erregt mit einer Karte in der Hand auf Lisa zu.

„Ich muss gleich zur Post. Telegrafieren.[28] Da schau, von der Vertriebenfürsorge in Kassel. Anschrift: Arnold, Elisabeth, geborene Killus aus Warmbrunn, jetzt wohnhaft in Fritzlar, fragen an, ob das meine Mutter wäre? Ist sie aber nicht, aber das hier ist eine Tante... Vielleicht weiß die, wo meine Mutter ist, ob sie noch lebt und wo. Und deshalb muss ich auch gleich telegrafieren. Weißt Du, wo Fritzlar liegt? Wie weit ist das? Wie kann man dahin kommen?" Und so waren sie schon auf dem Wege zur Post.

„Die Frau hat sicher kein Geld, kann ich die Rückantwort mitbezahlen?"

„Soll's dringend gemacht werden? Dann kostet es mit Rückantwort vier Mark und zwanzig."

„Ja."

So war das fort. Jetzt arbeiten. Nein! Und nun redete er wie ein Buch. All die Gedanken seiner müden Nächte, all seine Fantasien, wo seine Mutter wohl sein könnte, wie es ihr ginge, ob sie alt geworden, ob sie krank wäre, ob ihr die Menschen mit ihren Bösartigkeiten gegen denjenigen, der nichts mehr hatte als sich selbst, der nur noch seine Arbeitskraft und oftmals nicht einmal diese mehr hat, angetan haben könnten.

---

[28] Ein Telegramm wurde per Fernschreiber – wie Telefongespräche – von Hand übermittelt an das Postamt des Empfängers. Das Telegramm wurde sofort durch einen Telegramm-Boten zugestellt. Das war die schnellste Mitteilung, wenn telefonieren nicht möglich war. Die meisten Leute hatten kein Telefon.

Lisa sah sofort: Hier ist einer hart am Traumwandeln.

„Mädchen, wenn wir jetzt die Mutter finden!", sagte er immer wieder, sie auf offener Straße, wie nie zuvor am Arm zu sich ziehend.

„Weißt Du, lieber Junge, heute gehst Du aber mit und bleibst bei uns. Mutter wird sich sicher freuen."

„Ja, aber ich muss gleich wieder nachfragen, ob die Rückantwort noch nicht da ist."

„Junge, Junge, ich hoffe ja, dass Du es heute noch bekommst. Glaubst Du ja gar nicht, wie auch ich mich für Dich freue, ich will Dir auch Deine Hoffnung nicht nehmen, dass das Rücktelegramm noch heute kommen könnte, aber das ist doch sehr unwahrscheinlich. Denk mal, wenn das Postamt abends nicht mehr besetzt ist und Dein Telegramm erst morgen früh dort ankommt, was dann?"

„Ist aber doch dringend!"

„Trotzdem! Weißt Du, in der Schule hat uns einmal ein Lehrer erklärt, was ein dringendes Telegramm ist. Beim einfachen Telegramm, da wäre es so: Wenn man das aufgäbe und der Postbeamte frühstücke gerade, dann beendete er sein Frühstück erst. Wenn man es aber dringend machte, dann müsste der Postbeamte erst sein Brot weglegen und das Telegramm durchgeben."

„Gute Erklärung."

Nachdem Arnold zum soundsovielten Male gesagt hatte, was er… wenn er… und wenn er sich nun heute aufs Rad setzen würde und zu seiner Tante führe?

„Einhundertfünfzig Kilometer? Und dann ist Deine Mutter nachher hier im Nachbardorf?"

„Hast Du auch Recht. Also warten, bis das Telegramm hier ist."

So kamen sie allmählich in die etwas bergan gehende Straße, in der Lisas Elternhaus stand. Er wollte gar nicht mit hereingehen, aber Lisa ließ nicht locker. Die Mutter war gar nicht verwundert. Lisa wollte erklären, aber Thomas war so redselig, dass sie gar nicht zu Worte kam. Auch die Mutter bekam alles mehrfach erzählt: Was er… wenn er... Und Frau Röbekamp hatte eine seltene Gabe zuzuhören, ließ ihn Platz nehmen. Setzte sich zu ihm. Fragte nicht, ließ ihn sich aussprudeln. Dann kam auch der Vater Röbekamp nach Haus.

„Denk mal, Vater, Herr Arnold hat eine Postkarte bekommen mit der Anschrift...“

„Ja, es ist nur meine Tante, meine Mutter heißt Else. Aber die Tante weiß sicher, wo meine Mutter sich aufhält... wenn ich... dann werde ich...“

Immer wieder wollte jemand auch einmal etwas einwerfen. Und nur Frau Röbekamp gelang es einzuflechten:

„Ach, was würden wir uns alle mit Ihnen freuen und hoffentlich kommt nicht noch eine schlechte, weniger freudige Nachricht dazwischen.“

„Wenn meine Mutter lebt..., natürlich... es könnte... ihr... auch... in diesen schlimmen Zeiten... natürlich etwas widerfahren sein... Aber warum soll sie nicht auch leben, genau so wie meine Tante? Und wenn ich erst weiß wo sie ist, dann...

Thomas aß und hätte, sobald abgedeckt war, nicht sagen können, was er gegessen hätte. Lisas Einfluss auf seine Gemütsbewegung war, als sie allein blieben, so groß, dass er ruhiger und ihren Erwägungen zugänglich wurde. Dass er das Antworttelegramm kaum vor dem nächsten Mittag, ja vielleicht erst am Nachmittag erwarten könne. Ja, dass es noch länger dauern könne, weil seine Tante doch auch vielleicht nicht da sein konnte.

Als er erst sehr spät aufbrach, es ging schon gleich auf elf Uhr, und Lisa ihn noch heraus begleitete und auch noch einige Schritte mit ihm die Straße herabging, war er wesentlich ruhiger geworden und in der Umarmung des lieblichen Mädchens löste sich manche Spannung. In seinem traumhaften Zustande hätte diese Flut von Liebesküssen auch seiner wiedergefundenen Mutter gelten können.

Natürlich ging er an der Post vorbei. Klingelte beim Schild ‚Telegramm-Annahme‘.

„Dringendes Telegramm für Arnold?“

„Nein.“

Nach einigen Fragen hin und her war er nun endlich davon überzeugt, dass er das Telegramm heute Nacht nicht mehr und morgen früh auch noch nicht gleich erwarten konnte, denn dann müsse es schon hier sein, meinte der Postbeamte. Einige Zigaretten[29] waren Thomas' Dank.

Er ging beruhigt nach Hause. Eine Klärung war wenigstens in Sicht! Und da man auf Frau Röbekamps Veranlassung etwas Richtiges getan, nämlich eine Flasche Obstwein getrunken hatte, sank er traumlos ins Bett und schlief kommenden Beanspruchungen entgegen.

Vor der Arbeit bei der Post vorbeizugehen, konnte er nicht unterlassen. Der gleiche Beamte hatte noch Nachtdienst, der ihm gestern Abend schon Auskunft gegeben hatte. Mit der Arbeit wollte es heute gar nicht gehen wie sonst. Er war zerstreut. Lisa hatte er auch noch nicht gesehen. Alles bei ihm stand auf Erwartung. Vor allem wartete er auf das Telegramm. Frau Niehm hatte er einen Zettel hingelegt, sie möchte ihm das Telegramm baldig und ohne Rücksicht, was das koste, zur ‚'Arktis' bringen lassen, am besten durch den Telegrammboten. Er erwartete von Lisa, dass sie sich wenigstens um das Frühstück herum mal bei ihm sehen ließe. Aber gar nichts geschah. War das Mädel etwa gar nicht im Büro heute?

Nach diesem endlos langen Vormittag kam die Mittagspause und von dem Telegramm war noch nichts zu sehen. Es ging auf vierzehn Uhr, als er vom Pförtner angerufen und ihm ausgerichtet wurde, er möchte mal herunterkommen. Gleichsam fliegend ging es die Steintreppen mit den blankgetretenen und klappernden Kantschienen herab. Da sah er auch schon die blaue Uniform und das gelbe Postrad: Das Telegramm!

‚Mutter wohnt Blombach, Lippe, Rathauskehre 9, Bäckerei Niederbarkey, Tante Elisabeth.'

Blombach, Lippe? ... Und da war er mit Lisa schon durchgefahren!

„Franzel, gib dem Postboten ein paar Zigaretten[30], bekommst sie gleich zurück!"

---

[29] Zigaretten war die Währung, mit der fast alles erworben werden konnte, mit der auch Thomas seine Nebentätigkeiten teilweise bezahlt bekam.

[30] Zigaretten wurden geraucht, um den Hunger nicht mehr so sehr zu fühlen.

Ins Personalbüro. Lisa fuhr auf. Thomas schwenkte das Telegramm. Sie liest. Fasst ihn gleichzeitig kräftig über die Hand und sagt nur:

„Da ist ja alles gut. Ich hatte ja solche Angst." und um den Hals hätte sie ihm fallen mögen.

Thomas stand da und legte die Hand über die Augen und blieb sinnend stehen.

„Nun muss ich gleich frei haben, fahre sofort mit dem Rad hin."

„Ach was! Warum die nutzlose Anstrengung! Zweimal den Berg. So wie ich Dich kenne, geht's Dir ja nicht schnell genug und gehst nicht schön langsam, wie wir neulich. Kannst sicher bald mit der Bahn fahren, dann bist Du genau so früh da wie mit dem Rad."

Urlaub[31], das machte Lisa. Sie brauchte ja keine Erklärungen mehr und das Telegramm genügte auch. Urlaub für heute Donnerstag ab Mittag, Freitag und Sonnabend. Sie musste an sich halten, ihn nicht in den Arm zu nehmen. Wenn er sich jetzt fertigmachte und bei seinem Meister Bescheid sage, dann wolle sie ihm wohl die Züge nachsehen. Er könnte dann immer noch entscheiden, ob er mit der Bahn oder mit dem Rad fahren wolle.

Da war er auch schon zurück, buchstäblich atemlos. Lisa saß noch über dem Fahrplan, aber es war schon alles klar. Fünfzehn Uhr drei abfahren, in Lemgo zweiundzwanzig Minuten Aufenthalt und um sechzehn Uhr zehn in Blombach. Lisa übernahm es, Herrn Niehm anzurufen, seine Arbeit abzusagen. Und immer wieder hätte sie ihn umarmen mögen.

Thomas ging. Sah nochmals zum Fenster herauf und war verschwunden. Und Lisa war einen, zwei, drei, vier furchtbar lange Tage allein.

Thomas hatte noch Zeit sich umzuziehen. Was sollte er der Mutter mitbringen? Wie oft hatte er sich schon danach gefragt. Alles, was er hätte kaufen können, schien ihm nicht wert genug. Blumen? Nein, auch nicht. Er... seiner Mutter... Blumen.... als

---

[31] Wenn einer Angehörige wieder fand, wurde er/sie in jedem Arbeitsverhältnis sofort beurlaubt und alle freuten sich mit dem/der Glücklichen, sogar wenn er/sie Flüchtling war

Gruß! Nein! Andere würden das nicht verstehen, aber seine Mutter würde es nicht verstehen, wenn er ihr Blumen mitbrächte.

Endlich saß er im Zuge. Wie der schlich! Ging ja auch dauernd bergauf. Alles ging pünktlich. Da war Lemgo. Umsteigen nach Blombach, Bahnsteig zwei! Da stand auch schon der Zug und fuhr und fuhr nicht. Thomas war das Herz so voll, er musste es loswerden.

„Denken Sie einmal an", sagte er ins Abteil hinein und an einen Herrn gerichtet, der eigentlich lesen wollte, „denken Sie mal an, nun bin ich schon seit gut einem halben Jahr hier in der Gegend und suche meine Mutter. Wir sind aus Schlesien. Und heute bekomme ich die Nachricht, dass sie noch nicht einmal zwanzig Kilometer von mir entfernt wohnt – und lebt! Und ich bin schon mehrmals in Blombach gewesen und an ihrer Tür vorbeigekommen." Das ganze Abteil nahm Anteil. Inzwischen fuhr der Zug und in Blombach ein.

Was er suchte, fand er leicht. Nach dem Rathaus fragte er. ‚Rathauskehre' und da stand mit großen roten Metallbuchstaben auf grauer Fließwand ‚Bäckerei Niederbarkey Konditorei'.

Wo war nun die Mutter? Wohnte sie in einem kleinen Stübchen, vielleicht als abgehärmter Flüchtling? War sie hier tätig? Vielleicht war sie noch nicht einmal zu Hause? Im Laden der Bäckerei wollte er fragen.

Da war Hochbetrieb. Ein winzig schmales Lädchen. Kaum zwei Schritte in der Breite für die Kunden. Doch dieser schmale Raum war dicht gedrängt voll Menschen. Meist waren es Frauen, Kinder, Mädchen, als Mann fiel man direkt auf. Und da stand und bediente seine Mutter im weißen Kittel: Frisch und fröhlich, gesund und gepflegt, so sah sie der Sohn von der Seite.

„Macht eine Mark und vierunddreißig,[32] Frau Henk", drückte knack, knack einige Tasten, drehte ‚kling' an der Kasse, „Fünfunddreißig, vierzig, fünfzig, zwei Mark. Schönen Dank."

---

[32] Außer dem Geld mußte die entsprechende Menge Brotmarken von der Lebensmittelkarte abgegeben werden. Das war – als der Bericht geschrieben wurde - so selbstverständlich, so daß es nicht erwähnt wurde.

Zum Nächsten aufsehend, sich dann aber seitlich wendend, weil sie seitlich des Ladentisches gegen das helle Schaufenster eine Bewegung eines jungen Mannes gewahrte...

Nun sahen die Käufer Frau Arnold von der Seite, ihre Veränderung, Spannung, doch das lief alles in Sekundenschnelle ab:

„Junge!", ein fragender, jauchzender Ausruf.

„Mutter!", das wird nur selten zärtlich gehaucht, wie es hier geschah.

Wie erstarrt, gebannt und bewegungslos standen diejenigen, die Zeuge dieses Wiederfindens waren. Niemand würde es je vergessen. So plötzlich wie das vor ihren Augen abgelaufen war, so standen alle in ehrfürchtigem Schweigen bei sich, man hätte wohl bis dreißig zählen können. Mutter und Sohn, sich immer noch umschlungen haltend, soweit voneinander lösten, dass sie sich gegenseitig in die Augen sehen konnten, soweit ihre Tränen das zuließen.

Da ging auch wieder die Ladentüre. Ein Mütterchen fing laut an zu schluchzen und eine junge Frau drehte sich zur Wand, sich ihrer Tränen schämend. Aber es war hier ein Ladengeschäft, eine Bäckerei, die frisches Backwerk verkaufte. Die Ladentür blieb schon offen stehen. Was Mutter und Sohn jetzt auch alles für vordringliche Fragen gehabt hätten, hier musste jetzt erst einmal ein nicht zu stoppender Betrieb ablaufen.

„Junge, geh mal hier durch, sag wer Du bist und sage, es möchte einer kommen, um bedienen zu helfen."

So schnell kann sonst nur der Rundfunk arbeiten wie hier der Blombacher Mundfunk verbreitete, dass Frau Arnolds Sohn ganz plötzlich zurückgekommen sei. Auch Herr Niederbarkey ließ seinen Kaffee stehen und sagte auch gleich: „Junge, gut, dass Sie endlich da sind." Er sagte immerhin ‚Sie' und half gleich im Laden. Nach weniger als einer halben Stunde hatte sich der Strom der Kunden verlaufen, wenn es auch noch schwer war, allein zu bedienen, so schickte Herr Niederbarkey Mutter und Sohn, der all die Zeit im Rahmen der Türe zum Flur gestanden hatte, heraus aus der Öffentlichkeit des Ladens.

118

Sie kamen nicht weit, nur bis hinter die zugezogene Schiebetüre. Wenn jetzt auch tausend Fragen und Gegenfragen auf einmal und alle von gleicher Wichtigkeit zur Beantwortung drängten, so hatten diese dringenden Auskünfte übereinander jetzt noch Zeit. Wichtiger war beiden, sich nochmals gegenseitig zu fühlen, in der für Eltern und Kinder engst-möglichen Umarmung.

Dann musste alles Nötige gleichzeitig geschehen. An Alltagen wurde in der Regel mit den Gesellen zusammen in der Küche gegessen und Kaffee getrunken. Nun aber sah Thomas' Mutter erst in die Küche, bat das Mädchen, nochmals Kaffee aufzugießen, deckte dann in mehrmaligen Hin und Her zwischen Wohnzimmer und Küche, wobei Thomas ihr wie ein Schatten folgte. Auch er bekam zum Tragen immer wieder etwas in die Hand gedrückt und als noch frisches Backwerk aus dem Laden geholt worden war, konnten sie sich endlich hinsetzen. Natürlich waren in diesen Minuten schon die ersten Erklärungen erfolgt.

„Denk mal Mutter, ich bin schon hier in Blombach gewesen. Hier vor der Türe vorbeigekommen. Bin schon ein halbes Jahr in Sparrenberg, also nur zwanzig Kilometer von Dir entfernt – und ich wusste es nicht. Nie habe ich daran gezweifelt, dass ich Dich fände. Wenn mir's Herz auch immer mal ganz schwer wurde, es könnte Dir etwas zugestoßen sein, dann konnte ich durch nichts begründete Gewissheit trotzdem nicht von mir abstreifen, dass Du lebst. Nur wo und wie, das war für mich die einzige Frage."

Was mit seiner Mutter war, das sah er alles handgreiflich. Doch die Mutter wusste nichts von ihm. So berichtete er ganz schnell und nur das Wichtigste, wobei er kaum zum Essen kam. Von der Karte von der Vertriebenenfürsorge in Kassel, durch die alles ins Rollen kam. Von dem Telegramm, dem dringendem und der Tante Antwort. Dann sein heutiges Leben, die schöne Arbeit bei der ‚Arktis', seine Wohnung, seine Nebentätigkeit und auch Lisa vergaß er nicht. Mit ihr sei er schon mit dem Rade, ja, ein Rad habe er auch wieder, billig, direkt von der Fabrik durch seinen Haus-herrn, hier auf ihren Fahrten am Sonntag durchgekommen. Lisa hätte auch diese Bäckerei und ihre Lage gewusst.

„Und wie lange bist Du schon hier? Wusstest Du etwas von mir?"

„Nein, die letzte Nachricht habe ich von Dir am siebzehnten Januar 1945 bekommen und am siebenundzwanzigsten war ich schon aus Hirschberg fort."

„Und wie?"

„Zu Fuß, mit dem Rad und unserem Handwagen."

„Bis hierher zu Fuß, sind doch sicher achthundert Kilometer? Du zu Fuß?"

„Nein, aber da ist noch viel, viel mehr zu erzählen. Willst Du mir nicht erst das Wichtigste von Dir erzählen?"

„Eigentlich brauchte man jetzt gar nichts mehr zu erzählen. Strich unter alles! Jetzt habe ich Dich wieder, jetzt fängt das Leben überhaupt erst wieder an. Und wie gut Du aussiehst, besser als zu Weihnachten vierundvierzig.

Überhaupt Weihnachten, das ist hier in dieser neuen Heimat für mich mit ganz bestimmten Erinnerungen verbunden. An eine liebe gute Frau, nur etwas älter als Du, aber schneeweiß, aus Steinbeck. Am ersten Weihnachten war ich krank und lag in Helmarshausen an der Weser in einem Erholungsheim. Alle fuhren heim. Ich lag den ganzen Tag in Decken gepackt auf dem Balkon und hatte furchtbare Angst, Weihnachten alleine zu sein. Ich dachte nur an Dich, nur an unsere Weihnachtsstube, dachte an den Großvater, an das Weihnachten, als Vater nicht mehr zurückgekommen war und immer wieder an Dich, wo Du wohl an mich denken würdest. Da bekomme ich ein Päckchen. Da bekomme ich ein Päckchen. Das war so überraschend. Ein ganz Unbekannter, Fremder, bekommt ein Päckchen. Das Päckchen kam eben von dieser lieben alten Dame, der ich mal den Koks in den Keller geschafft hatte. Damit fing hier überhaupt mein neues Leben an. Aber nicht das Päckchen war die Hauptsache, sondern ein Brief, ein langer Brief, und der hätte von Dir sein können. Und ich habe ihn gelesen und nochmals und nochmals gelesen, immer, als wäre es tatsächlich ein Gruß von Dir! Und von damals ab wusste ich es ganz genau: Das war von Dir und Du warst auch da und es würde alles wieder gut werden. Es dauerte aber noch zu lange! – Ehe es besser wurde. Aber jetzt ist alles Vergangene vorbei."

Wenn die Mutter auch gerne immer wieder einmal etwas gefragt hätte, ließ sie ihren Sohn erst mal alles loswerden.

„Wie ich schon sagte: Mit dem Kohleschippen fing es an...". Und dann erzählte er von der Landstraße, von den Heuschobern und Bunkern, von Frau Westhoff und Hinrich Kramer, von ‚Kleider machen Leute' und wie er das erste Mal seit vielen Jahren wieder empfunden hätte, nicht mehr eine Nummer unter vielen, sondern wieder er selbst zu sein, vom Preisschießen in Issel. Auch die Sache mit der Geldtasche des Herrn Köttermann musste er erst einmal loswerden. Da aber fragte die Mutter im Nachhinein: „Aber Junge, wie konnte der Mann denn..."

„Das wird mir auch ein Rätsel bleiben. Vielleicht ist die Erklärung aber auch ganz einfach: Dem Flüchtling, der keinen Pfennig in der Tasche hat, traut man unbesehen alles zu. Wohin er auch kommt: Niemand kennt ihn, niemand weiß etwas von ihm, niemand traut ihm – oder traut ihm alles, auch jede Schlechtigkeit – zu. Hast Du das auch erlebt?"

„Ach Junge, wie oft und immer wieder! Heute und hier ja nicht mehr. Aber alle Flüchtlinge leiden darunter. Und das Merkwürdigste ist, dass die, die immer am gleichen Ort geblieben sind, alles behalten haben, nicht den geringsten Sinn für ihre Anmaßungen und Ungerechtigkeiten haben."

„Nun, auch das ist vorbei."

„Eigentlich kannst Du das aber nicht auf Dir sitzen lassen!"

„Das meinen auch einige vernünftige Leute in Issel. Die wollten das auch schon bereinigt haben. Aber bisher ist – nichts. Der Köttermann ist eben das, was man hier einen westfälischen Dickkopp nennt, lässt niemanden an sich heran, aber in seinem Hause soll es so schwere Auseinandersetzungen gegeben haben, dass seine Tochter, mit der ich auf dem Fest viel getanzt habe, schon bald danach aus dem Hause gegangen ist. Nun mal weiter. Ein Jahr war ich bei einem Meister in Steinbeck. Da hätte ich gleich wieder fortgehen sollen. Aber weil mir das in Issel passiert war, wollte ich bleiben, wollte zeigen, dass man sich auf einen Arnold verlassen kann. Auf die Dauer ging es aber nicht. Weißt

Du, Mutter, wenn Du unsere Gesellen früher so behandelt hättest, dann wäre nicht einer ein Jahr geblieben."

Thomas berichtete dann noch knapp von seiner Übersiedelung nach Sparrenberg, die ‚Arktis', Niehms und ihren Kreis, seine Nebenarbeiten und was er sich schon angeschafft hätte. Lisa, wie der sie kennenlernte, dass er häufiger auch bei ihren Eltern gewesen wäre und sonntags immer mit ihr zusammen die Gegend kennengelernt habe.

In einer Gesprächspause meinte die Mutter lächelnd ‚Schon das zweite Mädchen'.

„Ach, eigentlich kann ich mit den Mädels in dieser Gegend nicht viel anfangen. Ist eben eine andere Art. Ja, blanke Augen und blonde Haare. Überhaupt nichts auszusetzen. ‚Prick' sagt man hier. Aber doch nicht der richtige Kontakt."

„Aber mit Lisa?"

„Ja, Lisa..."

„Na, bringst sie mal mit, gefällt mir sicher auch."

Mit ihrer Kaffeemahlzeit waren sie eigentlich fertig, aber die Mutter hatte den Eindruck, dass Thomas viel zu viel erzählt und viel zu wenig gegessen hätte. „Nun iss, kannst es sicher vertragen. Hier die Mohnzöpfe[33], die versteht Herr Niederbarkey besonders schön zu machen und hier... und hier… nimm!" Er aber wehrte ab.

---

[33] 1947 war es unfaßbar, so viel Brot, noch dazu Brötchen, zu essen zu haben

Donnerstag, 20.März 1947:

8. In Blombach Fluchtbericht der Mutter

Jetzt saßen die beiden über Eck am abgedeckten Tisch. Sahen sich gegenseitig an und hielten ihre Hände, wie schon so oft im Leben. Und doch fast wie zum ersten Male: Den Handrücken streichelnd, die Wange streichelnd. Wenn es nicht die Mutter mit ihrem Sohne gewesen wäre, hätte ein Außenstehender sie für zwei Verliebte halten können. Nun war's an der Mutter zu erzählen. Auch sie begann wie er, erst einmal rückwärts.

„Hier im Hause helfe ich schon zwei Jahre. Frau Niederbarkey ist nicht ganz gesund. Die Kinder, drei an der Zahl, haben sie so mitgenommen. Auch jetzt ist sie wieder in Bad Driburg. Mache eigentlich das ganze Ladengeschäft. Zu Weihnachten vor zwei Jahren brauchte man hier eine Hilfe. Vorher war's auch nicht gut. Oft habe ich in verschiedenen Häusern als Flickfrau gearbeitet. Da war es warm und ich hatte zu essen. Dann las ich hier den Zettel im Schaufenster. Als ich erzählte, dass Großvater auch eine Bäckerei gehabt hätte und ich den Betrieb kenne, ward ich gleich genommen. Erst aber nur zur Aushilfe für Weihnachten und Neujahr. Dann aber blieb ich und bin noch da. Ja, wohne jetzt sogar hier oben im Haus im eigenen Zimmerchen und hab' ja sogar meine Betten mitbringen können.“

„Was, zu Fuß hast Du die Betten mitgebracht?“

„Ja, heute kommt es mir auch unwirklich vor. Aber das war so: Da wir keine direkten oder indirekten Wehrmachtsaufträge hatten, wurden mir langsam alle Leute genommen. Nur ein Zivilfranzose für die Reparaturen wurde mir belassen. Julius hieß er. Geschrieben hat er mir inzwischen auch schon. Und dem verdanke ich überhaupt, dass ich hier bin und noch einige Habseligkeiten über den Weg bringen konnte. Man vertröstete uns mit allen Mitteln. Aber die Kolonnen der Flüchtlinge, besser gesagt, der schon vor uns Geflohenen, rissen nicht ab. Wir sahen sie immer von unserem

Fenster aus die große Straße ziehen. Unaufhörlich. Da hören wir eines Abends im Sender Beromünster, daß die Rote Armee Schlesien überrenne. Julius hatte schon seit Tagen alles vorbereitet, ohne dass ich es wusste. Lange vorher hatte er schon gesagt, man müsse sich vorher überlegen, was man unbedingt brauche, wenn man zum Beispiel ausgebombt würde. Das müsse man vorher zurechtlegen. So holte er alles zusammen. Das erste, was man brauche, um neu anzufangen, sei ein Küchenmesser! Dann Töpfe, Pfannen, Geschirr. Er suchte die Töpfe und so weiter so aus, dass möglichst viele ineinander gingen. ,Wertgegenstände?', fragte er dann. So kam das ganze silberne Besteck mit. Deinen Fotoapparat habe ich sogar. Und was wir an Uhren und Ketten hatten. Erst habe ich immer wieder geschwankt: Ein Franzose, immerhin ein Ausländer, sein Land – Feindesland. Wir Deutsche – seine Feinde. Will er möglicherweise mit allem durchgehen? Aber zwei Jahre hatte er gearbeitet und hat unseren Betrieb geführt, als sei es sein eigener. Und wenn bei den Franzosen als Volk immer wieder der Hass gegen uns Deutsche durchbricht, er, Julius, als der einzelne Franzose war ein Mensch, ein Kamerad, vorher und bis zum letzten Schluss.

So ging es eines Tages, nein eines Nachts, es war die Nacht vom 27. Januar, los. Was ich jetzt zu erzählen habe, das ist so abenteuerlich, dass man es niemanden übelnehmen kann, wenn er es nicht glaubt. Und deswegen erzählt man es auch meist nicht."

Bei hohem Schnee und fast bei Vollmond ging es um zehn Uhr abends los. Im Kasten vom Fahrradanhänger war alles, was Wert hatte in Kästen und Schachteln verpackt und von Julius so verschraubt, dass es weder herausfallen, noch leicht gestohlen werden konnte. Darüber zwei Koffer und der Proviant und obenauf ein Bündel mit Betten und Decken. Alles unter einer Zeltplane zusammengeschnürt und mit Riemen geschnallt. Den Anhänger mit den Wertsachen bekam ich an mein Rad. Aber das Rad war auch nicht ganz leer. Rucksack und eine Tasche waren seitlich am Gepäckträger angebracht. Der halbe Haushalt! Und nicht einfach zu fahren und zu schieben. Das letztere war auf dem ganzen Treck am meisten nötig. Julius hatte das andere Rad und daran unseren Handwagen. Den habe ich bis hierher mitbekommen, steht hier im Hof. Auch der Kasten dieses Wagens war vorbereitet, damit nichts verloren gehen sollte. Darin war ein großer Teil unserer Wäsche, Kleidung, Anzüge auch von Dir. Nur die Schuhe haben wir vergessen, auch alle Schmutzwäsche, und das war eine Menge. Aber immerhin! Diesen viel schwereren Wagen und noch ein vollbepacktes Rad mit seinen Sachen brachte nun der Franzose über den Weg. Nein, es waren tiefverschneite, völlig vereiste Straßen, auf deren rechter Seite man sich im ununterbrochenen Zuge der Flüchtenden einreihen und behaupten musste.

Anfangs ging es noch. Auf die großen Treckstraßen kamen wir erst viel später. Die erste Überlegung war, welchen Weg? Nicht herab in die Ebene, sondern am Hang unserer Berge erst des Riesengebirges, des Isergebirges bleibend, so nahmen wir auch Abschied von den schönsten Teilen unserer Heimat.

Das schlimmste aber war vorher noch der Abschied vom Hause. Fast hätte ich mich nicht trennen können. Ja, es hätte nicht viel gefehlt und ich wäre dageblieben. Solch einen Entschluss können sich die Leute hier, und wer das nicht selbst mitgemacht hat, gar nicht vorstellen. Du stehst in Deiner völlig unversehrten Wohnung, die Du jahrzehntelang mit den Menschen, die Dir am liebsten waren, bewohnt und mit Leben erfüllt hast. Das sollst Du nun mit einem Bündel in der Hand verlassen und gegen ein ganz ungewisses Schicksal eintauschen.

Noch eins, was sich auch niemand vorstellen kann: Ich stand an der Haustür. Abschließen? Ja, das hatte ja nun keinen Zweck mehr.

Also, es ging Richtung Greifenberg. Das sind ja nur rund vierzig Kilometer – aber wir brauchten eine Woche! Dann ging es an den Talsperren entlang, erst an der Talsperre von Marklissa. Da habe ich an Dich gedacht. Denn wir übernachteten in der Jugendherberge, die da in und über dem Wasser liegt und wo Du so oft gewesen bist. Und schön war's da! Herrlich Schnee und Eis. Und furchtbar das Elend, das man sah. Nur immer weiter! Am Rand der Talsperre von Goldentraum, oh, man darf gar nicht daran denken, darf sich selbst und andere nicht daran erinnern! Junge, in Goldentraum war ich als junges Ding, als die Sperre gebaut wurde. Dann sah ich, wie sie sich mit Wasser auffüllte und wie schön war's dort! Was soll ich das alles so genau erzählen, nur: Drei Wochen brauchten wir bis Görlitz. Und zur gleichen Zeit war die Lawine in der Ebene schon über Sorau hinweggegangen."

* * *

Herr Niederbarkey ließ nach Ladenschluß die Rolläden vor den Schaufenstern herab und kam, nach der Familie Arnold zu sehen.

„Na endlich ist der Junge da. So heißen Sie hier und es ist schon so oft von Ihnen gesprochen. Und wo sind Sie jetzt?"

„In Sparrenberg, bei der ‚Arktis'."

„So, bei der ‚Arktis', von denen hab' ich ja auch eine Anlage. Jetzt müssen Sie aber nach Blombach kommen. Wir können hier auch einen tüchtigen Installateur gebrauchen."

„Oder die Mutter zu mir. Ich kann eine gute Hausfrau gebrauchen."

„Was? Die lassen wir doch nicht wieder los."

Bald wurde Abendbrot gegessen. Ein Mann mehr fiel gar nicht auf. Trotzdem drehte sich alles um den einen. Es war eine lange Reihe, die da zusammensaß in der an die Backstube anschließenden Küche. Vater Niederbarkey und drei Kinder, Frau Arnold als stellvertretende Hausfrau, ein Mädchen und zwei Gesellen. Alle wollten etwas von Thomas Arnold wissen. Die Kinder vom neuen Onkel. Die Gesellen hatten gleich Verbindung mit ihm, da beide auch noch gar nicht lange aus der Gefangenschaft zurückgekommen waren. Die Mutter und Herr Niederbarkey steckten ihre Wünsche zurück. Ihnen blieb noch der Abend.

Nur eins musste jetzt schon geklärt werden. Der Junge blieb natürlich heute da. Sogar Urlaub bis Sonntag! Großartig! Wo soll er schlafen? Nach langem Hin und Her entschied die Mutter: Bei mir. Das geht natürlich noch.

Aus einer Flasche Wein wurde eine zweite, eine dritte, die der Hausherr schon zeitig kalt gestellt hatte. Er löste allen die Zunge. Herrn Niederbarkey musste manches noch einmal erzählt werden und die Mutter hörte aus dieser und jener knapperen oder ausführlicheren Darstellung noch manche Einzelheiten heraus, immer mit der beglückenden Feststellung: Das ist unser Junge, auch heute noch.

Thomas Nebenbeschäftigungen interessierten die anderen vor allem. Das konnte er gar nicht genau genug erzählen. Und Herr Niederbarkey wollte unbedingt auch genau so viele Einzelheiten über Lisa wissen. So gingen alle erst um die Mitternacht, und nicht ehe sie nochmals kräftig gegessen hatten, zu Bett. Voll des Glücks. Selbst Herr Niederbarkey war es, als sei sein Junge zurückgekommen.

Thomas hatte sich zwar zur Fahrt nach Blomberg angezogen aber an Nachtzeug und Toilettensachen hatte er überhaupt nicht gedacht. In der Anleihe aus Herrn Niederbarkey verschwand Thomas so, als wenn ein Kind das Hemd eines Erwachsenen überzieht.

„Von Dir, Mutter, weiß ich nun noch nicht viel."

„Morgen mehr."

„Ja, morgen... Und meinen Fotoapparat."

„Und Deine Uhr... und... und."

Dann kam die Nacht voll erlösender Entspannung. Mehr als zwei Stunden vor seiner gewohnten Zeit wurde der Gast durch das Dröhnen der Teigknetmaschiene geweckt, von dem die Hausbewohner schon nichts mehr hörten. Auch die Mutter schlief noch, atmete ganz ruhig. Draußen war es noch stockdunkel. Nur die Decke hatte einen hellen Widerschein von der Beleuchtung aus der Backstube. Wenn morgens um sieben Uhr schon frische Brötchen da sein sollten, dann mussten die Bäcker eben früh aufstehen.

Das Maschinengeräusch hinderte Thomas daran, trotz seiner Müdigkeit nochmals einzuschlafen. Seine Gedanken arbeiteten aufs Neue: Seine Mutter hier, bestens untergekommen. Wenigstens vorläufig. War das von Dauer? Er in Sparrenberg. Das könnte von Dauer sein. Sie hier, er dort, weiter getrennt sein und getrennt bleiben? Nein! Und diese Überlegungen gingen immer wieder im Kreise, bis die Fensterfläche vom Blauschwarz in ein heller und heller werdendes Grau überging. Auch die Mutter wurde wach.

Sichtlich erstaunt, gleich angeredet zu werden. Ein neuer Tag, ein zweiter dieses Festes des Sich-wieder-Findens.

Frau Arnolds Aufgaben waren ziemlich fest umrissen und durch den geöffneten Laden auch an ganz bestimmte Zeiten gebunden. Nach dem gemeinsamen Frühstück hub für die Mutter gleich eine der beiden Hauptschlachten des Tages an. Aber nach einer Stunde schon ging es ruhiger zu. Thomas wollte sich irgendwie nützlich machen. Der Meister aber sagte: „Junge, mach doch Ferien! Hier kriegst Du nur ‚ne weiße Mütze.“ Thomas war im Verhältnis zu ihm klein und schmächtig und von gestern Abend her war die Vertrautheit noch so groß und nachhaltig, dass es ihm gar nicht auffiel, dass er einfach ‚Junge‘ und ‚Du‘ genannt wurde und fand das auch ganz in Ordnung.

Da man ihm grundsätzlich nichts auftragen wollte und er überall, sowohl in der Backstube als auch bei seiner Mutter im Laden im Wege stand, fragte er nach einem Ölkännchen, holte sich im Hühnerstall eine Feder und fing, an sämtliche Türen zu ölen, die Schlösser, die Fenster und ihre Verschlüsse und wurde damit im Laufe des Vormittags noch gar nicht einmal fertig. Das war also Arbeit für den nächsten Tag.

Im Haus und in der Küche half noch eine Frau. Von halb eins bis drei Uhr war der Laden geschlossen. Der Meister und die Gesellen schliefen nach dem Essen. Frau Arnold tat das häufig auch. Heute aber saßen sie wieder beieinander und die Erzählung von ihrer Flucht ging weiter.

„Weißt Du, eigentlich wollte ich das alles für mich behalten haben. Niemanden wollte ich von dem vielen, vielen Schrecklichen, das einem selbst zustieß und noch mehr, was Anderen zugestoßen ist, erzählen. Wenn man hier etwas erzählt, was uns, die wir damals im Winter auf der Landstraße waren, zustieß, selbst wenn es für uns alltäglich, ja harmlos war, dann meint jeder, man wolle damit aufschneiden.

Nun aber habe ich gestern begonnen und will Dir mal einige Kleinigkeiten erzählen. Du wirst es mir, Deiner Mutter, ja wohl glauben.

Ein Bild: Auf vereister Straße eingeklemmt mitten zwischen anderen Trecks, mit Pferdewagen und zu Fuß, mit dem Kinderwagen, hoch oben auf einem vollbepackten Drückkarren eine Oma, die nicht mehr laufen kann. Damit sie nicht herabrutscht, ist sie etwas festgebunden. Auf einmal: Die Oma ist tot. Ob vor Aufregung, ob erfroren, nie wird es festgestellt werden. Und nun, was geschieht mit der toten Oma? Mit einer Leiche mitten im Treck? Alles ist ringsum vereist und wohl einen Meter tiefgefroren. Sohn und Schwiegertochter, die sie buchstäblich unter Aufbietung all ihrer Kräfte geschoben hatten, bleibt nichts anderes übrig als sie herunterzunehmen, sie in den Straßengraben zu legen. Und im gleichen Treck weiterzuziehen. Nur als ganz kleine Ergänzung dieses mitleidlosen Vorkommnisses: Der Drückkarren, auf dem die Oma starb, war noch keine hundert Meter weitergekommen, da war die tote Oma schon all ihrer Kleider beraubt.

Etwas Ähnliches: Auch nichts Besonderes. Vor einem Bahnhof in der Niederlausitz kommt eine junge Frau an, die mühsamst einen hochaufgepackten Handwagen zieht. Sie hat gehört, von hier gingen noch Züge. Ihre Kinder hat sie auf dem Wagen sitzen und überdeckt mit einer großen Wolldecke. Sie hält, zieht die Decke herab. Spricht die Kinder an. Keine Antwort. Fasst das eine Kind an. Schreit. Tot! Greift – nicht mehr Herr ihrer Bewegungen – zum hinten sitzenden Kind. Steif. Tot! Die Frau steht, die eine Hand noch am Arm ihres toten Kindes, starr, versteinert, starren offenen Mundes mit übergroßen, schon das Jenseits sehenden Auges und sackt vom Schlag gerührt, einfach in sich zusammen. Tot vor dem Wagen mit ihren toten Kindern. Ein gnädiges Geschick hatte es so gefügt.

Nun meinst Du vielleicht – und die anderen meinen das erst recht – ja sicherlich, so etwas ist wohl mal vorgekommen. Dass es aber tausende und abertausende von vielfach erschütternden Fällen gab, das wird nicht geglaubt. Da wollen die Flüchtlinge nur an die Tränendrüsen rühren.

Die Zahl der auf dem Treck Umgekommenen wird nie ermittelt werden. Aber auch in allen großen und kleinen Orten starben damals ungeheuer viele Menschen, zum Teil aus Verzweiflung durch die eigene Hand.

Was ich nun erzähle, soll sich vielfach in gleicher Weise zugetragen haben. Ich konnte es in einer Stadt selbst feststellen. Fast in allen Häusern gab es Tote. An Särge war nicht zu denken. Auf Karren und Handwagen wurden die Leichen wie sie waren zum Friedhof hinausgebracht von den Angehörigen. Hier wurden sie zuerst in der Leichenhalle und der Kapelle niedergelegt. Als das nicht mehr reichte, im Freien um die Kapelle herum. Die Reihen wurden immer länger und säumten nach wenigen Tagen schon den Hauptweg. Totengräber? Pfarrer? Was war daraus geworden?

Doch jetzt weiter unseren Weg beschrieben: Ende Februar blieben wir westlich von Görlitz in der Gegend von Hoyerswerda liegen. Wir mussten ausruhen. Ich hatte hohes Fieber, hatte wohl die Grippe. An einen Arzt war oder Medikamente natürlich nicht zu denken. Wir lagen in einer Scheune, in der kaum mehr Stroh war. Julius hat mich da in eine Ecke gepackt, unsere Räder herumgestellt, die Luftlöcher in den Scheunenwänden zugestopft. Hätten wir die Betten nicht gehabt, wäre ich von dort nicht wieder aufgestanden. Auch wenn Julius nicht für mich gesorgt und mich versorgt hätte.

Da kamen wieder neue Schwierigkeiten. Julius war Franzose. Zivilfranzose. Ich durfte mich also gar nicht mit ihm sehen lassen. Kaum lag ich in der Scheune und Julius wollte außerhalb des Ortes auf einem Bauernhof etwas für mich besorgen, mir etwas kochen, da hatte auch schon irgend so ein Kerl Lunte gerochen. Aber wir hatten alle Rollen schon gut verteilt. Er hatte keine Papiere, war aus Oberschlesien, aus Rybnik, konnte nur gebrochen Deutsch. Ich hatte alle Papiere, auch über das Geschäft und legitimierte ihn als meinen Angestellten. Ob es wieder gut gegangen wäre, möchte ich bezweifeln. Aber da kam uns ein schrecklicher, der schrecklichste Zufall zu Hilfe.

Wir lagen in der Nähe, besser zwischen zwei großen Werken, einem Benzinwerk, in dem aus der dort gefundenen Braunkohle Treibstoff gewonnen wurde, in Schwarzheide und dem großen

130

Aluminiumwerk in Lauta. Beide Werke wurden während unseres Aufenthaltes bei Hoyerswerda mehrmals schwer bombardiert. Ich konnte keinen Graben und keinen Bunker aufsuchen. Ich musste es nehmen wie es kam. Auch Julius blieb jedes Mal bei mir. Und einmal, eben am Tag der Kontrolle, fiel der ganze Bombenteppich über uns. Weil wir hier sind, siehst Du, uns ist nichts Besonderes widerfahren. Das Dach unserer Scheune war allerdings dahin. Ich noch nicht wieder gesund. Aber es blieb nichts weiter übrig als aufzubrechen und weiter nach Westen zu streben.

Auf der Landstraße hatten wir mit Kontrollen nichts mehr zu tun. Uns sah man es ja schon von weitem an. Wir waren auf der Flucht und die Spuren an unserer Kleidung waren unmissverständlich. Es ging ja alles sowieso durcheinander. Die Straßen waren voll von unsereinem. Julius hielt natürlich immer den Mund und ich sprach allein. Meist wurden wir nach besten Möglichkeiten für die Nacht untergebracht. Ja in der Regel umso fürsorglicher, je ärmer unsere Quartiersgeber waren. Wir machten alles durch: Vom Massenquartier bis zum Strohschober auf dem offenen Felde. Und dass wir im Februar, März, April nicht verhungert sind, das grenzt an ein Wunder! Den Menschen in dieser Gegend, die die Not bereits auf sich selbst zukommen sahen, muss für ihre Opfer und ihre barmherzige Hilfsbereitschaft demnächst noch ein Denkmal gesetzt werden.

Das Schlimmste war, dass wir keinerlei zuverlässige Nachrichten erhalten konnten. Nur alle paar Tage einmal hörten wir ganz unzusammenhängende Rundfunknachrichten. Dann war für uns noch etwas anderes unangenehm, man konnte auf den Straßen nicht mehr so und in der Richtung vorwärts kommen, in der man selbst gerne weiter wollte. Unsere Landkarte hatte etwas hinter der schlesischen Westgrenze aufgehört. So wurden wir wider Willen zu weit nach Norden, fast an Berlin herangedrückt. Dahin wollten wir aber um keinen Preis. Wir sind durch große Orte gekommen, deren Namen ich noch nie gehört hatte. Kilometer auf Kilometer, meist zu Fuß, trotzdem wir Räder hatten. Doch Julius Wagen war zu schwer. Auch bei ‚den Sängern aus Finsterwalde' waren wir zu Gast. Dann haben wir uns in kleinen Tagesmärchen von oft nicht mehr als fünfzehn Kilometern bis an die Elbe durchgeschlängelt.

Eine Karte aus einem Fahrplan hatten wir erstanden. Vor den Brücken hatten wir Angst. Da dachten wir an Kontrollen. In Torgau hätten wir schon über die Elbe kommen können. Die nächste war in Luthers Wittenberg. Wie ich schon sagte, wir schlängelten uns wirklich durch diese Gegend: Die südliche und sandige Mark Brandenburg und kamen am einundzwanzigsten April bei Pretzsch über die Elbe, ohne jede Kontrolle. Nun waren wir westlich der Elbe! Für uns war das ‚West-Deutschland‘.

Erst wollten wir nun einmal ausruhen. Scherzend hatte ich gesagt, ‚jetzt machen wir eine Badekur‘ und da stehen wir vor einem Straßenschild ‚nach Bad Schmiedeberg‘. Ich hatte gedacht, das läge in Schlesien und hier gab’s noch eins! Nach drei Tagen war die Elbe schon nicht mehr die Grenze. Wir wurden aus Schmiedeberg herausgeworfen. Lagen wieder auf der Landstraße und fuhren, was uns ganz unfassbar war, Kanonendonner entgegen.

Wenn man das nach Jahren so erzählt, ist es Nichts gewesen. War alles ganz einfach. Hat alles geklappt. Was hinter uns lag, hatten wir wirklich geschafft. Ich hätte es aber niemals allein geschafft. Und es war schwerer, ja schauriger, als ich es je in Worte fassen könnte. Wer’s nie so, gejagt auf der Landstraße, mitgemacht hat, selbst am eigenen Leibe alles gespürt und alles seelisch selbst durchgemacht hat, der wird es nie und niemals begreifen, was den Vertriebenen alles auferlegt war, auch wenn man vom Verlust der Heimat des ganzen Besitzes und allem sonst absieht.

Was nun mit dem wirklich naturgetreuen Kanonendonner folgte, das ist allerdings das Tollste und Verwegendste, was wir auf der ganzen Reise vollbrachten. Ich will’s mal vorauf verraten: Ich wurde vorübergehend Französin!

* * *

Jetzt aber ist es drei Uhr, ich muss den Laden aufmachen, damit die Menschheit frische Brötchen bekommt. Heute Abend mehr. Herr Niederbarkey kennt diesen Streich auch noch nicht.

Thomas hatte nun Zeit für sich, wenigstens ein bis zwei Stunden. Wenn ihm der Schädel auch voll war von den Eindrücken hier, von den Erzählungen seiner Mutter, so hatte er an Lisa doch mehrfach gedacht. Sie war nun zu Hause und war all die Tage allein. Drum wollte er ihr schnell schreiben, heute noch schreiben, sonst bekam sie den Gruß ja nicht vor seiner Rückkehr. Zur Post. Ihr schreiben, das war das erste Mal. Geschrieben hatte er ihr noch nie. Wenn er ihr das nur schnell sagen könnte. Ein Gruß nur sollte es werden, eine Postkarte würde genügen. Die aber las dann ja die Mutter. Das ging also auch nicht, da hätte er ja alles ganz förmlich abfassen müssen, denn eigentlich wollte er ihr ja nur schreiben, dass er sie liebte, an sie dächte, jeden Tag an sie dächte.

Also Briefpapier[34]. Als er das hatte und am Schreibpult auf der Post in Blombach stand, da wusste er trotzdem nicht, was er schreiben sollte, wie er sie anreden sollte. Es war eben der erste Brief! Und dann sagte er sich selbst: So, nun schreib mal, wie Du es ihr auch sagen würdest. Und da ging's auf einmal.

‚Liebe Lisa' stand da auf dem ersten Briefbogen. Da fragte er sich: Würdest Du ihr wirklich das so einfach sagen, so ‚Liebe Lisa'? Nein! Nächster Bogen. ‚Oh Du mein Liebstes! Du hättest da sein sollen. Wärst Du doch mitgefahren. Alles hat wunderbar geklappt. Der Zug war auf die Minute pünktlich. Ich laufe zum Rathaus. Und da, in der übervollen Bäckerei, steht meine Mutter! Verkauft Brötchen und sieht mich nicht gleich. Nur ich beobachte sie. Und dann gab es eine Pause im Verkaufen. Wir haben beide geweint vor Freude und andere mit uns. Du kannst Dir gar nicht vorstellen, was ich für eine wunderbare Mutter habe! Musst sie bald mal sehen. Alle sind hier furchtbar nett zu mir.

Meine Freude bringt Dir nur Kummer! Vier Tage kann ich nicht bei Dir sein und wir können am Sonnabend und Sonntag nicht heraus. Vier Tage bekomme ich keinen Kuss von Dir. Vier Tage – und den Sonntag zehnfach gerechnet – kann ich Dich nicht fragen, ob Du mich liebst.

Du glaubst gar nicht, was meine Mutter alles erlebt hat. Bis in die Nacht hinein haben wir erzählt und sind lange nicht fertig. Und

---

[34] Briefpapier konnte man 1947 nicht einfach irgendwo kaufen. Auf dem Postamt wird es einen Briefbogen und einen Umschlag zu kaufen gegeben haben

denk mal, meinen Fotoapparat hat sie sogar mitgebracht! Da kann ich bald ein Bild von Dir machen. Die Mutti hat gesagt, Du solltest mal mitkommen, Du gefielst ihr sicher auch.

Noch nie war mir bisher aufgefallen, wie vielfältig das kleine Wörtchen ‚Liebe' gebraucht wird. Die Mutter liebe ich und Dich liebe ich. Und Euch beide mit ganzem Herzen. Wenn ich es auch nicht genauer erklären kann, weißt Du es denn wenigstens, wie sehr ich Dich liebe? Und dass Dir nichts davon verloren geht, auch wenn ich meine Mutter wiederhabe?

Wenn ich wiederkomme, sage ich es Dir mündlich. Das geht viel besser.

Drum bis dahin! Immer Dein Thomas.

So, den Brief würde Lisa nun morgen vorfinden, wenn sie nach Hause käme und nicht mit ihm in die Weite fahren würde.

* * *

Wieder löste Herr Niederbarkey die Mutter im Laden ab. Wiederum tranken Frau Arnold und Thomas zusammen Kaffee und dann wollten sie, solange es noch hell war ein bisschen kramen. Suchen, was von seinen Sachen mitgekommen war. Schon lange brauchten sie bei dieser Arbeit, beim Durchräumen der Koffer und so weiter Licht. In alten Erinnerungen sich vergessend, hätten sie das Abendessen verpasst, wenn man sie nicht gerufen hätte. Dabei entschuldigte sich Herr Niederbarkey, dass er heute den ganzen Tag über zu Thomas einfach ‚Du' gesagt hätte – aber ‚mein Junge', da fühle er sich auch zugehörig.

„Heute Abend will uns die Mutter ihren tollsten Streich erzählen, den sie auf der Flucht vollführt hat."

„Das geht aber nur mit etwas Lebenswasser. Ich kann gar nicht verstehen, dass manche Leute das äußerlich anwenden, sich damit einreiben.", sagte der Meister.

„Gestern erzählte ich von Bad Schmiedeberg und unserer abgebrochenen Badekur und dem Kanonendonner in der Ferne. Wir fuhren also auf den Kanonendonner zu und wechselten damit tatsächlich von der östlichen zur westlichen Front. Ehe wir nach Düben an der Mulde gelangten, kamen uns schon amerikanische Autos entgegen. Und mit diesem Augenblick übernahm Julius nicht nur an die Führung, sondern auch meinen Schutz. Auf einmal war er wieder Franzose, hatte Papiere und alles, was man benötigte und zeigte nicht nur Mut und Findigkeit, sondern auch entschlossenes Zugreifen im richtigen Augenblick.

Kaum waren wir an die äußersten Häuser von Düben gekommen, suchte er ein kleines abschließbares Gehöft an der Straße auf. Kam nach Augenblicken zurück und stellte mich mit all unseren Sachen hinter dem Hoftor ab. Mit dem Hausbesitzer wurden wir bald einig, zumal dieser sich davon überzeugen ließ, dass sein Haus geschützt sei, wenn ein Franzose bei ihm wohne.

Julius malte sofort auf einen Karton mit Rot- und Blaustift seine Landesflagge. Schreibt darunter ,français' und schlug den Pappendeckel mit zwei Nägeln ans Tor. Dann verließ er uns. Es kam dann eine lange, bange Stunde des Wartens für mich, in der ich von den Hausbesitzern über die Zustände im Ort unterrichtet wurde.

Es ist fast unmöglich, eine Beschreibung von dem Zustand zu geben, in dem sich dieser Ort an dem Tage befand. Tags zuvor hatte er noch in der Kampflinie, ja unter schwerem Beschuss gelegen und jetzt war es tatsächlich die Nahtstelle zwischen Ost und West. Auch die lebendigste Schilderung kann den Stimmungsgehalt nicht einfangen oder lebendig machen.

Die Straßen des Ortes waren belebt und ausgestorben zugleich. Alle Häuser waren verschlossen. Die Läden aller Fenster herabgelassen. Wo Läden fehlten, waren die Fenster zugezogen und so weit wie möglich verrammelt. Kein Geschäft war geöffnet. Keiner der Einwohner betrat die Straße. Nur hin und wieder ging einmal ein Mann, um Unaufschiebbares zu erledigen. Mädchen und junge Frauen waren überhaupt nicht zu sehen.

Aber in der Hauptstraße, in einer Straßenerweiterung, auf dem Platz vor einer Kirche, alles im Zuge oder in Anlehnung an die Durchgangsstraße, da herrschte Leben! Kleine und größere Gruppen, meist junger Menschen, waren in aufgeregten, gestikulierendem Durcheinander. Laut und zudringlich, beherrschte und tyrannisierte von hier aus polnische und tschechische Unterwelt die Stadt. Zuerst war diese Masse über das Gepäck, die Wagen, den Nachlass der geschlagenen Wehrmacht hergefallen. Dann zogen die Gruppen, von Tag zu Tag hemmungsloser werdend, randalierend und plündernd von Haus zu Haus. Die Öffnung der Häuser und die Herausgabe des Geforderten wurden mit Pistolen in den Händen erzwungen. Zur Einschüchterung wurde immer wieder in und vor den Häusern geschossen.

Es durfte wohl kein Haus verschont geblieben sein. Und nicht nur das, manches Haus, manche Familie, hatten nach mehreren solcher Plünderungen hintereinander weder Kleidungsstücke oder Wäsche noch ein Bett im Haus, von Vorräten, Wertgegenständen, Uhren, Rasierapparaten ganz zu schweigen. Dazu kam, dass niemand die Frauen und jungen Mädchen vor den Überfällen dieser Horden selbst im eigenen Hause schützen konnte.

Dazu herrschte ein an Hungersnot grenzender Versorgungszustand. Wenn das ganz vage Gerücht kam, beim Bäcker Soundso ,soll' es morgen Brot geben, dann wurde das durch die Häuser weiter geraunt und vom Morgen in aller Frühe an standen dann endlose Schlangen von alten Menschen meist vergeblich vor den geschlossenen Läden.

Das Leben der Gemeinde war erloschen. Ein paar Männer und eine Frau saßen mehr als Wachen vor dem Rathaus, denn als neue Repräsentanten der Einwohner, jede Amtstätigkeit ablehnend.

Aufrecht durch die brodelnde, gefährliche Masse, schritt der evangelische Pfarrer im langen schwarzen Rock[35], der seine hagere Gestalt noch einprägsamer zum Ausdruck kommen ließ. Er trug eine provisorische Armbinde aus weiß und violett mit einem in Tinte aufgezeichneten Kreuz. Furchtlos schritt er ein. War den ganzen Tag auf den Beinen. Trat überall plötzlich dazwischen und verhinderte durch sein respektgebietendes Auftreten wenigstens manches Unheil.

---

[35] Dieser lange Rock war eine Anzugsjacke, die bis fast zum Knie reichte gerade geschnitten. Das war für ev. Pfarrer ein üblicher Anzug.

Einige junge Krankenschwestern taten, allem Schmutz und all der Gemeinheiten zum Trotz, unerschütterlich ihren Dienst und besuchten die Kranken in der ausgestorbenen Stadt.

Es dauerte sehr lange, bis die jungen Sieger dieser Schlacht um Düben des Mobs Herr werden konnte. Hier möchte ich aber auch noch einflechten, was mir ein junger Amerikaner damals sagte: Die Zivildeutschen seien nette Leute und überall seien sie herzlich aufgenommen.

Ich stand also nun buchstäblich auf glühenden Kohlen in der Toreinfahrt des Gehöftes wartend. Nach mehr als einer Stunde hielt ein kleiner Kastenwagen mit einem Pferdchen davor an dem Hause. Ich traute meinen Augen nicht. Auf dem Bock saß Julius. Mit dem Hausbesitzer wurden wir rasch einig, dass wir Pferd und Wagen bei ihm einstellen und unseren weitere Habe in seinem Haus unterbringen konnten.

Das Schild, besser der Pappendeckel mit den französischen Farben hatte, wenn auch nicht vollen Erfolg, so doch die Wirkung, dass keine Plünderung im Hause vorkam. Trotzdem: Wir schliefen auch in diesem Hause und in dieser und den folgenden Nächten mit und auf unseren Sachen, hatten die Fahrräder und den Anhänger im Haus. Der Stall war von innen verriegelt und verbaut.

In den nächsten Tagen fing ein tolles Wirken an. Das Wägelchen wurde zur Reise gerüstet. Der Fußmarsch sollte zu Ende sein. Mit Baumzweigen und Eisenbändern wurden Bogen über den kleinen Kastenwagen gespannt. Dann wurde eine Plane aus verschiedenen Zeltbahnen so kunstgerecht gespannt und befestigt, dass der Wagen nicht oder nur schwer gestohlen werden konnte.

Julius wollte alles mitnehmen. Es sollte all das auch mitkommen, womit wir uns bisher so abgeschleppt hatten. Auch die Fahrräder, den Handwagen und den Anhänger wollte er nicht zurücklassen. Wir probierten das Einräumen des Wagens mit unserem Koffer, Paketen, Betten und so weiter. Zwei Koffer wurden vorne unser Sitz mit herrlicher Polsterung durch alle Wolldecken, die wir mit uns hatten, dann räumten wir den restlichen Wagen ein. Es fehlten uns Kartons oder Kisten, weil die ganze Wäsche und der größte

Teil der Kleidung einfach unverpackt in den Handwagenkasten geworfen worden waren.

Dann kam der große Kummer. Die Fahrräder waren zu lang für das kleine Wägelchen. Julius versuchte sie oben über die Plane hinten quer hinter dem Wagen anzubringen, doch alles war vergeblich und unmöglich. Schließlich hatte ich eine Idee: Auseinandernehmen. Und siehe da, die Räder ließen sich schon im Wagen unsichtbar und ohne uns im Sitzen zu hindern, verstauen, wenn die Vorderräder herausgenommen waren.

Handwagen und Fahrradanhänger wollten wir - mit Pferdefutter, Heu und so weiter aufgepackt – an unseren Wagen anhängen, nicht jedoch ohne dieses mit einer Kette und Draht mit dem Vorderwagen fest zu verbinden.

Den Fahrradanhänger bekamen wir aber doch nicht mit und das kam so: Als wir am Hantieren auf dem Hof waren und der Anhänger dort stand, kam ein Mann. Nach Wesen und Sprache ein Herr und fragte, ob wir ihm den Anhänger nicht verkaufen wollten. Hier: Zweitausend Mark. Wir wollten erst nicht. Hörten dann aber… aus Oberschlesien und mit zwei Kindern unterwegs, ohne jedes Fahrzeug und sie müssten nach Württemberg. Ja, habe ich gesagt, natürlich. Geld wollte ich selbstverständlich nicht nehmen, aber der Herr war nicht davon abzubringen, das hätte er geboten, ihm wäre der Anhänger so viel wert gewesen und steckte mir das Geld einfach zu. Hoffentlich ist er nun auch mit seinen Kindern nach Hause gekommen.

Nach drei oder vier Tagen waren wir reisefertig. Dafür war das Wichtigste, das merkte ich aber erst viel, viel später, ein kleines Fähnchen, quer gestreift, blau-weiß-rot: Die Fahne der französischen Republik. Wenn wir uns auch immer wieder der Zudringlichkeiten und des offenen Terrors erwehren mussten, so ging es schließlich doch ohne ernsten Zwischenfall zu Ende.

Und schon war wieder eine neue Schwierigkeit da, wir mussten ein Papier bekommen. Besser gesagt, schwierig war es eigentlich nicht, aber bei den Amerikanern war niemand, der hinreichend französisch gesprochen hätte. So musste das Verlangen von Julius, als Franzose einen Passierschein ausgestellt zu bekommen, über seine geringen deutschen Sprachkenntnisse vermittelt werden. Schließlich hatten wir auch das geschafft. Ihr möchtet es fast nicht glauben, auch mein Name stand mit auf dem Schein.

Die Reise konnte losgehen. Kaum abgefahren, gab es schon die erste Panne: Die Brücke über die Mulde war gesprengt. Wir hatten angenommen: Mulde, kleines Flüsschen, dann gibt es sicher noch eine Brücke im Ort. Es gab nur diese eine Steinbrücke. Wir dachten weiter: Mulde, kleines Flüsschen, da fahren wir durch. Aber dreihundert Zentimeter! Das war uns zu tief.

Was nun? Beratung. Die nächste Brücke im Süden, wohin wir wollten, war in Eilenburg. Niemand wusste mit Bestimmtheit, ob diese Brücke nicht vielleicht auch zerstört wäre. Mit Bestimmtheit aber war zu erfahren, dass wenige Kilometer nördlich in Ragun eine kleine Brücke gangbar sei. Das entsprach auch den Tatsachen.

Wenn wir nun überhaupt eine Brücke über die Mulde passieren konnten, so nur deshalb, weil Julius als westlicher Ausländer ein Permit bekommen hatte. Kein Deutscher konnte damals weder von Osten nach Westen, noch umgekehrt die Mulde überschreiten.

Das kann sich ja niemand denken, der das nicht mitmachen musste. Die Mulde[36] war damals die Grenze zwischen Ost und West. Tausende und Abertausende, die vorher vom Westen mit Kindern und mit Sack und Pack und oft gegen den Willen weiter nach Osten gebracht worden waren, wollten, mussten nun zurück. So stauten sich an diesem Flüsschen unvorstellbare Menschenmassen. Verzweifelt haben einzelne und ganze Familien immer wieder versucht, in der Dämmerung und bei Nacht durchzuschwimmen, Die ganzen Nächte knallte es. Mancher hat es mit seinem Leben bezahlt. Es hätte schon längst kein Boot mehr gegeben, sie hätten alle zerschossen auf dem Grunde gelegen.

---

[36] Die US-Truppen General Eisenhowers waren bis zur Mulde vorgerückt - sie wollten sich mit der Roten Armee an der Elbe treffen. Die Rote Armee eroberte jedoch noch Berlin. So war dieser Streifen Land östlich der Mulde – bis zur Elbe mit Torgau - - ca.30 Km – und noch ein bißchen weiter - ein Niemandsland. Die Front war nicht „geschlossen" - zwischen den Truppen gab es „freie" Gegenden. Man wußte aber, nie wo genau.

Dabei regnete es tagaus, tagein. Ich erinnere mich, dass ich bei unserer eigenen Abfahrt unter einer Riesenlinde an der Straße und im Angesicht des anderen Ufers, hunderte von Menschen, meist natürlich Frauen und Kinder, mit Gepäck, mit Wägelchen, völlig durchgeregnet und zusammengekauert stehen und sitzen sah. Ein Bild größten Jammers, denn an ein Unterkommen unter Dach für die Nacht und die kommenden Nächte war für diese Menschen gar nicht zu denken.

Ich sagte, dass wir eine wenige Kilometer nördlicher liegende Brücke zum Übergang benutzten. Dies: Einige Kilometer nördlich, scheint eine Kleinigkeit. Das aber hat unseren ganzen Heimweg in den Westen und den weiten Umweg von Julius nach Frankreich bestimmt."

„Wieso?"

„Ja, da müssten wir nochmals eine Karte zur Hilfe nehmen." Herr Neiderbarkey holte einen Atlas hervor und suchte die Karte von Mitteldeutschland.

„Wenn wir eine solche Karte gehabt hätten, wäre es uns nicht passiert, so aber kamen wir aus der Richtung Bitterfeld in die Richtung nach Aschersleben. Und überhaupt an den Nordrand des Harzes, Quedlinburg, Blankenburg, Goslar, dann in den Solling und in Höxter über die Weser und dann in diese gute Gegend. Mehr brauche ich nun eigentlich nicht mehr zu erzählen.

„Oh doch, noch eine ganze Menge! Zum Beispiel: Warum gerade hierher und warum bist Du gerade hiergeblieben und wie ist der Franzose weiter und nach Hause gekommen?"

„Sicher, es ist noch Einiges zu erzählen. Aber doch nicht mehr so wichtig. Kleinigkeiten wären sicher von Interesse. Wir hatten geglaubt, statt der täglichen fünfzehn Kilometer unserer Fahrradreise mehr zu schaffen. Weit gefehlt! Über zwanzig Kilometer sind wir selten gekommen. Für das Pferd mussten wir immer Ruhetage einlegen. Oft fuhren wir nur einige Orte weiter und rasteten täglich stundenlang zum Grasen. Das hatten wir alles nicht eingerechnet.

Wenn ich nun noch etwas sage, wird man es auch wieder nicht verstehen: Es war eine wundervolle Fahrt! Ich lernte in ganz langsamer Fahrt einen Teil von Deutschland kennen. Andererseits war es aber auch furchtbar, jeden und jeden Abend ein Quartier[37] für's Pferd und uns zu suchen, täglich Essen zu erbetteln. So kamen wir in den ersten Junitagen in die Nähe von Detmold.

Da ergab sich, dass wir über Nacht bei einem Milchhändler unterkamen, dem gerade ein Pferd eingegangen war. Er bestürmte uns, ihm unser Pferd zu verkaufen, wenigstens zu leihen. Am nächsten Tag machte er schon seine Milchfahrt mit unserem Pferd. Wir blieben einige Tage. Aber schon am zweiten Tage war der Entschluss gefasst: Julius hätte mich langst verlassen gehabt, wenn er mich mit Pferd und Wagen nicht hätte allein lassen wollen und wäre mit dem Fahrrad viel, viel schneller nach Frankreich gekommen. So richtete er sein Rad und sein Gepäck und fuhr bereits am dritten Tage ab. Er ist tatsächlich schon nach zwölf Tagen bei seiner Frau gewesen."

„Und das Pferd?"

„Das gehört mir heute noch! Der wirkliche Wert des Pferdes war damals nicht auszumachen. Es wäre jeder Preis gezahlt worden. Aber man sagte mir, ein Pferd sei augenblicklich ein solches Betriebskapital, das man davon leben könnte. Und wenn es auch erst neuer Besitz war, so war es doch fast das einzige Kapital, das ich noch hatte, wenn man von den Gebrauchsgegenständen absieht. So habe ich erst einige Wochen bei den Leuten gewohnt. Seither bekomme ich jeden Monat etwas Geld und bin für den Winter zusätzlich mit schönem Obst von dort versorgt worden."

„Und jetzt bist Du wieder Deutsche?"

„War's's immer geblieben. Aber alleine hätte ich es niemals geschafft. Und wenn wir Deutsche heute wieder einmal mit den Franzosen von Volk zu Volk nicht einig werden können: Wenn es nach Julius Reyger und mir und von tausenden Juliussen in Frankreich und tausenden in Deutschland ginge, dann wäre das deutsch-französische Bündnis schon längst geschlossen."

---

[37] Es galt überall Ausgangssperre, das bedeutet, niemand durfte zu festgelegten Zeiten nachts auf der Straße oder im Freien angetroffen werden. Die Bewohner der Orte mußten Flüchtende über Nacht aufnehmen.

Ergänzende Einzelheiten mussten in den nächsten Tagen viele erzählt werden. Aber jeder wusste vom anderen das Wesentliche.

Der schöne Sonntag verging. Das Wochenende würde er nun zukünftig hier verbringen. Nur hätte jede Woche wenigstens einen Tag mehr haben müssen. Mit einem Paket mit Wäsche, mit Esswaren, dem Foto und sonstigen Kleinigkeiten brachte die Mutter ‚ihren Jungen' am Sonntag Abend zur Bahn. Es war ein freudiger Abschied in der Gewissheit, sich wiedergetroffen zu haben.

9. Rückkehr nach Sparrenberg und zu Lisa

Nichtsahnend kam Thomas durch die Bahnhofssperre in Sparrenberg. Da schiebt sich ihm eine Hand unter den Arm: „Lisa! Mädchen! Du hier? Holst mich ab!?"

„Ja, ganz zufällig. So auf Verdacht versucht." Denn dass sie schon zwei weitere Züge aus Lemgo abgewartet hatte, das hätte sie nicht gerne erzählen mögen.

Alles, was übermächtig und lebendig von seiner Mutter und ihren Erlebnissen vor ihm stand, das erzählte er in lockerer, kaum zusammenhängender Reihenfolge. Ohne großen Umweg gingen sie an seiner Wohnung vorbei, das Paket abzulegen und als Ersatz für den Ausfall der Küsse dieses Wochenendes".

Die Tage und Wochen der Arbeit liefen ab wie im Kalender vorgezeichnet. Der Kalender der Liebenden jedoch kam ganz aus dem Gleichgewicht. Der aufgespeicherten Sehnsucht beider stand ein Mangel an Tagen und Gelegenheiten gegenüber. Fast ein halbes Jahr lang hatten sie sich in ihrer Freizeit unbeschränkt gehören können. Doch dieser schönen Gewohnheit stand urplötzlich ein notwendiger Zwang zur Änderung gegenüber. Lisa hielt die Hände wie schaudernd vors Gesicht, als sie miteinander überlegten, was wohl sein würde, wenn es sich in späterer Zeit als notwendig erweisen sollte, dass er mit seiner Mutter zusammenzöge.

„Dann würden wir glauben, jetzt noch im Himmel gewesen zu sein, weil uns noch fünf Abende gehörten."

Der Liebenden Furcht war aber vorerst ganz unnötig.

Dadurch, dass Thomas wieder im Besitz seiner Fotokamera gekommen war, erschloss sich beiden ein neues Interessengebiet. Zuerst musste Thomas für sich und seine Mutter Bilder von seinem Mädchen haben. Und Lisa ließ sich ohne Thomas Wissen von einem kleinen Teil des Films eine Vergrößerung von ihm machen, die sie in ihrem Zimmer aufstellte. Ihre Fahrten in die weitere Umgebung, die sie sich fast bis zu hundert Kilometer im Umkreis erschlossen, wurden von jetzt ab mit dem Fotoapparat bewaffnet durchgeführt. Die gemachten Bilder der Landschaft und besonderer Bauten sollten Erinnerungsstücke bis in eine weite Zukunft bleiben. Da beide wissbegierig waren und das Fotografieren viel Geld verschlang, blieb es nicht beim Knipsen, sondern sie lernten so nebenbei allerlei von der Fototechnik, entwickelten nach einigem Lehrgeld ihre Aufnahmen und fertigten ihre eigenen Abzüge.

„Seit ich nun ein Bild von Dir auf dem Nachttisch habe, habe ich Deinen Brief jetzt endlich weggelegt."

"Wieso? Was für einen Brief?"

„Du hast mir bisher doch erst einen geschrieben!"

„Ja, als die Mutter gekommen war aus Blombach. Und was ist damit?"

„Das war bisher das Einzige, was ich von Dir besaß, wenn ich allein war."

„So'n bisschen Papier, war das so wichtig?"

„Ja. Einige Wochen habe ich ihn immer und immer bei mir gehabt und habe ihn gelesen und habe Deine Handschrift immer wieder gelesen. Ich glaube, ich kann ihn noch auswendig."

„Brief! Nun mal etwas anderes von einem Brief. Gestern bekam ich einen, dessen Inhalt ich nicht glaubte, wenn ich die Schreiberin nicht kennen würde. Du erinnerst Dich an die Tante, die mir das Telegramm mit der Anschrift der Mutter schickte? Die hat mir wiederum von anderen Bekannten geschrieben. Aber das musst Du selbst lesen."

„... Deine Mutter hat ja ein ganz besonderes Glück gehabt. Sie ist so schön über den Weg gekommen und hat es auch jetzt gut getroffen. Das ist uns aber nicht allen so ergangen.[38] Ganz im

---

[38] Es kamen 10 – 12 Millionen Vertriebene aus dem Osten nach Westen – Mitteldeutschland und Westdeutschland, die Städte waren bis zu 80 % zerbombt, die Maschinen der Fabriken demontiert von den Siegern, Wasser-, Strom- und Gasversorgung nicht mehr funktionstüchtig – wie auch die Kanalisation.
Eine Kriegerwitwe, die mit 3 eignen und 2-3 anderen Kindern geflüchtet war,

Gegenteil: Jedes Lob wäre zu gering, das man über die Hilfeleistung der meisten Menschen im östlichen Raum, auch noch zwischen Elbe und Weser sagen könnte! Wir hatten uns immer ganz falsche Vorstellungen gemacht. Wir dachten, je weiter wir nach Westen kämen, umso aufgeschlossener und hilfsbereiter würde die Bevölkerung sein. Und nun stoßen wir hier seit Anbeginn und auch heute noch auf ein grenzenloses Unverständnis unserer Lage. Die krasseste Ablehnung haben wir im nördlichen Hessen empfinden müssen. Am Übelsten, ja verletzendsten, war unsere Aufnahme bei einem Bauern in Bad Nauheim. Irgendwo auf dem gleichen Hof ist uns folgendes widerfahren: Aus einem Haus wurde uns für die Kinder Kuchen geschickt. Aber eine andere Frau aus dem gleichen Haus, die sich durch unsere Pferde gestört fühlte, sagte mehr als unwillig, warum wir denn überhaupt fortgegangen und nicht geblieben wären, wo wir waren. Und als Versöhnung sagte einige Minuten später eine arme Frau zu ihren beiden Kindern ,Welch arme Leut', wissen nicht wohin!'

Noch eine schreckliche Geschichte muss ich erzählen. Du kanntest doch die junge Frau Kohlgrub. Sie ist – Gott sei Dank – endlich gestorben, keine vierzig Jahre alt. Der Mann arbeitete schließlich in einer chemischen Fabrik[39], fünfzig Kilometer weit weg. Wohnte dort in einer Baracke und konnte seine Familie nur sonnabends-sonntags besuchen. Und sie war krank. Hoffnungslos. Und hatte drei Kinder. Und wie es um sie stand, wusste sie wohl besser als die andern. Wo sie war, sollte sie wenigstens für ihre Wohnung arbeiten. Das konnte sie nicht. Und wurde so behandelt wie Bauern jemanden behandeln, der nach ihrer Meinung schon längst überflüssig ist.

Dann gelang es dem Mann, ein Unterkommen in der Nähe seiner Arbeit zu finden. Es war ein Raum mit Steinboden in einem unheizbaren Schuppen. Die Frau und die Kinder wurden geholt.

---

bekam an dem Wohnort Lebensmittelkarten für jedes Familienmitglied. Wenn sie gar kein Geld hatte, verkaufte sie von den Marken, um Geld zu haben, um auf die andren Marken einkaufen zu können.

[39] Wegen der Bombenschäden und der Demontage der Maschinen durch die Sieger, lag die Arbeitslosigkeit bei über 50 %

Möbel hatten sie keine. Alle mussten auf Stroh auf dem Steinfußboden liegen, auch die kranke Frau. Vorübergehend lag sie auf einigen Stühlen bis es gelang, wenigstens Luftschutzbetten zu bekommen. Du machst Dir kein Bild von solchem Elend. Die drei Kinder, alle noch zu klein, um sich selbst helfen zu können, geschweige denn der Mutter. Und diese Armut! Sie besaßen nichts mehr. Und der Mann verdiente nur so viel, dass es notdürftig zum Essen reichte. Nach langen Wochen ist sie endlich zu ihrer eigenen Erlösung gestorben..."

„Was?" fragte Lisa erschaudernd und entrüstet. „Was, das sollte in Deutschland nicht möglich gewesen sein, solche Flüchtlingsfamilie richtig zu unterstützen! Es sollte nicht möglich gewesen sein, solch eine arme Frau wenigstens die letzten Wochen in einem Krankenhaus unterzubringen! Da soll man denn doch...!"

Thomas Mutter war viel zu praktisch und geschäftstüchtig, in einer Änderung nicht sofort auch eine Verschlechterung der Möglichkeiten ihres Sohnes zu erblicken. So redete sie in keiner Weise zu, wenn der Meister Niederbarkey immer aufs Neue zu bohren begann, dass Thomas auch in Blombach arbeiten könne.

Auch Lisa Röbekamp hatte sich Thomas' Mutter genau so kritisch und dann bejahend wohlwollend angesehen, wie Lisas Mutter sich den Thomas. Und wie Lisas Mutter, so sorgte jetzt auch Thomas Mutter ganz unauffällig dafür, dass die Wochenenden nicht nur in Blombach verbracht wurden und beide den Eindruck gewännen, nicht immer zu irgendetwas verpflichtet zu sein, vor allem auch nicht zu einer, und sei es noch so verknappten Berichterstattung.

Als es jedoch in den Frühling hineinging, da begann das unberechenbare Schicksal ganz behutsam, aufs Neue die Karten zu mischen.

In Blombach wurde wirklich ein Installateur gebraucht. Ausgerechnet auch noch in der nächsten Verwandtschaft von Herrn Niederbarkey. Das ging gar nicht plötzlich.

Gleich in den ersten Tagen des Wiederfindens hat Herr Niederbarkey gradlinig, wie er war, erklärt, dass Thomas nun natürlich nach Blombach kommen müsse.

Seit dieser nun schon seit Wochen verstrichenen Zeit winkte für Thomas in der Ferne immer die beglückende Möglichkeit, mit seiner Mutter zusammenleben zu können, wenn er nur wolle. Er war sich bei all seiner Liebe zur Mutter dessen aber voll bewusst, dass dies Gefühl nicht ausschließlich davon herrührte, mit seiner Mutter wieder vereinigt zu sein, sondern er wollte nach Möglichkeit ein wirkliches Zuhause haben. Auch wenn dieses ‚Zuhause' in zwei bescheidenen Dachkammern bestehen sollte und mit dem Zuhause der Vergangenheit, dem Zuhause des Traums, das die Mutter bei der Erzählung ihrer Flucht neulich noch im Geiste hervorgezaubert hatte, nicht die geringsten Vergleichsmöglichkeiten aufwies.

Als nun der Wunsch an ihn herangetragen wurde, nach Blombach umzusiedeln, hatte der doch daran interessierte Kreis schon viel weitergedacht. Wer er war und was er konnte, war längst festgestellt. Wo wurde ihm nicht nur eine sehr schöne, weitgehend selbstständige Tätigkeit mit Vertretung des Meisters nebst einem kleinen Gewinnanteil geboten, sondern gleichzeitig eine bescheidene Wohnung, in der Mutter und Sohn nicht nur schlafen, sondern selbst hätten wirtschaften können. Denn die liebenswerte Frau Arnold wollte man in der Bäckerei Niederbarkey auch nicht mehr missen.

Für alle Beteiligten stand Thomas im Mittelpunkt des Interesses. Seine Entscheidung bestimmte den weiteren Gang. In beiden Spannungskreisen ging man behutsamst vor. Von Blombach und am wenigsten von seiner Mutter wurde nicht gedrängt und vom ganzen Sparrenberger Kreis wurde nichts Auffälliges unternommen, seine Entscheidung in ihrem Sinne, nämlich zu bleiben, zu beeinflussen. Aber unter dieser kaum bewegten Oberfläche herrschte eine ziemliche Spannung.

Thomas stand ruhig und gelassen dazwischen. Wie mit dem Oberingenieur ausgemacht, hatte er diesem ganz beiläufig davon erzählt, dass man von Blombach aus versuchen würde – nicht sofort, sondern in späterer Zeit – nach dort hinzuziehen, damit er wieder mit seiner Mutter zusammenleben könne. Das löste am gleichen Tage mehrere Besprechungen bei der Geschäftsführung der ‚Arktis' aus. Denn zukünftige Meister kommen auch den größten Betrieben nicht täglich ins Haus.

Dass Thomas ganz nach Blombach umsiedeln könne, war der Albdruck von Lisas unruhigen Nächten gewesen. Thomas verbrachte viele Sonntage bei seiner Mutter. Sie fühlte sich im Frühling ihrer Liebe verlassen. Inzwischen war sie ruhiger geworden. Bisher hatte sich nur wenig geändert. War das Zusammensein mit Thomas oft auch kurz, so bekam sie doch fast täglich die Bestätigung ihres Zusammengehörens. Auch ihr gegenüber hatte Thomas die neuen Versuche erwähnt, aber auch so davon gesprochen, als könne das in Zukunft einmal Wirklichkeit werden. Innerlich bangte sie vor solcher, ihr ganzes Leben möglicherweise umgestaltende Zukunftsänderung – aber sie lebte dem Tage und kostete jedes, auch das kürzeste Zusammensein mit Thomas aus. Als sie jetzt jedoch Bruchstücke der Unterhaltung des Oberingenieurs ungewollt mitbekam, übermannte sie wieder ihre weibliche Niedergeschlagenheit. Das noch umso mehr, als der Personalchef sie ins Vertrauen zog, mit der wohl erstmaligen Andeutung, dass sie dem Herrn Arnold ja auch nicht ganz gleichgültig sei.

Auch in dem dritten, seinem Sparrenberger Kreise, bei Niehm und zwar sowohl bei der Familie als auch bei der Stammtischrunde, wurden die wenigen Andeutungen über eine mögliche Änderung gar nicht gern vernommen. Hier wurde auch deutlicher geredet. Die einen stellten sich auf den Standpunkt, wenn das noch nicht sofort entschieden würde, dann wolle man sehen, was später sei. Die anderen nahmen aber kein Blatt vor den Mund: ‚Ausgeschlossen, kommt ja gar nicht in Frage. Bedenken Sie mal, was Sie hier in Zukunft für Möglichkeiten haben. Blombach, solch ein Nest, ist zehnmal kleiner als Sparrenberg. Mensch – und das Mädchen?'

Bis auf zwei Menschen, die beide in diesem Falle nicht mit dem Kopfe, sondern mit dem Herzen dachten, täuschten sich alle über Thomas Arnolds Gedanken: Es waren die Mutter und Lisa. Alle anderen meinten, dass Thomas dahin neigte, wenn er auch nicht zum Ausdruck bringe, ja schon für sich entschlossen sei, nach Blombach überzusiedeln, und das nicht einer neuen Tätigkeit wegen, sondern um mit seiner Mutter zusammenzuleben.

Das war jedoch keineswegs der Fall.

Thomas stand mitten zwischen den auseinandergehenden Wünschen und Interessen. Sachlich überlegt und alles Für und Wider sorgfältig gegeneinander abwogen, hätte er jede Veränderung seines bisherigen Seins ablehnen müssen. Die vorzubringenden Gründe wären einfach und überzeugend gewesen.

Im Unterbewusstsein sprach aber etwas anderes, nicht eindeutig Formulierbares mit. Natürlich: Jeder war seines Glückes eigener Schmied! Aber in kleineren wie größeren Angelegenheiten des Lebens hatte er bei sich und anderen folgende Erfahrung zu machen geglaubt. Wenn von außenstehenden Kräften auf das Leben Jemandes ein Einfluss ausgeübt wird und dieser Einfluss nicht etwas absurd Unsinniges anstrebt, dann soll man sich solchem Einfluss keinesfalls starrköpfig widersetzen. Auch wenn es nicht gleich überzeugend und äußerlich gesehen nicht nur keine Verbesserung, sondern vielleicht sogar eine wirtschaftliche Verschlechterung darstellen mag – so sei aber letzten Endes in der Regel eine persönliche, menschliche, nicht materiell gedachte Bereicherung das Ergebnis. Solchen Gedankengängen hätte Thomas mit Worten niemals Form zu geben vermocht, aber sie waren der ihn lange beherrschende Gefühlsinhalt.

Dieser Schwebezustand dauerte Wochen. Als Thomas dann nach allen Seiten seinen geläuterten Entschluss, nämlich doch nach Blombach überzusiedeln, mit schlichten, einfachen Worten kundtat, da schob er nochmals den Zeitpunkt der Änderung um eine Woche heraus, damit auf keiner Seite eine Überraschung eintreten solle.

Es ist verständlich, dass die langsame Klärung mit Lisa am schwersten war. Aber schließlich floss auch in sie dieser innerlich wirkende Strom von Thomas zu ihr über, so dass sie ihre Ruhe wiederfand. Der Liebe des Heißgeliebten gewiss – auch über die

Entfernung von zwanzig Kilometern. Und sie vereinbarten, dass die meisten Wochenenden ihnen ganz allein gehören sollten.

10. Übersiedlung nach Blombach

So kam der 1.Mai und damit Thomas Einzug in Blombach, als Einwohner[40] und Erstgeselle eines Meisters des Installations- und Elektrohandwerks.

In der Arbeit war er vom ersten Tage an in seinem Element. Hier gabs nicht nur die üblichen Aufgaben für den Klempner und Installateur, sondern wurden auch wie bei seinem Großvater und Vater besonders der Bau von Zentralheizungen und Hauswasseranlagen[41] auf dem Lande gepflegt. Hier kamen zum ersten Male seine in vier Semestern auf der Ingenieurschule erworbenen theoretischen Kenntnisse zur Auswirkung. Er bearbeitete die Pläne, stellte nach für seinen Meister ganz unbekannten tafelartigen Listen den Materialbedarf mit allen Kleinigkeiten zusammen. Bei den Lieferanten wurde er so eingeführt, dass er in Zukunft als Stellvertreter des Meisters bestellen und abholen konnte. Nach wenigen Wochen war alles im besten Fluss. Wie in Steinbeck gewann Thomas sich auch durch sein freundliches Wesen bald die Herzen der Kundschaft, was natürlich bedeutend leichter war, denn er war ja der Sohn von Frau Arnold.

Auch die Wochenenden liefen programmgemäß ab. Lisa und Thomas kamen sich auf halbem Wege mit den Rädern entgegen oder trafen sich an einem voraus ausgemachten Ort, wenn dadurch Umwege ihrer geplanten Fahrt vermieden wurden. Weiter streiften

---

[40] Thomas brauchte eine Zuzugsgenehmigung der Gemeindeverwaltung. Ein Handwerker, angestellt in einem dortigen Betrieb, erhielt die Zuzugsgenehmigung sofort. - Mütter mit Kindern wurden „bevorzugt" aufgenommen, alleinstehenden Frauen wurde der Zuzug meist verweigert, wenn sie keine Wohnung und Arbeit nachweisen konnten...

[41] Durch die horrenden Schwarzmarkt-Preise für Lebensmittel hatten nun Kleinbauern die Mittel, um Wasserleitungen in die Küche und in die Ställe legen zu lassen.

sie das schöne Weserbergland ab. Am Sonnabend des ersten Wochenendes schlenderten die beiden Arm in Arm durch Hameln und den Sonnabend Nachmittag darauf saßen sie schon auf der Mahlmannschen Terrasse an der Dampferanlegestelle in Karlshafen. Immer wieder nahmen sie sich ein Ziel vor; dort genossen sie alles Schöne und Sehenswerte, die Natur und das Wetter, ihre Jugend und sich selbst.

Das Schicksal spann aber auch anderenorts am Garn, das zu Tuch verwoben werden sollte.

Der Reisevertreter der Böldener Röhren Handelsgesellschaft, Herr Holk, war wieder im östlichen Westfalen und im Lipper Land. In Issel fuhr er eines frühen Morgens schon so früh beim alten Köttermann vor, dass er diesen noch am Frühstückstisch traf. Dass gleich ein weiteres Gedeck hinzu gestellt und der Gast teilzunehmen aufgefordert wurde, war bei Köttermanns selbstverständlich. Und wie auf dem Lande und in kleinen Orten größere Geschäfte erst nach einem gemütlichen Plausch und mit Essen und meist auch dem notwendigen Alkohol gemacht wurden, so auch hier. Als die Abschlüsse schon getätigt waren, fragte Herr Holk:

„Sagen Sie mal Köttermann, was macht eigentlich der tüchtige Kerl und Kollege, den Sie mir auf Ihrem Zunftsfest 'mal vorgestellt haben?"

„Wie? Der? Weiß ich nicht."

„Was, das wissen Sie nicht? Ich dachte, der wäre bei Ihnen im Geschäft? Waren doch so intim mit ihm?"

„Will nichts mehr von wissen!"

„Verzeihen Sie, ich will ja nichts weiter wissen. Hat mir nur 'nen guten Eindruck hinterlassen und ich dachte, weil Sie ihm damals sogar ihr volles Portemonnaie gaben, dass...."

„Was hätte ich?!", brauste der dicke Mann, sich halb aufrichtend und so laut auf, dass seine Frau dachte doch mal nachsehen zu müssen, warum die beiden Männer sich so laut stritten.

„Ja, das haben Sie! Dieser junge Mann, wie hieß er noch?"

„Arnold."

„Ja, Sie wollten, dass dieser Herr Arnold unbedingt eine Lokalrunde geben sollte. Ich erinnere mich genau seines freundlichen
Gesichtes, als er sagte: ‚Hätt ich schon getan, aber...‘ und da
machte er mit den Fingern so... und sagte dazu: Drahthindernis.
Und dann haben Sie gesagt, so ungefähr: Was, armer Teufel,
kannst ja auch kein Geld haben, und griffen gleichzeitig nach
hinten in die Tasche und hauten ihm die Ledertasche auf den
Tisch.“

Köttermann saß vorgerückt auf seinem Stuhl, sein Gegenüber fast
beängstigend anstarrend und nun sagte Köttermann: „So?“

„Aber lieber Herr Köttermann, der Herr Arnold wollt’s doch gar
nicht haben. Sie haben doch fast darum gerauft, als er’s Ihnen
immer wieder zurückschob und erst an sich nahm als Sie böse
wurden. Aber Köttermann, das müssen Sie doch auch noch wissen,
auch wenn Sie schon ein bisschen schief geladen hatten.“

Der dicke Köttermann stand auf. Ging bis zum Fenster, reckte
sich, starrte hinaus, ohne etwas zu sehen, tief einatmend, den Kopf
in den Nacken und sich wieder umdrehend, sagte er:

„Wenn Sie mir das sagen, dann stimmt das auch. Da habe ich
dem Jungen schwer Unrecht getan.“

„So was lässt sich wiedergutmachen.“

„Das will ich.“

Als das Auto abgebraust war und Köttermann in seine Stube kam,
stand er vor seiner Frau, einen Augenblick wortlos, dann fragte sie
als fielen einzelne Tropfen: "Und was willst Du jetzt tun?“

„Gleich dem Mädchen schreiben! Besser sofort telefonieren!“

Jetzt mochte Geschäft Geschäft sein! Ohne Umschweife und auch
ohne seiner Frau etwas zu sagen, langte er nach seinem Hut mit der
charakteristischen breiten Krempe, nahm den Spazierstock mit der
spitzen Geweihkrücke und ging sogleich zur Brennerei Klüterhoff
herüber, dessen Inhaber äußerst überrascht war, als er Köttermann
über den Hof auf sein Comptoir zusteuern sah. Ein Jahr lang oder
mehr hatten sie wohl kein Wort mehr miteinander gesprochen. Jetzt
schien aber für Köttermann ein wichtiger Anlass zu sein, ihn aufzusuchen. So blieb er, wenn er auch ungesehen hätte verschwinden
können. Draußen hörte er schon die Tür und „Ist der Chef

drinnen?". Sein Schritt kam schon näher und mit dem Anklopfen stand er auch schon in der Tür. Ohne alle Vorrede schoss er los:

„Klüterhoff, Sie haben den Arnold doch nachher noch mehrmals gesehen. Wissen Sie, wo er ist? Ist er nicht beim Buscher? Ich habe dem Jungen bitteres Unrecht getan. Gesagt habe ich's zwar nie. Aber geglaubt habe ich's. Nun muss ich ihn gleich mal herhaben."

„Wenn der man kommt."

„Wo ist er denn?"

„Weiß ich auch nicht genau. In Steinbeck nicht mehr. Dieser Buscher, dieser Döskopp, hat ja nicht verstanden, sich solch einen tüchtigen Kerl zu halten."

„Und wohin ist er?"

„Soweit ich weiß, damals, ja damals nach Sparrenberg."

„Dann weiß das sicher der Buscher. Klütterhoff, Mensch, ich muss ihn herhaben, bald. Sofort. Setze mich gleich aufs Rad und fahr' nach Steinbeck. Ihnen erzähl ich's dann noch." Und fort war er.

Seiner Frau sagte er:

„Mutter, ich fahre mit dem Rad zum Buscher. Da ist er zwar nicht mehr, wie Klüterhoff sagt. Der weiß aber, wo er ist."

„Willst Du nicht erst essen?"

„Nein, nachher!"

Den unvermeidlichen Spazierstock in zwei Klemmen am Lenker und der Gabel seines Vorderrades gesteckt und mit dem breiten, auf dem Hinterkopf sitzenden Hut, fuhr der dicke Mann auf seinem Damenrad die Straße nach Steinbeck, um schweißtriefend vor Buschers Hause anzukommen. Hier platzte er gerade hinein, als sich die drei Buschers zum Mittagessen hinsetzten. Kaum, dass er anklopfte, stand er auch schon in der Küchentür. Alle drei sahen überrascht auf.

„Guten Tag allerseits. Tag Buscher. Es muss Sie überraschen, wenn ich da so plötzlich und nach Jahren wieder vor Ihnen stehe. Muss mal schnell 'ne Auskunft von Ihnen haben. Bei Ihnen war doch der Arnold? Wissen Sie, wo er ist? Seine Adresse?"

„Arnold? Nein, weiß ich nicht, ist ja schon lange weg. Wohl schon fast zwei Jahre. Gott sei Dank!"

„Wieso Gott-sei-Dank? War doch ein tüchtiger Gehilfe?"

„Na ja, wir wollten ihn nicht behalten."

„Das ist das Erste, was ich höre. Wen ich sonst auch gehört habe, hat ihn gelobt."

„Mag ja sein, wir..."

„Wo ist er jetzt?"

„Weiß ich nicht. Wisst Ihr das, wohin er ist?", fragte Buscher seine Frauen. „Nur: Nach Sparrenberg. In die Fabrik ist er gegangen."

„Ja, 'ne Handwerker – Fabrikarbeiter. Das sagt alles!"

„Wenn er bei Ihnen gewohnt hat, müssen Sie doch wissen, wohin er sich abgemeldet hat?"

„Hat nicht bei uns gewohnt."

„Ach ne. Wo denn?"

„Ja hier, bei Frau Heinze, Nummero sieben, drittes Haus nebenan."

„Nun, da will ich da mal fragen."

Frau Heinze war nicht zu Haus. Also: Einwohnermeldeamt. Einwohnermeldeamt war ab dreizehn Uhr geschlossen. Aber Köttermann wollte sich noch nicht geschlagen geben.

Als er dann an der Ratsschenke, die mit dem Rathaus nichts zu tun hatte, vorbeikam, kam gerade Herr Holk von Böldener und Co. heraus.

„Nun suche ich den Arnold, nun ist er nicht mehr hier. Und die wollen auch nicht wissen, wo er wäre. Wenn Sie ihn irgendwo erwischen, dann schicken Sie ihn mir aber sofort her."

„Ich!"

„Und morgen fahre ich mal nach Sparrenberg, da soll er gewesen sein!"

Am Nachmittag, zu Hause angekommen, raufte sich Köttermann die Haare: Der Kramer Hinrichs hatte ihn wegen des Arnolds auch einmal gestellt, der hätte gleich gewußt, wo er jetzt wäre. So rief er gleich bei Kramer an. „Nein, nicht genau, wisse nur eins, damals bei der ‚Arktis' – aber das wäre auch schon über ein Jahr her." Köttermann ruft sofort bei der Arktis an. Dringend.

„Nein, hier ist nur der Pförtner, die Büros sind schon um sechzehn Uhr geschlossen. Arnold? – Ja, den habe ich gekannt, ist aber nicht mehr bei uns. Nein, das weiß ich ganz bestimmt. Seit kurzem erst. – Wohin? Ja, das kann ich auch nicht sagen, da müsse er morgen nochmals anrufen. Ob das Büro das aber wisse, das wäre auch fraglich."

Jetzt sackte der dicke Mann förmlich an seinem Schreibtisch zusammen. Als seine Frau auch noch sagte: „In einigen Wochen sind das zwei Jahre her. Da kann sich viel geändert haben. Der junge Mann war so allein, keinen Anhang. Vielleicht hat er ja längst geheiratet. Warum sollte er nicht? War ja so ein tüchtiger Kerl." Da war es ganz um den alten Köttermann geschehen. Im ersten Feuer hatte er sich vorgenommen, feststellen, wo er ist und morgen miete ich mir eine Taxe und hole ihn hierher. Nach der Auskunft bei der ‚Arktis' und den Zweifeln seiner Frau geschah nun aber erst einige Tage nichts. Nur die Tochter Erika wurde von der Mutter telefonisch unterrichtet, welche Wandelung die Angelegenheit Arnold inzwischen erfahren hatte.

Als dann das Papageienschießen wieder näher kam und das Gildenfest bevorstand, wollte Köttermann alles aufbieten, um Arnold zu diesem Feste nach Issel zu bekommen. Doch da musste schon der Zufall zu Hilfe kommen, wenn das Wirklichkeit werden sollte.

11. Gerd Ockermann aus Kriegsgefangenschaft zurück

Eines Abends als Lisa vom Büro mit dem ungewissen Gefühl heimging, dass sie etwas Unvorhergesehenes erwarte, steht Lisa, ins Zimmer tretend, unvermittelt vor ihrem Jugendfreund, ihrer Jugendliebe.[42]

„Gerd!"

„Ja, mich hattest Du wohl nicht erwartet?"

„Nein, gewiss nicht."

„Auch nicht an mich gedacht?"

„Doch – ja – viel, damals, als... Aber..."

„Aber?"

„Aber dann wurde ich langsam ruhiger."

„Und jetzt? Und heut?"

„Und heut stehst Du so plötzlich vor mir."

„Und freust Dich nicht?"

„Oh doch, Gerd. Ich freue mich sehr, dass Du endlich da bist aus der Kriegsgefangenschaft. Alle haben ja solche Angst um Dich gehabt. Und nun ist es schön, dass Du da bist und gesund, wie es scheint. Nur ein Auge, Du Armer."

„Oh, das war schlimm aber das ist überstanden. Jetzt fängt ein neues Leben an, gelt?" Und weiter dachte er: ‚Wenn die Mutter doch endlich mal herausgehen würde'. Und Lisa dachte: ‚Dass die Mutter nur hierbleibt! Und mich jetzt nicht allein lässt.'. Doch diese erfahrene Frau wusste viel zu gut, wie es um das arme Herzchen ihrer Kleinen bestellt war und diese brauchte keine Angst

---

[42] Im Feld und in der Gefangenschaft waren bei allen Soldaten die zu Hause zu Idealgestalten geworden, sie brannten darauf, für sie zu sorgen und sie zu beschützen. Bei der Rückkehr fanden sie dann veränderte Frauen vor, die sich hatten bewähren müssen, sich bewährt hatten und die veränderten Lebensbedingungen meisterten, besser als der gerade Heimgekehrte.

zu haben, dass sie sie nun, weder auf einen Augenblick, noch in den kommenden Wochen, gar Monaten, im weitesten Sinne ‚allein' lassen würde. So schlug sie, vor in die Küche herüberzugehen, Gerd bliebe doch zum Abendessen und alle könnten ja eben bei den Vorbereitungen helfen.

Auch als Vater Röbekamp und die Schwester heimgekommen waren und alle um den Tisch saßen, hielt die Mutter durch Fragen das Gespräch im Gang, so dass Gerd den größten Teil des Abends von seinem Ergehen erzählen musste.

Als er dann gegangen war, blieb Lisa noch im Zimmer, als Vater und Schwester schon nach oben gingen. Sie stand unschlüssig, sah in eine unsichtbare Ferne, als die Mutter hereinkam. Lisa wandte den Blick zu ihr: Ein hilfloses großes Kind, das sich jetzt in der Umarmung der Mutter geborgen fühlte wie ein Säugling an der Mutterbrust.

* * *

Das sogenannte Leben ging ohne Änderung weiter, wie die Sonnenbahn und wie der Fahrplan der Eisenbahn. Gerd versuchte in die veränderten Verhältnisse in seines Vaters Betrieb, einer kleinen Wäschefabrik, wieder Anschluss an das bürgerliche Leben zu gewinnen. Er las die einkommende und ausgehende Post – vorerst ohne jedes innere Interesse.

Dann befasste er sich mit den Maschinen im Betrieb, die durch die Kriegseinwirkungen in recht behelfsmäßigen Räumen und anders gruppiert zusammengestellt, beziehungsweise aneinandergereiht waren. Obwohl er Kaufmann war, hatte den Maschinen schon früher all seine Liebe gegolten. Er brachte es so weit, dass er an jeder Maschine der Näherei und Zuschneiderei arbeiten und jede neu-einzustellende oder an einem anderen Arbeitsplatz zu verwendende Näherin einzuweisen imstande war. So probierte er jetzt teilweise während der Arbeitszeit, teils außerhalb dieser, an den Maschinen herum. Schnitt Stoffballen mit der kreissägeartigen Schere, machte Knopflöcher, nähte wieder an verschiedenen Schnellnähern und langsam kam das Betriebsinteresse zurück.

Der Vater ließ ihn gewähren, zumal Gerd an die Einhaltung irgendwelcher Arbeitszeit noch gar nicht dachte. Morgens vor der Arbeitszeit, da hatte er schon Maschinen auseinandergenommen, aber so im Laufe des Vormittags ging er ohne Ziel in die Stadt.

Bei der Arktis kontrollierte und registrierte Lisa die Fehlstunden und –tage der Betriebsangehörigen, den Ausfall durch Krankheit, bearbeitete den Schriftwechsel, die Meldungen an die Behörden, die Krankenkasse, soweit diese mit dem Personalstand der ‚Arktis' zu tun hatte. Ihre Arbeitszeit war voll ausgefüllt. Die Arbeit war durchaus abwechslungsreich, doch jetzt tat sie all dies Notwendigste, als säße sie an einer Maschine und vollführe mit den Händen eine immer wiederkehrende mechanische Arbeit.

Und Thomas war in Fahrt, als müsse er die Welt neu erschaffen.

Schon das erste Wochenende nach Gerd Ockermanns Rückkehr brachte allen eine schwere Belastungsprobe.

Gerd kam wie selbstverständlich zum Nachmittagskaffee des Sonnabends, um von Frau Röbekamp zu erfahren, dass Lisa nicht da sei. Wahrscheinlich würde sie auch nicht zurückkommen, sondern, soweit sie wisse, in einer Jugendherberge übernachten. Frau Röbekamp erzählte, nachdem das Wetter besser wurde, wären die Räder wieder zu ihren Ehren gekommen und wie schön es wäre, dass die jungen Menschen so ohne große Ausgaben die weite Heimat kennenlernten. Und auch von der Stadt aus die Verbindung zur Natur nicht verlören.

Gerd wollte nicht fragen, wer mit ‚sie' und ‚den jungen Leuten' gemeint sei. Er blieb den Nachmittag, harkte die Gartenwege und tat, als seien die letzten zwei, drei Jahre gar nicht gewesen.

Etwa zur gleichen Zeit kam Lisa auf den Treffpunkt, eine Wegkreuzung, zugefahren, an der Thomas schon wartete. Von weitem schon erkannte er sie. Stand auf der Straße, nahm bei ihrem Herannahen ihr Rad am Lenker, indem er mit der anderen Hand beim Absteigen nach der Ihren griff. Ein schneller erster Kuss, ein gegenseitiges Ansehen und gleich schaute Lisa, den Kopf gesenkt, seitlich nach unten.

„Was ist denn? Mädel, was denn nur?"

„Ach schrecklich. Und ich will es auch gleich einmal erzählen, ehe wir überhaupt weiterfahren. Thomas, weißt Du noch, wie wir uns zuerst geküsst haben?"

„Glaubst Du, das würde ich je vergessen?"

„Vorbehalte habe ich gemacht. Damals."

„Wie ich."

„Ja, aber nun ist es mit uns beiden jetzt so ganz, ganz anders geworden."

„Und nun? Nun reut's Dich?"

„Ach Du – Du..." Und nahm ihn, an sich ziehend und sagte weiter: „Ich? Und etwas bereuen? Bereuen, dass ich Dich liebe? Dass ich Dir, wie Du mir gehörst? Wenn Du das alles noch so gut weißt, dann erinnerst Du Dich auch daran, dass wir einmal lasen: Alles im Leben koste seinen Preis, und..."

„... und da sagtest Du das Gleiche, was ich dachte: Auch wenn..."

„... wenn's das Leben kosten würde, möchte ich's nie missen und damals wie heute sage ich: Wenn das ganze weitere Leben einen hohen Preis dafür von mir fordern will, ich will ihn gerne bezahlen – aber die Erinnerung wollte ich niemals missen!"

„Ja, so ist's. Ich auch nicht. Und nun?"

„Ach, wenn ich jetzt hier bin, da ist es ja alles nicht mehr, gar nicht schlimm. Oh, nicht nur gestern und all die letzten Tage und die Nächte! Da war mir immer so, als sei ich in einem ganz kleinen Paddelboot und allein, und da käme, ohne dass ich etwas dazu tun könne, ein ganz großer Dampfer in voller Fahrt von hinten auf mich zu. Also kurz..." Und nun saß sie vor Thomas und sah ihn voll an. „Gerd Ockermann ist zurück. Stand mir urplötzlich zu Haus bei meiner Mutter im Wohnzimmer gegenüber."

Dann schwieg sie. Er schwieg auch. Es dauerte eine ganze Weile, bis sie fortfuhr: „Nun ist da etwas aufgerissen, was ich begraben hatte, ganz tief begraben hatte und das allmählich immer tiefer gesackt war, je mehr Du mir wurdest – und nun... nun ist es gar nicht zu begraben. Steht auf einmal da. Oh, nichts fordernd. Nein, nein. Aber so als seien nicht drei Jahre verflossen und als sei ich nicht wirklich eine andere als mit siebzehn Jahren."

Pause. Und um etwas zu sagen: „Und Deine Mutter?"

„Oh, die Mutter! Was ist das für eine prachtvolle Mutter! Daß ich ihr jetzt noch gar nicht sage. Erst viel, viel später vielleicht einmal. - Die Mutter? Gesagt hat sie nichts. Aber als Gerd am ersten Abend gegangen war und wir uns ansahen, da hat sie mich in den Arm genommen, mich festgehalten und über den Kopf gestreichelt als sei ich ihr krankes Baby.

Und glaube mir, Thomas, was ich am zweiten Tag gesagt habe, das möchte ich, das hätte ich nie gesagt. Wenn ich es heute nochmals zu sagen hätte, dann hieße es: Nimm mich, wie ich bin, alles, alles... Aber neulich, als er so plötzlich vor mir vor mir stand, da war mir, als ob ein Lehrer, bei dem ich schon längst nicht mehr in der Klasse war, von mir Rechenschaft fordern wollte, warum ich meine Aufgaben so ganz anders und so schlechtgemacht hätte. Und wenn irgend so ein Moralheuchler heute meine Gedanken und auch Deine Gedanken kennen würde, dann würde er uns mit von Salbung triefenden Worten beweisen, welch böse Menschen wir sind und würde uns in die Bezirke seiner Tugend zurückführen wollen. Aber als mich die Mutter in den Arm nahm und mir über die Haare strich, das war wie ein Segen, der mich tief erschütterte und zugleich beruhigte, als all das Unausgesprochene von meiner Mutter in mich hinüberfloss: Sei und bleib wie Du bist, dann wird sich alles für Dich zum Besten wenden.

So und nun: Auf nach Rinteln!"

Wie so oft fuhren sie nebeneinander. Nachdem nun alles Notwendige herausgeredet war, empfand Lisa das wie eine Befreiung. Sie gewann ihre Frische und Natürlichkeit wieder und mochte da, vor allem vor Thomas, ein unsichtbarer Schatten mit ihnen sein, so wurde das durch das gegenseitige Bedürfnis, sich noch enger aneinanderzuschließen, jede Berührung, jeden Blick des anderen bis zur Neige auszukosten, wettgemacht. Ein Kaffeetrinken hub dann an mit den süßesten Spielen Jungverliebter, in dem sie sich gegenseitig von ihrem Kuchenstücken abbeißen ließen, dankbar dabei nicht vergessend, dass der Kuchen zu diesem Zweck heute Mittag in Mutters Backofen entstanden war.

So gingen noch zwei, drei Wochen und Wochenenden ins Lipperland, bei gleichbleibenden Sonnenwetter, gleich harmonisch mit
den Werktagen im schönen Wechsel. Thomas war viel über Land
unterwegs. Hatte ein Motorrad mit einem Anhänger, um Material
über den Weg zu bringen.

12. Geldbörsengeschichte – letzter Teil

Bei Säuberlich und Co. hinter dem Güterbahnhof in Lemgo ist Thomas schon recht bekannt und das nicht nur wegen seiner Sach- und Materialkenntnisse und seiner klar zusammengestellten Aufträge, sondern vor allem seines freundlichen Wesens wegen. So ist er schon bei allem mit Namen bekannt - ja beliebt - vom Lagerarbeiter bis ins Büro.

Als er heute aus der Toreinfahrt mit seinem Motorrad mit dem langen Anhänger herausfahren wollte und ein Mann von Säuberlich ihm winkte, dass die Straße frei sei, fuhr auf der gegenüberliegenden Straßenseite gerade ein Personenwagen an, der in die Einfahrt von Säuberlich einfahren wollte. Thomas bedankte sich, winkte noch mit der Hand und brauste ab.

Da war aber auch schon der Herr dem Privatwagen entstiegen und fragte aufgeregt, als sei er auf der Verbrecherjagd und das Jagdwild sei ihm gerade entsprungen: „Kennen Sie den Herrn Arnold?"

„Arnold? Nein."

„Na der da gerade mit dem Kraftrad rausfuhr?"

„Arnold heißt der nicht."

„Natürlich!"

„Nee, natürlich nicht. Der heißt Thomas."

„Ach was, Arnold."

„Thomas! Fragen se man den Herrn Säuberlich."

„Wär' ich doch bloß hinterhergefahren!"

„Panne!", meinte da der Lagerarbeiter und Herr Holk von den Böldner Röhren- und Stabeisen-Gesellschaft ging durchs Lager ins Büro.

Weder Herr Säuberlich noch der Kompagnon noch die beiden Mädchen kannten einen Herrn Arnold.

„Sie können sich darauf verlassen. Irrtum ausgeschlossen. Der eben hier rausfuhr, hieß Arnold. Der Mann vom Lager sagte, er hieße Thomas."

„Ja, das war der Herr Thomas von der Firma Dribbel in Blombach. Dribbel hat ihn uns selbst als seinen Herrn Thomas eingeführt."

„Da werde ich gleich selbst mal hinfahren."

„Wollen Sie ihn gleich verhaften?"

„Nun, nicht sofort. Hab ihm aber, wenn er es ist, was Freudiges von einer schlechten Sache zu erzählen. Schließlich sollte die Erzählung aber doch jemanden anders überlassen. Könnten wir nicht mal telefonieren und fragen, ob er nun Arnold oder Thomas heißt: Vielleicht heißt er ja Thomas Arnold oder Arnold Thomas.?"

Da sagte eine der weiblichen Bürohilfen: „Er heißt tatsächlich Arnold. Hier ist seine Unterschrift unter die Empfangsbestätigung."

„Tatsächlich!", sagte Herr Säuberlich. „Da habt Ihr seit einigen Monaten nicht aufgepasst, dass Euch ein Wildfremder unter falschen Namen was ‚empfangen zu haben' bestätigt."

„Ja, dann stimmt's also doch, was ich gesagt habe. In Blombach brauchen wir also nicht mehr anzurufen. Aber könnte ich vielleicht Issel von hier anrufen? Fräulein, bitte. Issel Nummero einhundertzwölf mit Gebühren. Machen Sie es dringend."

„Gebühren? Das sind Unkosten. Zahlt ja sowieso die Steuer."

Da kam das Gespräch auch schon.

„Also Köttermann, Arnold gefunden. Ist in Blombach bei der Firma Dribbel."

Und morgen war Auftakt zum Fest der Landsknechte.

Der einzige Vermittler von Personenwagen in Issel war gar nicht davon erbaut morgen, Sonnabend früh, am Tag vor dem Papageienschießen, wo man sowieso noch so viel vorzubereiten hat, um die Leute von weit her zu holen, nun von Köttermann mit Beschlag belegt zu werden. Aber absagen konnte er es ihm auch nicht – aus geschäftlichen Gründen.

Der Hut mit der überbreiten Krempe gab der fülligen Gestalt Köttermanns den rechten oberen Abschluss, als er nun mit gutem

Mut und seinem unvermeidlichen Spazierstock bewaffnet von seiner Frau und Erika ans Auto gebracht wurde. Es war immerhin ein heikles Unternehmen und brauchte noch nicht unbedingt erfolgreich sein. Nach eineinhalb Stunden hielt der Wagen bei Johann Dribbel, Klempner und Elektromeister.

‚Nein, der Meister sei nicht da. Herr Arnold? Nein, leider auch nicht. Sei auf Montage, würde wohl kaum zu Mittag hierher zurückkommen. Ja, wenn der Herr von oder über Herrn Arnold etwas erfahren oder ihn sprechen wollte, dann möchte er doch einmal bei seiner Mutter vorbeigehen in der Bäckerei in der Rathauskehre.'

Es war gegen elf Uhr vormittags. Wagen und Fahrer beorderte Köttermann zu einem Gasthaus, das er eben gesehen hatte. Er selbst ging zu Fuß, um Arnolds Mutter aufzusuchen. Fand die Bäckerei sofort. Ging hinein, stand und wartete in dem Sonnabend Vormittagsbetrieb. Hatte beste Gelegenheit zu beobachten und nach einer Weile wurde er, der ja schlecht zu übersehen war, freundlich angesprochen.

„Bitte schön? Was wünschen Sie?"

„Ich möchte gerne Frau Arnold sprechen."

„Ja, bitte schön?"

„Sind Sie Frau Arnold selbst?"

„Ja."

„Ich bin der Spenglermeister Köttermann aus Issel."

„Ah…"

„Ich muss Ihren Sohn unbedingt sprechen."

„Der kommt um zwölf hierher zum Essen. Wenn Sie hier warten wollen, dann kommen Sie bitte hier herein und nehmen Sie bitte Platz."

Köttermann brauchte nicht bis zwölf zu warten. Als Thomas kam, sagte ihm die Mutter nur: „Im Wohnzimmer hier unten wartet jemand auf Dich." Dann standen die beiden von so ungleicher Körperform und Größe voreinander und Arnold konnte seine Überraschung nicht verbergen. Köttermann schoss sofort ins Schwarze:

„Herr Arnold, ich bin hier nicht nur, um mich bei Ihnen für den bösen Verdacht zu entschuldigen, sondern um sofort auch alles, was Sie als Ehrenkränkung ansehen mussten, wieder gut zu machen. Von heute bis Montag ist wieder Zunftfest. Und ich will Sie sofort mitnehmen, um allen die Haltlosigkeit meines Verdachtes vor Augen zu führen. Das Auto steht draußen."

„Ich freue mich, dass Sie nun den Weg zu mir gefunden haben. Ich war sehr gekränkt. Das ist jetzt wieder gut. Wie Sie nun jetzt nach zwei Jahren plötzlich dazu kommen, das müssen Sie mir noch im Einzelnen erzählen. Ob ich nun mitkomme und mitkommen kann, das hängt nun noch von Verschiedenem ab."

„Alle Bedingungen im Vorauf gewährt!"

„Bedingungen? Nein. Ich habe für heute und morgen schon eine länger bestehende Abmachung. Die müsste ich rückgängig machen, verschieben. Dann noch: Meine Mutter und mein Meister."

„Die Mutter nehmen wir mit."

„Nun, Herr Köttermann, was mich betrifft, werde ich grundsätzlich mitfahren. Allein kann ich es aber gar nicht entscheiden. Und darum müssen Sie mich jetzt mal entschuldigen."

Draußen auf dem Flure stockte er. Also was nun? Lisa war das Wichtigste. Alles andere hatte Zeit. Konnte er sie noch fernmündlich erreichen? Jetzt war es zwölf, bis halb eins war Lisa im Büro. Und schon suchte er im Fernsprechbuch die Nummer der ‚Arktis' und meldete das Gespräch dringend an[43] und sagte, beschwörte das Fräulein vom Amt, er müsse das Gespräch vor zwölf dreißig haben. Ja, meinte sie, das würde gehen. Sonnabend mittags läge meist nicht viel vor. Dann stand er kaum hinter seiner Mutter im Laden, um mit ihr neben dem Verkauf zu beratschlagen, ob sie mit nach Issel fahren würde, da klingelte auch schon der Fernsprecher.

„Das Personalbüro bitte."

„Hier Arktis Personalabteilung."

„Und hier ist Thomas."

„Um Gotteswillen, was ist passiert?"

---

[43] Ortsgespräche wählte man schon selbst, Ferngespräche wurden im Postamt von dem „Fräulein vom Amt" vermittelt. Es konnte Stunden dauern, bis eine Verbindung hergestellt war.

„Nein, nichts, nur heute und morgen geht nicht. Aber ich komme noch in… sagen wir vielleicht drei Uhr zu Dir. Damit Du aber im Bilde bist und Dich nicht ängstigst vor etwas, was gar nicht da ist: Du kennst meine Sache in Issel?"

„Ja, das mit dem Portemonnaie?"

„Ja, das. Der Betreffende ist hier. Hat sich irgendwie überzeugt. Will mich unbedingt mitnehmen, weil morgen wieder Knechtefest ist. Das Auto steht vor der Tür."

„Da darfst Du nicht nein sagen."

„Aber wir sehen uns heute noch. Das ist kein Umweg."

„Oh ja. Das ist schön. Wenn ich auch traurig bin. Ich freue mich, dass Du kommst und freue mich für Dich!"

So, das war klar. Die Mutter hatte zwar noch abgewehrt. Aber warum sollte sie nicht mitfahren? Hatte ja auch sonst wenig Abwechslung. Seinen Meister brauchte er eigentlich nicht zu fragen. Denn bis Montag wollte er sowieso nicht bleiben. Heute Abend und den ganzen Sonntag, das wäre genug.

Davon aber wollte Köttermann nichts wissen. Alle halfen mit, auch Herr Niederbarkey, die Mutter zu bestimmen, nicht nur mitzufahren, sondern auch den Montag zu bleiben. Laden? Das machte er. Wäre ja nur Montag früh schlimm. Der Meister von Thomas und Köttermann kannten sich, wenn auch nicht genauer, wussten aber voneinander, wie man in einem erweiterten Bezirk die Kollegen kennt. Der Urlaub wurde natürlich gewährt. Und wenn man nun gegessen und sich umgezogen hatte, dann konnte man abfahren.

Köttermann stand wie auf glühendem Fußboden. Doch endlich, so kurz nach vierzehn Uhr, fuhren sie in Richtung Sparrenberg ab. Thomas, neben dem Fahrer sitzend, leitete hier den Wagen bis kurz vor die bergan gehende, noch ungepflasterte Seitenstraße, in der Lisas Eltern wohnten.

Er ließ die Mutter und Köttermann zurück und ging zu Fuß schnell den ihm nur allzu gut bekannten Weg hinauf. Nachdem er am Törchen geklingelt hatte, waren Lisa und Thomas, von verschiedenen Seiten kommend, zur gleichen Sekunde in der Haustür. Sie waren und blieben allein. Kaffee und Kuchen stand fertig. Eine

Viertelstunde allein. Wichtiges kann man ja je nach der zur Verfügung stehenden Zeit kurz- und langatmig erzählen. Für's Wichtige genügten hier zwei Minuten. Die übrige Zeit gehörte Ihnen. Es schmeckte ihnen, sie freuten sich am Beisammensein und waren selbst für eine so kurze Spanne dankbar.

„Im Weggehen gab es nochmals einen Aufenthalt wodurch die Zeit, die Thomas sich für seine Besprechung ausbedungen hatte, überschritten wurde. Er blieb stehen, nachdenkend schloss er die Augen.

„Eigentlich solltest Du mitfahren."

„Ich?"

„Ja."

„Ich habe aber doch mit dem ganzen Handel gar nichts zu tun. Und für Dich ist das eine Ehrensache. Was soll ich da?"

„Bei mir sein."

„Was würde das für einen Eindruck machen?"

„Den richtigen! Gerade so wie ich's möchte."

„Und die Mädchen dort?", fragte sie scherzend weiter.

„Grad drum! Nichts gegen das Mädel. Habt überhaupt viel Ähnlichkeit. Doch, wie lange ist das her? Hat sich vielleicht völlig verändert."

„Pass auf, vielleicht sogar viel, viel schöner, reifer, ne richtige Heideblume. Heißt doch auch: Erika."

Thomas hatte gar keinen Sinn für ihre gutgemeinte Neckerei.

„Wenn ich jetzt Du wäre, dann täte ich so als sei ich ganz furchtbar eifersüchtig und führe mit!"

„Du? Du tätest das? Ausgerechnet Du, Du bist ja gar nicht eifersüchtig."

„Also, ich sehe ein: Mitfahren das geht nicht. Aber wie wäre es denn, wenn Du Dir das morgen von Ferne ansehen würdest? Am Nachmittag wird da schon getanzt. Wir könnten ja sogar zusammen tanzen und keiner ahnte, was wir uns erzählten."

„Das wäre allerdings ein Witz besonderer Art."

„Du kommst also?"

„Das habe ich nicht gesagt."

„Sag: Ja!"

„Du, Thomas, ob es nun richtig ist oder falsch, ob es ein Witz wäre oder nicht, das kann ich jetzt in zwei Minuten nicht bis zu Ende denken. Wenn ich jetzt ja sagte, dann erwartest Du mich, wärst gehemmt und vielleicht sagtest Du Dir heute Abend, dass es kein Witz, sondern vielleicht sogar eine ganz grobe Taktlosigkeit gegen Deine Einlader wäre."

„Nun, hast Du Dir sonst schon was für morgen vorgenommen?"

„Nein, wie sollte ich?"

„Vielleicht kann man das eine tun, ohne das andere zu lassen. Wie wäre es nun? Wenn Du mit dem Rad kämst, sind sicherlich mehr als zehn bis fünfzehn Kilometer, trinkst da Kaffee. Ich sehe Dich schon. Und wenn es, wie Du es ausdrückst, ‚eine grobe Taktlosigkeit' wäre, dann sehe ich Dich auch nicht. Andernfalls tanzen wir zusammen. Abgemacht?"

„Thomas, ich meine… ich sollte es Dir... noch nicht fest zusagen. Wer weiß, was für Dich alles davon abhängt."

„Sag doch ja! Komm doch!"

„Thomas, ich habe fast so ein bisschen wie Angst. Bitte, Lieber, verlange jetzt kein Versprechen. Ich möchte's mir noch überlegen. Und wenn ich zu dem Entschluss komme, dass es keine große Taktlosigkeit wäre, dann bin ich da."

„Das bedeutet also nur ‚vielleicht'?"

„Nein, etwas mehr als nur vielleicht aber noch kein ja."

„Ja, mache es so, wie Du es für gut hältst. Mein Mädchen aber, wenn Du nicht kommst, dann... dann... soll es auch so recht sein."

Die für heute und morgen geplante Fahrt wurde auf die nächste Woche verschoben und jeder hatte gute Wünsche für das andere Wochenende. Das jeder für sich und beide voneinander sich noch völlig anders vorstellte als es ablaufen sollte.

13. Wieder Schützenfest in Issel

Im Köttermannschen Hause war zwar alles zum Empfang vorbereitet. Doch man war schließlich auch auf ein Misslingen von Vaters Plan gefasst. Um so erleichterter atmete man auf, als das Auto hielt, Thomas ihm entstieg und die Dame neben Vater? Erst als sie auf den Eingang zukamen, zu dem der Vater schon mehrmals erwartungsvoll hingesehen hatte, sagte die Mutter zu Erika: „Seine Mutter".

„Das wäre aber schön."

Absichtlich ging Frau Köttermann jetzt erst dem Hauseingang zu, um den Besuch in Empfang zu nehmen und ins Haus zu geleiten. Als alle im Flur bei der Kleiderablage standen, erschien Erika in der ganzen Frische ihrer neunzehn Jahre und ihrem Namen Ehre machend, im Türrahmen zum Wohnzimmer. „So, das hier ist unsere Tochter, die Einzige. Und das ist Herrn Arnolds Mutter – und Ihr beiden, Ihr kennt Euch ja", meinte Frau Köttermann beiläufig.

Und Frau Arnold dachte für sich: ‚Oho, sieh mal einer an! Das ist wohl der allertiefste Grund zu dieser Autofahrt und Einladung'. Aber sie musste gestehen, das Mädel war wie ein Äpfelchen zum Dreinbeißen, und weiter dachte sie: ‚Wie sehen sich hier doch all die Mädel so ähnlich, Lisa und diese hier.'

Die beiden Frauen hatten sich schon während des gemeinsamen Kaffeetrinkens gefunden. Sie waren fast gleichaltrig. Und bei aller Verschiedenheit im Aussehen aus gleichem Holze geschnitzt, aus dem solche Frauen geschnitzt, ja, oft auch herausgehauen zu werden pflegen, die neben einem Haushalt mit fremden Leuten auch noch im geschäftlichen Leben tätig sind, schon bei Lebzeiten manche Männer sichtbar überspielen und alleinstehend, sich gegen alle – und Frauen besonders gebotene – Widerwärtigkeiten durchsetzen.

Die jungen Leute hatten bei Tisch wenig gesagt. Was sie miteinander austauschten, war für die anderen nicht verständlich. An der allgemeinen Unterhaltung hatten sie sich, wenn auch spärlich, fragend oder antwortend beteiligt. Frau Köttermann fragte und Frau Arnold erzählte von ihrem Treck durch Deutschland und immer wieder von ihrem Betrieb in Hirschberg.

Köttermann hatte das Programm für seine Gäste im Zusammenhang mit dem Ablauf des Knechtefestes entwickelt. Jetzt musste er noch einen Gang machen. Frau Köttermann zeigte ihrer Kollegenfrau das Haus, den Laden und die Werkstatt und so blieben die beiden Jungen zum ersten Mal allein.

„Sag mal", fragte das Mädel, ohne sich bewusst zu werden, dass sie ‚Du' zu ihm sagte. „Hab ich Dir damals etwas gesagt, was Dich gekränkt, was Dich beleidigt hat, als Du mich in Steinbeck auf der Straße einfach hast weitergehen lassen und selbst stehengeblieben bist? Der Gedanke hat mich all die Zeit beschäftigt, ja gequält. Weißt Du noch? Ich möchte das gern mal wissen."

Vor zwei Jahren war Thomas Frauen gegenüber noch ein recht schüchterner Jüngling gewesen. Heute war er auch noch kein Draufgänger und würde das wohl nie werden. Doch inzwischen hatte er durch den Umgang mit Lisa, mit ihrer Schwester und Frauen und Mädchen im Betrieb und in seinem Sparrenberger Kreis diese als Schüchternheit ausgelegte Zurückhaltung abgestreift und sprach auch mit Mädchen ganz frei und ungehemmt.

„Nein, ich erinnere mich nicht genau, was Du mir überhaupt gesagt hast. Aber ich hätte, wenn das Gesagte auch beleidigend geklungen hätte, niemals geglaubt, dass Du mir etwas sagen würdest, was mir weh tun sollte. Wollen wir das nicht begraben sein lassen?"

„Oh, ich wollte auch nichts aufwärmen. Mich hat's ja aber lange beschäftigt. Beinahe hätte ich Dir geschrieben."

„Und warum hast Du nicht geschrieben?"

„Ich dachte, Du würdest schreiben, ich wollte es nicht zuerst."

„Du warst doch auch gar nicht hier."

„Woher weißt Du das?"

„Hab Dich nie gesehen."

„Nun fängst Du wieder an so aufzuschneiden. Du warst doch auch gar nicht mehr hier in Issel."

„Wer sagt das denn?"

„Gesagt hat mir das keiner. Aber..."

„Oft war ich hier. Und mir hat immer einer über Dich erzählt."

„Schwindler."

„Wenn ich für jede Tatsache, die ich von Dir weiß, mir einen Pfand von Dir geben ließe, dann stündest Du bald ganz nackt vor mir."

„Dann wäre meine Mutter mit Recht böse auf Dich."

„Na ja, so buchstäblich hatte ich mir das ja auch nicht vorgestellt, wenn Dich das beruhigt. Aber nun mal: Erstens: Hast Du Dich mit Deinem Vater über mich verzankt? Stimmt das oder stimmt das nicht?"

„Stimmt."

„Zweitens: Bald nach dem Knechtefest bist Du mit ganz verweinten Augen in Steinbeck abgefahren. Stimmt das oder stimmt das nicht?"

„Stimmt."

„Drittens: Erst warst Du bei einem Onkel in Hilter. Stimmt das oder stimmt das nicht?"

„Stimmt."

„Viertens: Hast Deiner Mutter nur eine Postkarte geschrieben?"

„Stimmt."

„Fünftens: Hast dann aus Trotz überhaupt nicht mehr geschrieben? Aber Deine Mutter Dir?"

„Stimmt."

„Sechstens: Telefonieren hat sie müssen, um überhaupt zu wissen, wo Du warst?"

„Stimmt."

„Siebtens: Dann bist Du bald zu einer Tante, Schwester Deiner Mutter, nach Bad Rothenfelde gegangen und dort bis jetzt geblieben? Stimmt das oder stimmt das nicht?"

„Ja, stimmt auch."

Und dies stattliche Mädchen, das schon durch ihre Größe und Haltung jedem wie mit unerschütterlicher Selbstverständlichkeit entgegenzutreten schien, schoss jäh eine Röte bis hinter die Ohren, wurde verlegen und blitzschnell arbeiteten ihre Gedanken: Sie wusste gar nichts von ihm, absolut nichts. Woher wusste er so viele Einzelheiten über sie? War er das damals doch gewesen, den sie da auf der Ravensburg gesehen hatte? Das war sicher so. Wusste er dann noch mehr über sie? Wusste er, dass schließlich weder die notwendige Hilfe bei ihrer Tante, noch die Auseinandersetzung mit ihrem Vater, sondern schließlich der Geschäftsführer des Sanatoriums Berg der Grund ihres bisherigen Aufenthaltes in Bad Rothenfelde gewesen war? Das musste sie jetzt herausbekommen und sagte, Selbstsicherheit spielend:

„Nun hör auf, hör auf! Ich bin ja schon ganz nackt."

„Merke noch nichts davon."

„Also nun mal heraus mit der Sprache. Woher weißt Du das alles? Hast Du einen Detektiv?"

„Höchstens eine Detektivin."

„Hast Du mit meiner Tante gesprochen? Warst Du in Rothenfelde?"

„Nie."

„Was? Nie? Nie Tante? Nie Rothenfelde?"

„Beides: Nie!"

„Was? Warst noch nie in dem schönen Rothenfelde? Auch noch nie zum Beispiel auf der Ravensburg?"

„Doch, da war ich schon mal."

„Alleine?"

„Ob die Ravensburg alleine war? Ich hab nur eine Burg gesehen."

„Mit Dir kann man doch nie vernünftig reden."

„Wie schrecklich. Ich rede irre. Und so etwas läuft frei rum."

„Können wir es nun nicht mal mit Ernst versuchen? Also sag mir klar und deutlich: Von wem weißt Du das alles über mich?"

„Nein, kann doch meinen Detektiv nicht preisgeben."

„Eben hast Du gesagt, es wäre eine Frau."

„Ja, nicht wahr? Mein Kind, und Du, Du möchtest jetzt wissen: Wer?"

„Ja, kannst es doch anvertrauen. Ganz leise."

„Nee, nee. Dir gerade nicht! Nur so viel: Da war eine Frau, die irgendwie wusste, dass mich die Sache mit Deinem Vater noch ein Jahr später gekränkt hat. Und diese Frau hat mir verschiedentlich etwas von Dir erzählt. Meist, was sie von Deiner Mutter gehört hatte. Du siehst, alles ohne Schleichwege und Spionage und auch ohne, dass ich etwas Besonderes darum getan hätte. Heute glaube ich, sie tat es in der Absicht mir zu sagen: Noch nicht mal im engsten Familienkreis hält man zu dem alten Köttermann."

„So war das auch. Bin erst seit acht Tagen wieder da. Und nun ist ja auch alles wieder gut. Wie früher, ja?"

„Ganz so kann ich es nicht bejahen. Bist Du noch die Gleiche wie vor zwei Jahren? Nein, nein! Du bist noch schöner geworden, nicht auch... sagen wir... zu aller Schönheit auch noch... reifer?"

Ihre ungestörte Unterhaltung war zu Ende als sie die Mütter wieder hörten. Belustigt fragte er, wieso sie ihn nun plötzlich mit dem vertrauten ‚Du' anrede, wogegen sie ihn, als sie sich das letzte Mal gesehen hätten, noch nicht einmal ihren Namen hätte sagen wollen.

Da wurde sie nochmals verlegen, sah unsicher weg und ihn wieder an, wobei er die Feststellung seiner Mutter für sich nachholte, wie ähnlich sich doch die Mädchen in dieser Gegend seien. Lisa war durch das Aufwachsen in einer großen Stadt und durch ihre Tätigkeit, die sie täglich mit vielen Leuten in Berührung brachte, gewandter im Auftreten und vielleicht etwas schneller im Denken. Aber, wenn die beiden nebeneinander über die Straße gegangen wären, dann würden die meisten Menschen sie für Schwestern gehalten haben.

„Nach dem Zapfenstreich, den die Familie Köttermann mit ihren Gästen vor dem Hause stehend ansah, gab es einen Imbiss und dann ging man zusammen zu dem Knechtehaus. Ein großer Tisch war reserviert. Unter den ‚Landsknechten' war es schon seit Tagen herum, dass Köttermann den seinerzeitigen Verdacht gegen Arnold als falsch erkannt hätte und Arnold zu ihrem diesjährigen Feste kommen würde. Thomas Arnold wurde daher sofort mit Beschlag belegt und das war Köttermann nur recht. Das Fest war nicht ganz so groß angelegt wie das Jubiläum vor zwei Jahren, aber es war das traditionelle große Volksfest eines kleinen Ortes, an dem alle Bevölkerungsschichten gleichen Anteil hatten.

Als zum Tanz aufgespielt wurde, war von dem Herrn Arnold weit und breit nichts zu sehen. Er wurde unter den Gildenbrüdern herumgereicht. Aber er hatte einen Beschützer und das war Klüterhoff. Der wich nicht von seiner Seite. Er verkündete nach einigem Alkoholgenuss, Herr Arnold dürfe nicht so vieles durcheinandertrinken, das könne überhaupt kein Mensch vertragen und deshalb bekäme er nur noch eine Sorte – und davon auch nicht zu viel. Nämlich Klüterhoff'schen Weißen (echtes Leitungswasser aus einer Flasche mit Klüterhoffschen Etikett).

Erst als schon mindestens eine Stunde lang im großen Saale getanzt wurde, konnte Thomas sich losreißen. Köttermann, jetzt der generöse Gönner des schmächtigen Arnold, konnte zufrieden sein. Der Zweck des Hierseins war bereits erfüllt. Der zweite Akt sollte im Saale gespielt werden. Auch das verlief zur allseitigen Zufriedenheit, bis man um Mitternacht aufbrach.

Von den beiden Arnolds wäre fast einer noch ausquartiert worden. Bei Köttermann stand nur ein Fremdenzimmer zur Verfügung. Von der Familie wollte jemand im Wohnzimmer schlafen oder Thomas bei Köttermann. Bis Frau Arnold entschied, dass sie natürlich mit ihrem Sohn zusammen schlafen wurde. Man solle doch nur keine Umstände machen. Ihr war allerdings das Wichtigste, dass sie mit ihrem Sohne auch einmal ungestört sprechen könnte.

Bei Lisa zu Hause lief ein beschaulich-häusliches Wochenende an. Vater Röbekamp tat, was er sonst nicht konnte: Er schlief bis zum Kaffee. Im Haus war schon alles sonntäglich und bei dem schönen Wetter wurde der Kaffeetisch hinter dem Hause gedeckt. Auch, wenn man jedes Mal seine Last mit den Wespen hatte, die dem Menschen den Zwetschgenkuchen nun einmal nicht gönnten.

175

Die Familie hörte das Gartentörchen und Schritte, aber keine Glocke, und da kam auch wie selbstverständlich und hier zugehörig Gerd Ockermann ums Haus. Es war natürlich, dass er zum Kaffee eingeladen wurde. Er setzte sich an den Tisch, nachdem er alle begrüßt hatte, fast so, als sei er Sohn im Hause und die Unterhaltung hub an, als sei sie erst am Mittagstisch beendet worden. Ohne sich etwas anmerken zu lassen oder es gar zu erwähnen, war er hocherfreut, Lisa zu treffen. Hatte ihn sein Gefühl heute doch nicht getrogen, als er seinen Vater wegen des Wagens für morgen gefragt hatte.

Man verbrachte allerseits einen geruhsamen Sonnabend-Nachmittag, nicht untätig, aber auch ohne eigentliches Arbeiten. Vater wollte heute früher als sonst essen, weil er zu seiner Sängerschaft, den Buchfinken, wollte. Die anderen aber hatten alle noch keinen Hunger und überlegten, ob sie nicht mit einer Flasche Wein und zwei Flaschen Wasser so eine ganz kleine Bowle mit frischen Erdbeeren ansetzen wollten. Gerd wollte nach Haus, um seinen Teil beizusteuern. Aber man könnte ja, wenn Vattern auch mal auf einen Sonnabendabend zu Hause bliebe, daß mit einer Spende von Gerd wiederholen. So wanderten die gezuckerten Erdbeeren in den Keller, damit sie kalt würden.[44]

Als nachher das Abendbrot vorbereitet wurde, meinte Gerd zu Lisa: „Früher haben wir so viel Mühle und nachher Schach gespielt, wollen wir nicht mal wieder?"

„Warum nicht?"

„Meist hast Du mich ja hereingelegt."

„Heute ist das vielleicht ja umgekehrt."

„Schach oder Mühle?"

„Beides: Vor dem Essen Mühle, nach dem Essen Schach."

„Und die Bowle?"

„Trotzdem. Eine Partie Schach und eine Revanche."

Mühle – Mühle ging mit wechselndem Erfolg. Beide hätten nicht mehr gewusst, wie viele Spiele jeder gewonnen oder verloren hatte, als sie wegen des Abendessens abbrachen.

---

[44] Einen elektrischen Kühlschrank gab es nur in ganz wenigen Häusern

„Jetzt aber geht es um die Wurst.", sagte Lisa.

„Worum?"

„Denk Dir was!"

„Bekomme ich das?"

„Das habe ich nicht gesagt, das wäre ja ein Freibrief für einen Piraten."

„Hast aber wenig Zutrauen zu mir."

„Das habe ich auch wieder nicht gesagt."

Während dieser Worte aber hatte Gerd sich etwas in den Kopf gesetzt. Er spielte jetzt um dieses Mädel! Nur um Lisa, nur um ihre Gunst? Oder gegen wen? Gegen einen Gegner oder gegen das Schicksal? Mit dem oder gegen das Glück?

Die Figuren waren gestellt, sie losten. Er begann. Das schien ihm als erster Fingerzeig. Ja, er wollte auch beginnen. Es war ein harter Kampf. Nicht lange, aber es ging meist Zug um Zug, wobei Lisa - fast wie weit vor bedacht - schon zog, bevor Gerd losgelassen hatte. Geredet wurde auch nicht. Beide hatten voneinander den Eindruck, als spielten sie um etwas, um etwas ganz Bestimmtes. Das Feld wurde leerer und leerer, aber es war bis zum Schluss ganz offen, wer der Gewinner sein würde. Und da, überraschend selbst für den Gewinner, bot Gerd seiner blonden Königin: Schachmatt!

Lisa brauchte einen Augenblick, bis sie begriff, dass das Spiel aus war. Und Gerd hatte den Eindruck, sich den Schweiß von der Stirn wischen zu müssen.

„Revanche?"

„Eigentlich nicht nötig", meinte Lisa, „Aber es war so ausgemacht. Drum auf ein neues Spiel."

Die Seiten wurden gewechselt und der Spielverlauf war nicht weniger flott, ja hitzig. Gerd versuchte zu einer Zeit, als das Spiel gar nicht besonders günstig für ihn stand: Auch die tollsten Springer wurden einmal gefangen! Auch jetzt sammelten sich die gewonnenen Figuren neben dem Brett immer mehr und das Feld war klar übersehbar. Lisa hatte nicht aufgepasst. Aber es war auch noch kein Ende zu sehen. „Gib Dich geschlagen.", meinte er. „Nicht vor dem letzten Zug!" Und dieser letzte Zug gehörte ebenso unvermittelt als im ersten Spiele – ihm.

„Gibst Du Dich jetzt geschlagen?"

„Im Spiel – ja."

„Und sonst?"

„Nein."

Gerd aber wertete das Spiel als gute Vordeutung.

Die kleine Bowle war bald getrunken und hatte den Tagesdurst gelöscht. Als Gerd ging, ging Lisa mit ihm neben dem Haus auf das Tor zu. Er verhielt hier etwas und fragte:

„Lisa, möchtest Du morgen nicht etwas mit uns" – ‚uns' log er – „mit dem Wagen herausfahren?"

„Hm, wohin und wann?"

„Nachmittags, irgendwohin zum Kaffee, wo Musik, vielleicht, wo getanzt wird."

„Möchts Dir und Deinen Eltern nicht abschlagen. Muss ich's jetzt gleich schon versprechen?"

„Schön wär's. Man könnte sich vorbereiten."

„Schön, wenn ich Dich nicht bis morgen Mitttag anders wissen lasse, dann fahre ich mit."

„Topp! Dann hole ich Dich um vierzehn Uhr ab."

„Ausgemacht." Und dabei wollte er sie an sich ziehen. Sie ließ sich ohne Sachen von ihm umfassen, lehnte sich aber so weit zurück, dass er sie nicht auf den Mund küssen konnte. Da nahm er ihre Hand und zog die, sich bückend, an den Mund. Er war schon aus dem Tor und am nächsten Zaun, als er umdrehte, zurückkam und Lisa anrief, die gerade ums Haus gehen wollte:

„Lisa, wie wär's morgen mit Issel? Da ist so'n richtiger gemütlicher Schwoof bei deren Knechtefest."

„Nach Issel? Wie kommst Du gerade auf Issel?"

„Nun, nach Oeynhausen kann man auch im Winter fahren. So etwas wie Issel, das gibt es nicht alle Tage."

„Schlafen wir mal drüber. Kann ja auch morgen noch entschieden werden – mit Deinen Eltern."

„Nun ja, ich dachte nur, das sei was anderes."

‚Nun redet der auch noch von Issel.' Thomas in Issel. Sie mit Gerd in Issel. Issel, das war der Leitgedanke ihres Schlafes und der erste Gedanke beim Erwachen. Aber mit der nicht nur gedachten, sondern laut ausgesprochenen Erklärung sprang sie schließlich aus dem Bett: ‚Die sind wohl alle verrückt geworden! Der Thomas sowohl wie der Gerd. Und überhaupt: Ich fahre nicht mit, gar nicht! Nicht nach Issel und nicht woanders hin!'

Vor und beim so gemütlichen Sonntagsfrühstück war Lisa wortkarg, wenn man es nicht sogar vielleicht als unfreundlich bezeichnen wollte. Die Mutter meinte, das wäre aber keine schöne Sonntagsvormittagsstimmung. Nun hatte sie die Teilnahme an der Autofahrt auch noch beinahe zugesagt. Gab es denn keinen einleuchtenden Grund, wie man das wieder absagen konnte? Gerds Eltern gegenüber – da musste sie schon krank sein oder so tun. Das war ihr aber viel zu dumm! Aber Issel, das kam nicht in Frage!

Um zwei Uhr kam Gerd mit einem kleinen Personenwagen die holperige Straße herauf. Fuhr noch etwas weiter, um zu wenden und hielt dann vor dem Haus. Lisa war fertig und sah entzückend aus in einem starkfarbigen Dirndl, Dirndl nur in Farben und Schnitt, sonst ein großes Kleid – Thomas' Lieblingskleid. Sie stieg gleich ein. Die Mutter winkte noch und ohne Zeitverlust ging es los.

„Was haben Gnädigste beschlossen, wohin es gehen soll?"

„Ich? Erst mal: Deine Eltern"

„Nein, die Eltern lassen sich entschuldigen. Die Mutter, da wollte der Vater auch zu Hause bleiben."

„Gauner! Da hast Du mich doch schon gestern angeschwindelt!"

„Ist's Dir nicht recht?", fragte er verschmitzt, „dass wir den Wagen ganz alleine haben und die ganze Welt dazu?"

„Damit Du's genau weißt! Und das ist jetzt kein Scherz: Nein! Am liebsten stiege ich aus und ließe Dich ganz allein, mit dem Wagen und ganz allein in die weite Welt hinausfahren. Und die ganze weite Welt könntest Du auch ganz allein behalten."

„Ich hab's doch nicht bös gemeint. Könnte doch so schön sein. Und jetzt schimpfst Du."

„Nein. Du solltest nur Bescheid wissen. Dass Du das mit mir und eigentlich auch mit niemanden machen kannst, wenn Du nicht Deinen Kredit, Deinen Ruf einbüßen willst."

„Nun sei wieder gut. Lisa, bitte? Und wohin nun? Wie wäre es, wenn wir einmal eine Burgenfahrt machten? Erst mal zur Iburg."

„Ja, schön. Da bin ich schon Jahre nicht mehr gewesen." Und denken tat sie, Gottseidank, fast entgegengesetzter Richtung, hätte mich schon bald wieder treiben lassen. So fuhren sie, die Stadt liegen lassend, auf der schönen Straße am Südhange des Teutoburger Waldes. Fast gemessen. Gerd wollte ja etwas von Lisas Gegenwart haben. Er versuchte gar nicht, wie viele Kilometer der Wagen wohl hergeben würde. Nach eineinhalb Stunden gemütlicher Fahrt waren sie an ihrem Ziel. Lisa wollte überall sehen, was zu sehen war. Sie behielt erstaunlich viele Bilder und Daten im Kopf. So waren sie erst in der Burg und Lisa verglich gleich mit den anderen Burgen auf den Höhen des Teutoburgers Waldes.

Beim Kaffeetrinken meinte Gerd: „Eigentlich sollten wir ja tanzen."

„Wenn Du da ‚Wir' sagst, meinst Du wohl Dich?"

„Magst Du nicht tanzen?"

„Sicher, gern. Aber bisher hast Du mich gar nicht gefragt, sondern mehr so bestimmt: Zum Tanzen fahren. Können ja hier mal fragen, ob hier nicht irgendwo getanzt wird. Den Ober vielleicht."

„Tanzen?", meinte der, „hier in Iburg? Nicht, dass ich wüsste, Von hier ist heute ein ganzer Autobus nach Issel gefahren. Da ist doch heute das große Knechtefest."

„Ja, da wollten wir auch erst hin."

„Wie ich schon sagte: Wenn Du ‚Wir' sagst, dann meinst Du Dich. Aber diesmal: Ohne mich."

„Nun habe ich doch gar nichts vorgeschlagen und jetzt beschimpfst Du mich schon wieder. Jetzt will uns der Ober, ein ganz Fremder, wieder dahin schicken. Und jetzt willst Du immer noch nicht. Und da ist so'n schöner Schwoof. Nun, sieh mich mal an. Wollen wir nicht mit einem kleinen Umweg über Issel zurückfahren? Na, nun lachst Du ja wieder. Also, nun?"

„Na schön, dann wollen wir mal sehen, in was wir da hineinschliddern!"

„Erlaube mal, da ist es ganz solide, möchte beinahe sagen seriös!"

Es mochte wohl schon auf achtzehn Uhr gehen, als Lisa mit Gerd am Isseler Knechtehaus ankam. Ehe sie sich überhaupt einen Tisch suchen konnten, setzte die Musik ein, so dass sie fast das erste Paar auf der Tanzfläche waren. Dem Paar und dem Kleid Lisas flogen sekundenlang, so lange das noch möglich war, bewundernde Blicke nach. Mutter Arnold sah Lisas Kleid, das auch eine Tracht hätte sein können, getragen von einem geschmeidigen Frauenzimmer. Sie erkannte Lisa. Erika stand gerade auf, um einem fremden Tänzer zu folgen. Thomas hatte sich auch erhoben, als seine Mutter ihm sagte, „Das ist doch Lisa Röbekamp."

„Hab sie drum gebeten."

„Bist ja ein toller Junge. Was soll denn das?"

„Weiß ich auch noch nicht. Wird sich zeigen."

„Wenn das nur nicht schiefgeht."

Er holte sich irgendwo eine Tänzerin und nahm Tuchfühlung zu Lisa auf. Bei drei Tänzen war reiche Gelegenheit und er nutzte sie, beide hatten einen Mordsspaß und durch ein Gespräch mit seiner Tänzerin, wie ‚Ach, Sie sind gar nicht aus Issel?', wusste Lisa sogar schon, dass seine Tänzerin jedenfalls nicht Erika war.

Mutter Arnold hatte den Eindruck, dass sie jetzt etwas arrangieren müsse, wenn da nichts passieren solle. Was sollte sie aber tun? Das war ihr noch gar nicht klar. Ohne es zu wollen und ohne etwas von den Folgen ihres Tuns zu ahnen, fügte sie Schicksale."

Wo mochte die Lisa nur sitzen? Möglichst musste sie sie wie zufällig abpassen. Also von hier aus, von dem eingeklemmten, wenn auch besten Tisch des Saales, konnte sie nichts unternehmen. Hier konnte sie nach dem Tanze auch nicht herauskommen, wenn sie Lisa dann irgendwo hingehen sähe.

Mit, sie glaube eine Bekannte zu sehen, verließ sie den Tisch. Sie käme gleich zurück. Also bis in den Quergang, bis in den hinein immer wieder die Masse der Tanzfläche überquoll, musste sie. Hinter Zuschauern stand sie verdeckt. Hatte sogar Gelegenheit die Lausbubereien ihres Jungen neben Lisa zu beobachten und zu verfolgen. Soweit das irgendwie möglich war, hielt sie Lisa mit dem schönen Kleid im Auge. Der Tanz war aus. Da zur Tanzfläche viele Seitenkanäle einmündeten lichtete sich der Mittelraum sehr schnell. Schon hatte sie das Kleid wieder im Auge und das Paar – es sah aus wie all die Mädchen hier aus der Gegend, blond und blauäugig. Was war nur mit seinem einem Auge? Nun, dazu war jetzt keine Zeit – sie kamen ohne sich einzuhaken auf den Quergang zu, so dass Frau Arnold im genau richtigen Zeitpunkt hervor zu treten vermochte.

„Fräulein Röbekamp? Sie hier? Das ist ja eine Überraschung."

„Ja, das Isseler Knechtefest ist hundert Kilometer im Umkreis bekannt. Darf ich hier erst einmal vorstellen: Das ist Herr Ockermann und das ist Frau Arnold, die Mutter eines früheren Mitarbeiters der ‚Arktis', der leider jetzt in Blombach wohnt."

„Der ist aber auch hier. Hat hier früher mal einen Preis bekommen. Und darum sind wir hier. Und wo sitzen Sie?"

„Noch nirgendwo. Als wir hereinkamen, fing gerade ein neuer Tanz an. Und zum Tanzen waren wir eigentlich hergefahren."

„Vielleicht können Sie noch mit an unserem Tisch sitzen. Bin da zwar selbst nur Gast. Vielleicht - kommen Sie mit mir."

So gingen sie zusammen ein Stück in die Tanzfläche hinein und wieder folgte mancher Blick Lisas schönem Gewand.

Am Tisch: Ja, das war so, wie ich dachte. Können sich die beiden jungen Leute noch mit hierher setzen? Sie haben noch keinen Platz. Sie kamen und tanzten gleich. Also: Das ist Fräulein Röbekamp und das ist Herr..., Lisa das müssen Sie schon sagen."

„Herr Ockermann."

Frau Arnold nannte andere Namen, ihren Sohn ließ sie aus und sich an ihm vorbei schiebend, sagte sie nur ‚Lausejunge'.

Frau Köttermann fragte aber gleich über den ganzen Tisch laut: „Herr Ockerman, sind Sie aus der Wäschefabrik in Sparrenberg?"

„Ja, die gehört meinem Vater."

„Dann stammt Ihre Mutter aus dem Hotel Spahn in Bad Rothenfelde?"

„Ja, das stimmt." So war Gerd Ockermann allmählich bis in ihre Nähe gelangt.

„Da kennen Sie meine Mutter?"

„Ja, ich stamme auch aus Rothenfelde. Ihre Mutter ist einige Jahre älter als ich. Sie ist die Schulfreundin meiner Schwester, die dort unser Elternhaus, die Reichskrone, führt."

„Ja, die kenne ich sogar, wenn auch von früher und flüchtig. Und darf ich nochmal fragen, wer Sie sind?"

„Ich bin Frau Köttermann, hier aus Issel. Erika, Erika, komm mal hierher. Herr Ockermann kennt in Rothenfelde die Tante."

Thomas und Lisa hatten sich freimütigst vor allen begrüßt. Ob das du und du schon aufgefallen war, wussten sie nicht. Aber im Laufe des Abends wurde am Tisch, an dem noch weitere Verwandte und Freunde von Köttermann saßen, festgestellt, dass sie sich schon länger und von der gemeinsamen Arbeit her kennten. Das war allen auch selbstverständlich, wenn Frau Arnold sie hier an den Tisch geholt hatte. Lisa saß nicht neben Thomas. Doch der nächste Tanz vereinte sie, wie Gerd mit Erika. Die beiden Paare kreuzten sich in der tanzenden Menge mehrfach, nicht ohne ein paar Scherzworte zu wechseln. Dabei stellten dann die Männer fest, dass sie sich noch gar nicht richtig besprochen hatten und die beiden Mädels hatten ebenfalls noch keine freundlichen Worte über ihre Kleider ausgetauscht.

Beide Paare hatten unbewusst das Gleiche vor, dies nähere Kennenlernen nicht am Tische zu vollziehen. So blieb Lisa mit Thomas vor dem Zuweg zu ihrem Tisch stehen und wartete auf Erika mit Gerd.

Da blieben sie auch eine ganze Weile stehen. Die Männer tauschten nochmals ihre Namen richtig und verständlich aus und Thomas übernahm, die beiden schwestergleichen Mädel einander zuzuführen. Da kam Frau Klüterhoff vorbei, blieb stehen: „Na Erika? Na Thomas?", sagte sie wie anerkennend, ermunternd trat einen Schritt zurück und alle vier mit sichtlicher Genugtuung musternd, meinte sie, den Kopf schelmisch hin- und herwiegend: „Ihr seid ja zwei feine Paare. Wenn ich könnt', wurde ich Euch mal solo tanzen lassen."

Sie hatte eine Art, sie konnte ‚Du' und ‚Sie' zu jedem sagen und keiner nahm ihr etwas übel.

Thomas war jetzt der Lausbub in eigener Person.

„Wie wär's denn, wenn wir den Drachenfels einmal ein bisschen allein ließen und mal Karussell führen?

„Au fein, da habe ich just drauf gelauert."

„Gelauert? Wisst Ihr denn, was'n richtiger Kalauer ist? Ich bin so ungefähr aus der Gegend."

„Ne, nee, neee – nein, ich auch nicht."

„A – b – c – d – e – f – g – h – i... ja, seht Ihr, die lauern alle auf das ‚k'."

Erika tat, als wollte sie ihm eine langen. Dann gingen sie noch über den faulen Witz lachend alle vier nebeneinander, die Mädchen in der Mitte und alle Einzeln – das wurde an verschiedenen Tischen besonders vermerkt – Thomas neben Erika und Gerd auf Lisas Seite aus dem Saal, ihrem Tisch auf Wiedersehen zuwinkend.

Als sie nach einer Stunde etwa wiederkamen, da hatten sie richtigen Hunger. Die übrigen Tischgenossen meinten auch – jeder für sich, dass die Vier recht lustig wären. Und diese Vier hatten sich eine Stunde lang richtig kennengelernt. Sie waren Karussell gefahren. Hatten sich dabei auch noch im Kreis drehen lassen. Schiffschaukel und Schießbude hatten sie absolviert, auch die Mädels hatten schießen müssen, da Frauen jetzt endlich gleiche Rechte hätten. Als sie mal so, mal so, ineinander gehakt wieder die große Holztreppe zum Seiteneingang des großen Saales heraufgingen, umarmte einer der Gildenbrüder den Thomas und sagte:

„Bruder, Gildenbruder Arnold, wir haben ja noch gar keine Brüderschaft getrunken."

„Holen wir morgen nach, Bruderherz."

„Du Erika, das fehlt bei uns auch noch. Das müssen wir noch nachholen.

„Ehrensäbel! Muss das gleich sein?"

„Wann sonst?"

„Womit denn?"

„Meinst wohl mit Selterswasser, hm?"

„Da sieht man gleich, dass Du nicht aus Westfalen stammst!"

„Nee, aus Schlesien, die verstehen auch was davon."

„Ja, vom Grüneberger. Brrr, da ist ein Steinhäger geradezu ein Genuss."

„Also auf: Brüderschaft mit Steinhäger."

Gerd Ockermann war auch in Fahrt gekommen und sagte: „Ich schlage vor, jetzt trinken wir mal alle über Kreuz Brüderschaft."

So zogen wieder alle Arm in Arm in die vorderen Asträume. Thomas sagte dem Pächter: „Wir brauchen was zum Brüderschaft trinken.". Da meinte der Pächter: ‚Na Herr Arnold, bei dem vielen Wasser, was ich Ihnen eingeschenkt habe, haben Sie bei mir noch allerhand nachzuholen.". Damit zog er die Vier in sein Hinterstübchen.

Das war ein kleiner, schmaler Raum, der in der Verbindung zwischen den Gasträumen und der Wohnung lag. Dunkelbraun getäfelt, mit rotem Ecksofa und rot-gepolsterten Stühlen und Sesseln um einen großen, runden Tisch. Es war ein anheimelnder kleiner Zechraum, der Treffpunkt eines Stammtisches, unter einer abends nur nach unten und nicht den Raum ausleuchtenden schmiedeeisernen Lampe. Jetzt war es ein dem Getriebe des Festes völlig entrückter Ort.

„Nun sollen die Herrschaften mal etwas ganz Besonderes genießen. Aber nur in Andacht. So'n Tröpfchen gibt's nur einmal und wenn ich raten dürfte: Dann vorher ein Scheibchen trockenes Weißbrot."

Das holte er selbst schnell aus der Küche. Dann brachte er vier so dicke bauchige, dabei dünn geschliffene Gläser, wie keiner von den Vieren bisher gesehen hatten. Gläser, so groß und so geformt wie Straußeneier, denen die Spitze abgeschnitten war. Über einer auf der Anrichte angezündeten Spiritusflamme wurden die Gläser – die Vier trauten ihren Augen kaum bei dieser fast andächtigen Zeremonie – langsam erwärmt. Dann goss er ihnen und sich selbst in einem abseits stehenden Glas den ‚herrlichsten Tropfen ein, der je über seine Zunge gekommen wäre'. Doch er goss sie nicht etwa voll, die schönen großen Gläser, sondern füllte sie höchstens bis zu einem Zehntel, und das nicht aus Sparsamkeit, sondern des Genusses wegen.

Und nun gab er ganz leise sprechend die Anweisungen, den Cognak im warmen Glas schwenkend: „So und dann – um Gotteswillen noch nicht, noch lange nicht trinken! Zum Trinken ließe sich der Herrgott doch die Trauben, aus denen solch ein Tröpfchen destilliert wäre, erst in zweiter, dritter Linie wachsen. Jetzt trinken – aber mit der Nase. Und nochmals schwenken – so – und nun etwas dazu trinken, immer die Nase tief ins hohle Glas hinein und den Tropfen, so – mit vorgeneigtem Kopf, so – zwischen der Zungenspitze und den Lippen, vorn im Munde behaltend, mit den Zähnen durchbeißend und dann so – so – ganz langsam – nach hinten lassen. Bei dem Tropfen, da gingen alle Gebete in Erfüllung und wenn das nicht der Fall wäre, dann hätte man ihn nicht andächtig genug getrunken. So, nun könne er nach dieser Anleitung die Herrschaften wohl allein lassen, nochmals jedem nachfüllend." Und so empfehle er sich.

Vier unverbildete Menschen hatten hier von einem Könner und Genießer eine Vorlesung auf der Hochschule des Genusses erhalten, die sie nie in ihrem Leben vergessen würden. Ja, sie würden sich bemühen, weiteres dazuzulernen.

Die Vier, die so ausgelassen hier hereingekommen waren, waren inzwischen ganz ruhig geworden. Andächtig hielten sie ihre Gläser fest. Lisa fasste es in Worte: „Hat es da nun Zweck, eine ganze Flasche zu trinken, wenn man mit so Wenigem solchen Duft und Genuss in sich hineinziehen kann?"

Schließlich kamen sie wieder auf den eigentlichen Zweck ihres Hierseins: Sie wollten ja Brüderschaft trinken. So standen sie auf, standen im Raum, mit den Gläsern, nein den Pokalen, anstoßend wie mit tiefem Glockenläuten und dann die Rundung der Gläser mit der ganzen Hand, wie der Lehrmeister vorhin, umfassend, auf Du und Du anzustoßen und ganz langsam mit der Nase und dem Munde trinkend. Als Scherz begonnen waren sie alle angerührt. Thomas fand das erste Wort:

„Und wie wäre nun das? Brüderschaft ohne Kuss? Erika?"

Und dann tauschten sie die beiden Frauen aus und die Männer gaben sich die Hand.

Thomas, dieser Schalk, flüsterte, damit es nur ja keiner höre:

„Kinder, wisst Ihr was? Ehe wir heute Abend gehen, da machen wir die Zeremonie mit diesem Tröpfchen noch einmal. Und dabei heben wir die Brüderschaft wieder auf."

„Ja, das möchtest Du wohl?"

„Ja.", sagte er noch etwas leiser, „Und dann jede Woche einmal wiederholen."

Wenn der ganze Tisch diese Vorgeschichte gekannt hätte, würde er sich weder über die Fröhlichkeit, noch über die verschiedenen ‚Dus' gewundert haben.

Sie alle wurden auch von anderen Tischen viel mehr beobachtet, als sie sich das gedacht hätten. Jedoch niemand dachte wohl etwas anderes als auch am Köttermannschen Familientisch gedacht wurde. So etwa: Nun, da ist ja alles in bester Ordnung.' Nur Arnolds Mutter saß da mit einem etwas bänglichen Gefühl ums Herz. Wie das wohl mal ausgehen sollte, das hätte sie gerne jetzt gewusst.

Nach einigen handgreiflichen Stärkungen stürzte man sich wieder in das Getriebe. Aber sie taten etwas Unerwartetes. Sie tanzten nicht nur miteinander oder übers Kreuz, sondern überließen ihre Mädchen großmütig anderen Tänzern, wie die Männer selbst die ältere Jugend, dann Erikas Kusine und Freundin zum Tanze führten.

Die Isseler Jungs hatten Erika durchaus noch nicht abgeschrieben. Dass sie nie sitzen blieb, war ganz selbstverständlich. Die alten Jugendfreunde wechselten als ihre Tänzer sogar innerhalb der drei gewöhnlich hintereinander gespielten Tänze. Sie musste, ganz ungewohnt, viele Komplimente einstecken. Arnold verlegte sein Feld fast ausschließlich in die Bezirke des Jahrgangs seiner Mutter. Auch er wechselte innerhalb der drei Tänze. Nur mit Frau Klüterhoff tanzte er die ganze Serie. Die beiden hatten auch viel mehr miteinander zu sprechen, als man sich sonst beim Tanzen zu erzählen pflegt, auch dann, wenn man sich genauer kennt. Frau Klüterhoff wusste jedenfalls nach den Tänzen genug Einzelheiten von seiner Mutter und Gerd Ockermann und Lisa und von den Flüchtlingserlebnissen seiner Mutter, bis zu ‚Fräulein Röbekamp'. Und Arnold wusste auch, dass diese lebendige Frau, die die übrigen Isseler Frauen an Geist weit überragte, eine ungemein feine Witterung hatte.

In der dann folgenden Tanzpause kam sie mit an den Köttermanns erweiterten Familientisch. Setzte sich zwischen Frau Arnold und Frau Köttermann.

Eigentlich hätten ihr Mann und sie es ja nicht nehmen lassen wollen, Arnold, Mutter und Sohn, bei sich zu sehen. Aber das sähen sie natürlich ein, dass das in diesen Tagen nicht angängig gewesen wäre. Da wären Köttermanns dran gewesen. Aber Herr Arnold habe noch allerlei nachzuholen. Versprochen hatte er zu kommen, dann aber sei er spurlos aus der Gegend verschwunden. Nun wollten sie gleich mal ausmachen, wann das nachgeholt würde.

„Mal im Winter oder nächstes Jahr.", meinte Frau Arnold. „Und schließlich sind wir hier ja auch ganz fremd."

„Ihr Sohn aber nicht."

„Nun, der kann ja auch leichter einmal kommen, es ist ja auch so weit und unbequem von Blombach bis hier."

„Mit dem Auto? Keine Stunde."

„Sehen Sie – viel einfacher – da kommen Sie zu uns nach Blombach!"

„Ja abgemacht! In vierzehn Tagen."

„Abgemacht."

„Aber so abgemacht, dass wir Sie da mit dem Auto abholen."

„So war es von mir aber nicht abgemacht."

Nun legte auch Frau Köttermann gute Worte ein. Jetzt sei doch schönes Sommerwetter und das wäre doch eine schöne Gelegenheit zu einer kleinen Nachfeier – und was man sonst noch alles für schöne Gründe anführt. Die Mutter dachte sich: Stecken hier doch alle unter einer Decke. Und warum schließlich auch nicht'. Aber erst noch den Jungen fragen. Der antwortete: „Aber nur, wenn wir uns allesamt wie wir hier sind, wiedertreffen – sonst lasse ich mich vor lauter Traurigkeit bei Klüterhoffs in einem großen Fass mit Doppelkorn ersaufen."

So kam alles schnell in die Reihe: Also gestern in vierzehn Tagen, Abholung vierzehn Uhr Blombach, fünfzehn Uhr

Sparrenberg, sechzehn Uhr Kaffee bei Klüterhoffs. Und die weitere Ausgestaltung der Festfolge übernahmen ebenfalls Klüterhoffs. Es frage sich nur noch die Unterbringung. Das wäre auch klar: Arnolds diesmal bei Klüterhoffs, Fräulein Röbekamp könne bei Erika schlafen und Gerd Hemdenmatz könne sich quer in die beiden Fremdenbetten bei Köttermanns legen.

Mit so munteren Reden wurde es bald Mitternacht und zum Kehraus tanzten ganz zufällig Lisa mit Thomas und Erika mit Gerd und wechselten im Tanz immer wieder ihre Partner, um sich gegenseitig zu verabschieden.

Wenn Mutter Arnold deshalb mit ihrem Jungen hatte zusammen schlafen wollen, um zwischendurch auch mal ungestört mit ihm zu sprechen, so erschöpften sich die Gespräche in:

„Junge, wie Du da mit heiler Haut herauskommen willst, das möchte ich gerne mal wissen!"

„Ich auch."

„Beneiden tue ich Dich jedenfalls nicht."

„Vielleicht kannst Du mir aber helfen."

Gerds Auto war das letzte auf dem Parkplatz und der Wächter hatte sich ein besonderes Trinkgeld verdient. Gerd fuhr so gemächlich in die erfrischende Nacht heraus, wie am Nachmittag in die schöne Sommersonne. Lisa war es kalt. Auf eine Nachtfahrt war sie nicht eingerichtet. Sie zog sich so weit wie möglich zusammen und sie überlegte, ob es nicht besser wäre, die Wolldecke um die Schultern statt um die Knie zu legen. Gerd dachte an die Schachspiele. „Lisa?"

„Ja?" Und er versuchte mit der Linken fahrend, seine Rechte hinter ihrer Schulter durchzuschieben. Sie gab nur frostig dem Druck nach, mit dem er sie näher zu sich heranziehen wollte. Die kurvenreiche Straße verlangte aber bei dieser Dunkelheit zwei Hände am Steuer und als er wieder zu ihr herübergriff, war sie längst in die alte Stellung zurück gependelt. Trotz zweimaligen ‚Schachmatt' war er behutsam. Aber da sie sich nicht gewehrt hatte, zog er sie nun kräftiger zu sich heran, so dass er, wie sie etwas schräg von ihm abgewandt mit der halben linken Schulter an ihn gelehnt dasaß, langsam ihren Kopf zu sich umbiegend heranzog. Als er sie nun küssen wollte, wehrte sie sich nicht, sagte nur leise: „Nicht." So aneinander gelehnt fuhren sie weiter, bis die städtischen Straßen mehr Aufmerksamkeit erforderten.

Als er sie in ihre Wohnstraße herauffahren wollte, war sie wieder ganz gestrafft: „Halt! Mach doch keinen Unsinn. Die hundert Meter laufe ich natürlich rauf." Und ehe er sich versah, hielt sie sein Gesicht mit beiden Händen und küsste ihn mitten auf den Mund: Der Dank für den Tag. Sein Innerstes jubelte, bis er in den Schlaf sank.

Als tags darauf der neue Landsknechtsvogt erkoren und in seine neue Würde mit den üblichen Reden eingeführt wurde und ein nochmaliger Umtrunk begann, war nur noch ein ganz kleiner Teil der alten Veteranen zur Treueerklärung anwesend. Dieser ‚blaue Knechtemontag', dem Tag der traditionellen Nachfeier, war immer eine fade Angelegenheit. Der erste Teil würde von den Veteranen mit guten Frühstücksbissen und den üblichen flüssigen Begleiterscheinungen absolviert. Nur ganz wenige Frauen, die ihre Männer beim Trunk nicht gern allein ließen, waren meist dabei und dann gaben noch einige Neugierige, zu denen sich auch Arnold rechnete, als Volk den erweiterten Rahmen ab. Das wirkliche Volksfest aber war schon seit gestern Nacht vorbei.

Köttermanns wollten Sohn und Mutter Arnold unbedingt wieder mit dem Auto nach Blombach bringen lassen. Die beiden jedoch hatten es anders beschlossen. Steinbeck wollte Thomas seiner Mutter zeigen. Aber vorher hatten Köttermann und Arnold noch ein Gespräch zusammen. Sie hatten sich die Werkstatt, die Läger, den Laden gemeinsam angesehen, hatten über ein bearbeitetes Heizungsprojekt gesprochen und hatten mit nüchternem Kopf beide Gefallen aneinander gefunden. Köttermann kam ganz freimütig nochmals auf seinen alten Verdacht zurück und sagte: „Junge, wenn ich diese unglaubliche Dummheit nicht gemacht hätte, dann hätten Sie mir ja schon seit zwei Jahren helfen können – hatten mir damals schon gefallen. Und jetzt brauchte ich eigentlich auch so jemanden wie Sie ganz dringend."

„Sie wissen ja, das geht nicht."

„Zeiten ändern sich schneller als man denkt. Schlagen Sie's nicht ganz aus, ich frag schon mal wieder nach."

Am Nachmittag brachte ein Auto Mutter und Sohn mit ihrem wenigen Gepäck bis nach Steinbeck. Frau Heinze, Thomas Wirtin, war leider nicht da. Thomas hätte ihr gerne nochmals seinen Dank abgestattet für all die viele Sorge und Pflege, die er damals von ihr genossen hatte. Am Hause Buschers mit den heruntergelassenen Schaufensterläden kamen sie vorbei. Hinrich Kramer besuchten sie im Comptoir. Er wollte natürlich mit ihnen ins Haus. Sie aber wollten noch zu Frau Westhoff und schon etwa in einer halben Stunde fahren. Da aber hatten sie die Gastfreundschaft von Frau Westhoff ganz falsch eingerechnet. Sie konnten froh sein, dass sie den letzten Zug, der bis Blombach Anschluss hatte, noch erreichten. Was Frau Arnold unmittelbar und nebenbei über ihren Jungen gehört hatte, war hochbefriedigend für sie

Nun ging nach diesen so äußerst merkwürdigen Tagen und - mit so ein klein wenig Bangigkeit vor der Zukunft – wieder in die Regelmäßigkeit der Tagesarbeit, die trotz allem nur das Gerüst des wirklichen Lebens war.

Wenn Lisa und Thomas nach Jahren gefragt worden wären, was sich bei ihrem ersten Zusammentreffen nach diesem Isseler Knechtefest – auf dem sie sich, von verschiedener Richtung kommend, getroffen, und ihr Kreis mit anderen Kreisen wild durcheinandergewirbelt worden war, zugetragen hatte, dann hätten beide sich nur noch daran erinnert, dass sie furchtbar gelacht, immer wieder gelacht hätten über die Komik der Situationen. Dass jedes Gespräch begonnen hätte: „Weißt Du noch wie... erinnerst Du Dich..."

Statt nach Vergangenem zu fragen, hätten da beide gern nach der Zukunft gefragt. Nicht nach der wirtschaftlichen Zukunft, die war ja so oder so ganz klar. Sie konnten etwas und würden zu leben haben. Diese Seite des Lebens war beiden jetzt völlig gleichgültig.

Unbewusst kamen sie sich vor wie mit dem Rücken gegenein-
anderstehend, alle Angriffe gegen diese Lisa-Thomas-Einheit
abwehren zu müssen, einer dem anderen voll vertrauend. Aber
offenen Auges sahen sie auch schon die Kräfte auf sich zukommen,
die diese Einheit mit Mitteln sprengen würden, die außerhalb ihrer
Macht lagen. Unbewusst ahnten beide, dass diese Kräfte
womöglich stärker sein könnten als ihre Herzen. Und als sie
diesmal wieder voneinander schieden, wussten sie: Es geht einer
ungewissen Zukunft entgegen, aber sie brauchten sich nicht mehr
gegenseitig abzustimmen, jeder täte an seiner Stelle das Richtige.
Das Richtige für beide, auch wenn der andere es nicht einsehen
oder nach seinen Überlegungen billigen würde.

14. Gartenfest bei Klüterhoffs

Das Gartenfest bei Klüterhoffs, die kleine Nachfeier, war von zwei Schelmen aufgezogen. Das aber zeigte sich erst am späten Abend und in der Nacht, als dann in sämtlichen Räumen des unteren Hauses getanzt wurde und die entsprechende Beleuchtung allen Bedürfnissen weitgehend entgegenkam. Neben den drei Köttermanns und zwei Arnolds, sowie Lisa und Gerd waren noch zwei Paare junger Leute und ein unverwüstliches Original geladen, ein Arzt, von dem die Sage ging, dass er nie früher operiere, ehe er nicht mindestens einen halben Liter Schnaps getrunken habe. Dann aber führe er mit geradezu nachtwandlerischer Sicherheit die kompliziertesten Operationen aus und treffe bei unvorhergesehenen Schwierigkeiten blitzschnelle Entschlüsse.

Die Seele des Festes war Frau Klüterhoff. Sie hatte die Gabe, fünfzig Leute gleichzeitig zu unterhalten, war immer sprudelnd neu, war witzig, schlagfertig und wiederholte sich nicht. Wusste die gewagtesten Dinge mit den einfachsten Worten und mit solchem Charme zu sagen, dass nie ein betretenes Gefühl, sondern stets eine witzige Verblüffung das Ergebnis war. Immer blieb sie eine Dame vom Scheitel bis zur Sohle.

Durch Zufall war es ihr gelungen, eine drei Mann starke, erstklassige Jazzkapelle heranzuziehen, die zur Zeit ohne Stellung über die Dörfer ziehend, spielte. Die Kapelle war für Issel eine Sensation.

Auch Klüterhoffs fühlten sich als ein Glied in der Kette, denn natürlich bestanden von allen Seiten ganz handfeste Absichten. Das wurde noch verstärkt, nachdem die beiden Frauen Köttermann und Klüterhoff vor einigen Tagen in Sparrenberg eingekauft und bei Frau Ockermann, Gerds Mutter, Besuch gemacht hatten. Als die beiden Frauen mit Frau Klüterhoff am Steuer nach Issel zurückfuhren, war die eine der Meinung, dass das Schicksal ja hin und wieder auch ohne große Fallgruben die richtigen und zueinanderpassenden Menschen zueinander führe und die andere dachte für sich, dass Rechnungen mit Menschen oft nicht aufgingen.

Frau Arnold wurde hauptsächlich vom alten Klüterhoff betreut. Dabei war mehr über das Geschäft und so nebenbei über Besitz und Vermögensverhältnisse gesprochen als über Dinge, die mit dem Fest zu tun hatten. Der Doktor stellte vornehmlich den jungen Dingern nach und wollte immer mit einer in den Kneipkeller, zu dem man nur über die schummrig beleuchtete Kellertreppe kommen konnte. Von seiner Tischdame, Frau Klüterhoff, machte er wenig Gebrauch.

Die vier jungen Leute passten ganz hervorragend zueinander und alle kamen – auch Gerd mit Lisa, soweit er das erwarten konnte, auf ihre Kosten. Die drei Klüterhoff'schen Kinder und ein Eleve durften bis zwölf Uhr nachts mitmachen. Dann kamen Verlosungen und Gesellschaftsspiele und nachher rief der Doktor Schwerenöter ‚das sei hier doch kein ordentliches Etablissement, wo man noch nicht mal ein Chambre separé haben könne'. Da irrte er aber. Denn das wurde von Frau Klüterhoff wechselnd vergeben und von ihr bei offener Tür bewacht, damit ihre Schützlinge Muße hatten, etwas Böses zu tun.

Auch sie saß lange Zeit mit Thomas Arnold, den sie der Erika für eine Weile ausgespannt hatte, in der zum Chambre separé erhobenen Glasveranda. Sie hoffte bei einer vom Alkohol etwas gelösten Zunge zu hören, was er sich von seiner Zukunft dächte. Er war auch tatsächlich ziemlich aufgekratzt. Nahm sie kräftig in den Arm und küsste sie tüchtig als seine alte Freundin – aber heraus kriegte sie nichts.

Der Sonntag war nur noch der Ausklang der Einladung. Er fing erst mit einem sehr späten Frühstück an. Daran schloss sich ein Gang durch den Brennereibetrieb und die Landwirtschaft, bis am Abend der Klüterhoff'sche Wagen wieder alle zu Hause abgab.

Gerd hatte wie verabredet bei Köttermann's gewohnt und Lisa hatte mit Erika im Zimmer geschlafen. Beide hatten sich ausgezeichnet verstanden. Abgesehen davon, dass überhaupt ausgemacht wurde, man wolle sich von Zeit zu Zeit irgendwo treffen, erklärte

Gerd, dass das nächste Fest natürlich bei ihnen stattfände. Das wurde vom alten Köttermann damit quittiert: „Ja für Euch Jungen! Wir alten müssen erst etwas Ruhe haben." – Im Haus hatte er die Ruhe bald. Denn seine Frau und Erika gingen noch nach Bad Pyrmont – und das lag gar nicht weit von Blombach.

Die Feste des Sommers waren vorbei. Frau Köttermann war mit Erika nach Issel zurückgekehrt. Sie waren von ihrer Kur und den verschiedenen Möglichkciten, Frau Arnold und Thomas zu besuchen, und diese wiederum in Pyrmont zu sehen, recht befriedigt.

15. Das Leben bei Niederbarkeys und anderen

Da trat im Hause Niederbarkey eine entscheidende Veränderung ein. Ein Telegramm meldete den bedenklichen Zustand von Frau Niederbarkey. Sie war zur Kur und hätte eigentlich schon wieder nach Hause zurückkommen sollen. Herr Niederbarkey fuhr sofort mit allen drei Kindern nach Wiessee.[45] Die Frau und Mutter fanden sie allerdings tot vor. Die Verhältnisse auf der Bahn ließen einen Transport der Leiche nicht mit Sicherheit zu und so wurde sie mit dem Auto nach München gebracht und hier im Waldfriedhof eingeäschert.

Es war eine traurige Familienfeier. In einer weiten, ungemütlichen Halle, in einer fremden Stadt, versuchte ein fremder Geistlicher dieser so kleinen, nur aus vier Köpfen bestehenden Trauergemeinde, Trost zuzusprechen. Er meinte es gut und verstand sein Handwerk. Die Orgel hatte vorher leise gespielt. Den Vieren, die an ihr kleines Kirchlein gewöhnt waren, war es unheimlich geworden. Dann aber, ehe der Sarg der Flamme übergeben wurde, erklang – derweil draußen die ersten Novemberstürme den Schnee aus dunkelblauem Himmel herauspeitschte – der Mutter Lieblingslied: „Geh aus, mein Herz und suche Freud, in dieser schönen Sommerzeit, an deines Gottes Gaben." Und den Vieren quollen die Tränen in vollen Bächen. Aber sie sahen dabei die Mutter jetzt so, wie sie sie auch in Erinnerung behalten würden: Etwas wie vor zehn Jahren draußen im Feld und – als sie noch ganz gesund war.

---

[45] Reisen innerhalb Deutschlands waren 1947 nicht nur wegen der beschädigten, teilweise zerbombten Bahnhöfe, den wenigen Zügen usw, mühsam, dazu waren Reisen durch/in andere Besatzungszonen genehmigungspflichtig

Die Urne brachten sie mit nach Blombach, wo dann die Feier der Bestattung im Kreise der weiten Verwandtschaft, der Freunde und Vertrauten des Hauses Niederbarkey stattfand.

Das Wetter dieses Herbstes und Winters, auch um Weihnachten und um das neue Jahr, war - vom Städter aus gesehen - schlecht. Es regnete und regnete. Und wenn man etwas geplant hatte, dann regnete es. Für Lisa und Thomas war es die schlechteste Zeit, solange sie sich kannten. Wochenlang wäre es heller Wahnsinn gewesen, wenn sie wie bisher mit den Rädern hätten herausfahren wollen. So trafen sie sich mal in Detmold, mal war Lisa in Blombach und Arnold kaufte von Zeit zu Zeit für seinen Chef in Sparrenberg ein.

Gerd hatte monatelang keinen Kummer über Lisas Abwesenheit. Und sein Verhältnis zu ihr hatte sich wesentlich gebessert. Er war eine treue Seele. Lisa hatte ja auch nichts gegen ihn. Er hatte es zwar noch nicht ausgesprochen, aber Lisa fühlte, ja wusste, dass er sie bei einer guten Gelegenheit fragen würde, ob sie seine Frau werden wolle. Alles rund herum würde passen. Die Eltern Ockermann kamen von Zeit zu Zeit, gelegentlich eines Spazierganges auf dem Berge bei Röbekamps vorbei. Man lud sich gegenseitig ein. Gerd kam mit absoluter Regelmäßigkeit am Sonnabend oder Sonntag, oftmals auch an beiden Tagen oder veranlasste Lisa, allein oder mit ihrer Schwester zu Ockermanns zu kommen. Und natürlich schwirrten, sowohl bei Ockermanns als auch bei Röbekamps, noch eine Reihe von jungen Menschen herum, so dass es nicht stets so aussah, als seien die Lichtkegel nur auf die beiden Lisa und Gerd gerichtet.

Der Mutter Röbekamp war nicht leicht ums Herz. Richtig überlegt und vernünftig gehandelt, hielt sie ja auch, schweren Herzens, eine Verbindung von Lisa mit Gerd für die besterreichbare Lösung. Wenn Lisa vorerst irgendwie tätig bleiben wollte, dann konnte sie das ja auch in der Ockermann'schen Wäschefabrik im ausreichenden Maße. Es war überhaupt alles glatt. Bei einer Verbindung mit Gerd konnte man sie als versorgt ansehen. Gerd war ein anständiger Kerl und, wenn Röbekamps sich in Vermögensverhältnissen überhaupt nicht mit Ockermanns vergleichen konnten, so wurde Lisa doch recht ordentlich von Haus ausgestattet und das Haus gehörte den Kindern nachher ja auch.

Nur das Mädel. Konnte sie von der schönen Liebschaft zu Thomas freikommen? Und so hatten Mutter Röbekamps Beobachtungen während dieses Winters Lisas veränderte Interessen doch darauf schließen lassen, dass da eine Änderung vor sich gegangen war. Aber die Mutter wollte weiter beobachten, auf der Hut sein. Vielleicht konnte sie mal eine günstige Gelegenheit abpassen, bei ihr zu horchen. Aber unmittelbar zu fragen, getraute sie sich doch nicht. Denn dann hätte sie vielleicht den Eindruck erweckt, sie sei vorgeschickt und dann – dann – wusste sie noch keinesfalls, wie ihr Tochter sich benehmen würde, wenn sie glaubte, verkuppelt werden zu sollen.

Gerd hatte bis in den Januar keine Gelegenheit, mit Lisa zu sprechen. Mutter Ockermann hatte nach allem schon geglaubt, ihr zu Weihnachten die Seide[46] für ein Brautkleid schenken zu können. Im letzten Augenblick tat sie es aber doch nicht.

---

[46] 1947 gab es überhaupt keine Textilen oder Schuhe zu kaufen, auch kein Nähgarn oder gar Wolle, um Strümpfe zu stricken. Flüchtlingskinder und Kinder von Leuten ohne Verbindungen, hatten gar keine Strümpfe, oft im Winter bei Schnee 3 km Schulweg in etwas Stoff um den Fuß und als Schuh eine Holzsohle mit 2 Riemen. Alt-Eingesessene hatten Seide für ein Brautkleid und auch Nähseide

16. Das Leben von Thomas, Lisa, Erika, Gerd

Seit seiner Übersiedelung nach Blombach hatte sich Thomas Lebensweise ganz gründlich geändert. Wieder war es ein handwerklicher Betrieb, dessen Arbeiten oft durch Wege, Materialbeschaffung und Transport, sowie durch Überlegungen und Besprechungen unterbrochen wurden. Auch der Tagesablauf war ein anderer. Die Arbeit, nicht ganz so geregelt, oft leichter, meist aber schwerer als die gleichbleibende Fabrikationstätigkeit. Ganz wichtig: Der Tag wurde durch eine richtige Mittagsmahlzeit in zwei Teile geteilt, was in großen Betrieben und größeren Orten natürlich unvorteilhaft, sowohl für den Betrieb, als auch für die Leute war. Thomas empfand es aber als körperlich wohltuend, wozu die Fürsorge der Mutter und ihre tägliche Anteilnahme selbstverständlich noch ein Übriges taten. Endlich machte er keine Nebenarbeiten mehr, wenn man von einer Arbeit absieht, die er noch eines klaren Zieles wegen zu Ende führte.

Er hatte durch den Niehm'schen Kreis einen ganz jungen Tischlermeister kennengelernt, der sich in einem kleinen Orte auf dem Wege zwischen Sparrenberg und Blombach eine kleine Möbelfabrik einrichten wollte. Gelegentlich einer Radfahrt war er mit Lisa dort gewesen. Eigentlich mehr aus Höflichkeit, sich den Betrieb einmal ansehend. Da wurde erzählt, dass man eine gebrauchte Fournierpresse in einem Ort an der Weser gekauft habe, die dort nun abzumontieren und hier wieder aufzustellen sei. Wobei sich kleine Änderungen beim Anschluss des Heizdampfes und so weiter ergäben. Lisa und Thomas veränderten ihre Wochenendfahrt, sahen sich die Presse an ihrem Standort an und auf einmal hatte das technisch zu lösende Problem Thomas erfasst. Er hatte eine Idee, wie man das vereinfachen und verbessern könne. Auf dem Rückwege wurde es gleich besprochen und durchgezeichnet.

Wie lange das dauere, ob er, Thomas, es machen wolle, machen könne und was es kostete?

Man wurde einig, wie zwei junge Männer, die beide etwas erreichen wollen, sich schnell und sauber einigen. Was es koste? Kein Geld außer den wenigen und reinen Materialkosten. Wie wäre es mit einem sogenannten kompletten Schlafzimmer oder besser: einem Bett und einem Schrank für Lisa und Bett und Schrank für ihn? Das könnte ja schließlich auch so gemacht werden, meinte der Tischlermeister und angehende Fabrikant, dass man die beiden Betten auch zusammenstellen könnte. Aber eine ‚Frisiertoilette‘, huch, nein, die brauche sie nicht, sie sei ja keine Diva und wollte möglichst auch keine vortäuschen. Aber wie wäre es denn, wenn einmal ein Möbelfabrikant einen Schrank mit vielen niedrigen Zügen übereinander in Massen und billig herstellen würde als modernen Ersatz für die alte, aber doch nicht bequeme Kommode, obwohl das ‚Kommode‘ ja schließlich bequem heißen solle.

Als Thomas nach Blombach übersiedelte, war diese Arbeit noch nicht beendet und er konnte sie sehr schön und im Einvernehmen mit seinem neuen Meister und mit anderen Arbeiten gekoppelt fertigstellen. Als nachher alles lief und die laufende Fertigung im Fluss war, da feierten sie die Einweihung mit. Sie sahen ihre fertigen Schlafzimmermöbel, jeder schrieb seinen Namen unsichtbar an rohes Holz und baten beide, die Möbel vorläufig dort auf Lager zu lassen – zwecks späterer Verwendung.[47]

Nun hatte Thomas viele lange Abende für sich und weil er für seinen Meister allerlei Ingenieurarbeiten mit Zeichnungen und Berechnungen ausführte, hatte er festgestellt, dass ihm doch so manches entfallen war. Und nicht nur das. Sondern, dass er in mancher Hinsicht längst nicht genügend Kenntnisse besaß. „Meine Bücher!“, überkam es ihn eines Tages ganz wehleidig, als er nur ein kleines Tafelwerk zum Nachschlagen bestimmter und bekannter Werte gebraucht hätte. So beschaffte er sich mit Schwierigkeiten und Opfern wieder einige Bücher, die durch Unterlagen von

---

47 Für Geld konnte man nichts kaufen, Thomas verdiente gut, sparen war sinnlos, da die Währungsreform irgendwann kommen würde, so wurde oft in dieser Weise „bezahlt“

seinem Meister, durch alte und ausführliche Kataloge und Firmenbücher ergänzt wurden. So sehr ihm diese neue theoretische Berufsarbeit ansprach, sie wurde gehemmt durch den viel zu knappen Raum, der es nicht erlaubte, dass er einen Raum für sich haben konnte mit einem Tisch, auf dem Begonnenes hätte liegenbleiben können.

Auch in Lisas häuslicher Beschäftigung trat eine entscheidende Wendung. Eine Änderung, die, so gründlich sie war, von niemanden in ihren Tiefen bemerkt wurde. Sie war zu verschiedenen Zeiten ihres jungen Lebens das gewesen, was man eine Leseratte nannte. Das war soweit gegangen, dass Mutter Röbekamp ihr abends die Lampe vom Nachttisch nehmen musste, damit sie zu ausreichendem Schlaf kam.

Seit sie Thomas kannte, hatte sie nach wie vor regelmäßig gelesen. Doch wenn sie es sich wie jetzt richtig überlegte, das war nur Unterhaltungsbedürfnis, vielleicht sogar nur die Zeit angenehm, interessant und oft lehrreich totzuschlagen. Dazu konnte man bei weniger eigenem Trieb ja auch den Rundfunk benutzen. Sie suchte neuen Lesestoff. Was sie fand, war immer das gleiche oder sehr ähnliche Romanen, Erzählungen und das sprach sie nicht mehr an. Sie versuchte es wieder mit Theater. Jetzt musste sie wieder alles gesehen haben, was das Schauspiel brachte. Auch den theater-ungewohnten Thomas hatte sie wiederholt mitgenommen und er war von verschiedenen Problemstücken tief beeindruckt.

Da gab's auf einmal Schillers Jungfrau von Orleans neu. – Nein! Das war in der Schule so durchgekaut, dann hatte sie es in einer für Schüler bestimmten Aufführung gesehen – also das, nein... Man konnte es ja schließlich wieder mal lesen. Und das währte mit Wiederholungen bis tief in die Nacht hinein und am nächsten Tage hatte sie auch schon eine Theaterkarte.

Im Programmheft las sie dann eine knappe Gegenüberstellung der Schiller'schen und Shaw'schen Auffassung, der religiösen und der historischen Voraussetzung. Ach so, historisch war das doch nun wirklich. Warum wusste man nun wieder so wenig von der französischen Geschichte? Die fünf Akte der Johanna liefen ab. Ihr in der dramatischen Folge und im Wort bekannt. Da aber auf der

Bühne wurde das wie nachgelebt, lebendig und sprachlich in solcher Modulation zu einer sich laufend steigernden Wirkung geführt, dass Lisa so gebannt folgte, als habe sie das Johanna-Problem zum ersten Male begriffen.

Wenn sie jetzt beim Verlassen des Theaters an den Garderoben an Thomas erinnert wurde und der Gedanke vorbeihuschte, dass es schade sei, ihn nicht dabeigehabt zu haben. Sie war in dem Geschehen des Stückes gefangen, dass sie alles, Thomas und sich selbst vergaß. In knappster Dialogform war das ein breites Geschehen erschöpfend abgerollt. Wenn man nun vom Historischen noch mehr gewusst hätte, würde es noch bleibender sein. Gott sei Dank, Vater hatte ja das große Konversationslexikon. Und es dauerte noch bis zwei Uhr nachts, bis sie alles wusste, nein, nur nachgelesen hatte: Johanna von Orleans, siehe: Jeanne d'Arc, geboren in Domremy, wo? Karten. Frankreich: Geschichte. Am nächsten Tag las sie den Text des Trauerspiels nochmals. Da merkte sie erst, was sie alles überlesen hatte und was ihr erst durch das gefühlsgeladene Spiel im Verein mit der Sprache der Schauspieler aufgegangen war. Viele notwendigen Feinheiten zum Verständnis der Handlung, die Durchzeichnung einzelner Charaktere waren ihr jetzt erst wirklich zum Bewusstsein gekommen.

Lisa wurde sich bei aller Wirkung dieses Theaterbesuchs schon in den nächsten Tagen klar, was sie erfasst hatte: Das war die Konzentration der Darstellung einer ganzen Zeit in der Handlung einiger Personen.

Ganz am Rande stellte sie noch mehr fest: Der Schiller hing ihr seit dem Deutschunterricht in der Schule lang zum Halse heraus. Als sie nun darin blätterte und auf das, wie sie meinte, sattsam bekannte Lied von der Glocke stieß und wahllos lesend ‚durch der Hände lange Kette – um die Wette – fliegt der Eimer... brausend kommt der Sturm geflogen, der die Flamme prasselnd sucht.'

Wann hatte der ‚olle Schiller' gelebt? Nicht jetzt – hätte ja ein neuer Dichter mit so ausdrucksvoll wenigen Worten auch nur annähernd so plastisch und packend unsere Feuersbrünste nach einer Bombennacht geschildert?... Und weiter blätternd... Süßes

Hoffen, der jungen Liebe goldene Zeit, das Auge sieht den Himmel offen... Da war sie doch wieder bei Thomas angelangt.

Dann blätterte sie weiter, las hier und las da und fühlte sich gar nicht angesprochen. Dann kam sie an Schiller'sche Liebesgedichte, an ‚Laura' und so weiter. Da fragte sie sich nochmals: Der ist also schon so lange tot und war ein Mensch wie du und ich und – da war sie mit dem ollen Schiller wieder versöhnt (nicht aber mit ihrem Lehrer).

So stapfte Lisa in diesem Winter munter, fast wahllos in das dramatische Schrifttum hinein.[48] Strindberg konnte sie leiden. Las Ibsen und konnte beim besten Willen keinen eigenen, es sei denn ganz ablehnenden Standpunkt zu den meisten Problemen finden. Sudermanns ‚Ehre'. Ach, das war ja wie die ‚Jungfrau von Orleans' noch Schulerinnerung. Doch wenn die Lesewirkung bei der Wiederholung der „Johanna" außerordentlich steigernd war, so war die Lesewirkung bei Sudermanns ‚Ehre' entgegengesetzt. Sie las die ‚Ehre' mit geradezu steigender Belustigung. Diese Tragik solch verzerrte Darstellung eines konstruierten Ehrbegriffs konnte man heute nur noch als über-komisches Lustspiel lesen und auch da fand sie sich selbst und ihren Standpunkt in dieser Zeit wieder.

Das war der Gewinn dieses zuerst planlosen Lebens, dass Lisa schon nach kurzem die Dramen, Schau- und Trauerspiele als Zeitbilder ihrer Entstehungszeit bis in die allerneueste Zeit hinein begriff – Hauptmanns frühe Stücke genau so wie die von Wolf und Toller.

Es war neben der Arbeit an der eigenen Kleidung und im Haushalt ein voll ausgefüllter Winter, von dem auch Thomas vieles mitbekam.

---

[48] Gerhard Hauptmann 1862 – 1946
  Henrik Ibsen 1828 – 1906 (Norweger)
  Friedrich von Schiller 1759 - -1806
  August Strindberg 1849 - -1912 (Schwede)
  Hermann Sudermann 1857 – 1928
  Ernst Toller 1893 - 1939 (?)
  Friedrich Wolf 1888 - 1953

Und Gerd – ja, Gerd versuchte auf diesem Weg mehr Fühlung mit Lisa zu bekommen. Immer wieder versuchte er herauszubekommen, wann sie ins Theater gehen wolle. Schenkte er ihr Karten, war selbst viel häufiger im Theater, als er von sich aus hingegangen wäre. Immer in der Hoffnung, Lisa unvermutet zu treffen und nach Hause bringen zu können. Lisa bekam aber von Woche zu Woche klarere Augen. Den Blick hätte man vielfach deuten können. Als unbestechlich, als selbstbewusst, aber auch in eine weite Ferne sehend, etwas besonders erwartend, oder abwartend.

So sagte sie Gerd gelegentlich, ohne ihn zu verletzen, auch ohne, dass er das so aufgefasst hätte, dass sie das Bedürfnis habe, häufiger allein zu sein. Und wenn es auch fast dreiviertel Stunde zu Fuß aus der Mittelstadt, vom Theater bis zu ihrem Vaters Häuschen und dazu noch einsame Straßen waren, so wollte sie manchmal allein gehen. Wo sein Weg nach Hause abbog, schickte sie ihn fort. Gerd hatte auf diese Weise erkannt, dass man nach einer Katastrophe niemals da wieder fortfahren könne, wo man aufgehört hatte.

Gerds Theaterbesuche hatten aber einmal ein unerwartetes Ergebnis. Anstelle von Lisa traf er Erika Köttermann schon im Kassenvorraum. Sie hatte in Sparrenberg eingekauft und wollte mit dem späten Omnibus, der nach Steinbeck ging, bis zur Straßenkreuzung nach Issel fahren und die fünfzehnhundert Meter zu Fuß gehen. Gerd ging zur Kasse, bat seine Karte zu tauschen und ihm zwei Plätze zu geben. Dass sie teuer waren, machte nichts. Schöne hintere Logenplätze. Wenn Lisa nun im Theater war, konnte sie annehmen er hätte sich mit Erika verabredet. Was hätte es da geholfen, wenn auch Erika das Gegenteil bestätigt haben würde.

Beide waren sofort in den Neckton von Issel verfallen und es hätte gar nicht viel gefehlt, dann hätten sie sich geküsst. Denn sie war wirklich ein Äpfelchen zum Dreinbeißen. In der Pause wurde ihm das auch durch die Blicke von anderen bestätigt.

Lisa schien nicht da zu sein. Verstecken würde sie sich nicht. Dazu wäre sie zu gerade, dachte er, ohne solche Gedanken zu äußern. Das Spiel war aus. Zum Autobus! Er aber meinte ganz etwas anderes: Noch etwas tanzen. Und wie sollte sie nach Hause kommen? Er brächte sie nachher mit dem Wagen, dann wäre sie genau so früh zu Hause, als sei sie mit dem Postautobus gefahren und des Weges gegangen. Dann: Ja.

Es war für beide eine schöne Stunde, zu Tanzen und Musik zu hören und mal zuzusehen, wenn die anderen tanzten. Dann aber war es schon später, als es verabredungsgemäß hätte werden sollen. Sie gingen in die Richtung zum Ockermann'schen Betrieb. Nicht ohne Kuss. Der Nachtwächter wurde herausgeschellt. Der Wagen herausgeholt und dann ging es flott auf freier Straße hinaus.

„Du könntest mir mal einen Kuss geben."

„Dann fährst Du mich gegen einen Baum."

„Das tue ich, wenn Du mir keinen Kuss gibst."

„Aber nur einen. Und nur, wenn Du ganz langsam fährst."

Schon nach zwanzig Minuten bogen sie von der großen Straße ab. Erika wollte nicht vors Haus gefahren werden. Vor den ersten Häusern hielten sie. Sie stiegen bei kleinem Licht aus. Als sie sich bedankte und er sie nochmals küsste, dann sie an sich zog, kräftig an sich zog, und den Mund fest an sich drückte, da wusste er, dass dieses Mädchen wachgeküsst war.

Damit ihr nun nichts mehr widerfuhr, machten sie aus, dass er das Licht völlig lösche, sie ein Stück die Straße ginge und wenn sie etwas weiter entfernt sei, würde er ihr den weiteren Weg mit vollem Licht erleuchten. Nach einem unvermeidlichen Schlusskuss kam Erika unbehelligt nach Haus, ohne daß ihr längeres Ausbleiben bemerkt worden wäre.

17. Lisa macht Schneeferien
und noch einiges passiert

Dann kam Schnee. Und Lisa verschwand nach ganz offener Vorbereitung nicht nur für ein Wochenende, sondern gleich für eine ganze Woche in die Berge.

Als sie Thomas dort traf, kam er mit einer ganz neuen Nachricht, die sein ganzes Leben umgestalten konnte. Hinrich Kramer hatte ihm geschrieben. Buschers hatten die Nachricht erhalten, dass ihr Sohn schon 1943 gefallen sei. Der alte Buscher war über diese Nachricht nach wenigen Wochen gestorben. Die Frauen hatten versucht, das Geschäft weiterzuführen. Das sei aber nur ganz kurze Zeit möglich gewesen. Jetzt wisse er, Kramer, dass die Frauen das Haus verkaufen wollten und nun sein Vorschlag: Frau Westhoff und er wollten zu gleichen Teilen das Haus kaufen, unter der Voraussetzung, dass Thomas Arnold das Geschäft übernehmen wolle. Dann könne er das Geld, was sie über die erste Hypothek hinaus reinstecken würden, langsam zurückzahlen. Dann gehöre ihm sicher in zehn Jahren zum Geschäft auch das Haus.

Was sollte er tun? Und noch weiter. Da Thomas Lisa seit Silvester nicht gesehen hatte, war ihr auch eine andere, sich anbahnende Veränderung in Thomas Leben nicht bekannt: Am 20.1.1948 werde seine Mutter wieder heiraten und zwar Herrn Niederbarkey. Wurde gleichzeitig Mutter von drei Kindern. Und das alles nach dem Wunsche der verstorbenen Frau Niederbarkey. Beide konnten nur feststellen, dass das das Vernünftigste sei, was die beiden tun konnten. Herr Niederbarkey würde nun sein neuer Vater und jetzt bekäme er auch gleich zwei Schwestern und einen Bruder. Diese Heirat sollte jetzt am Dienstag vonstattengehen, in wirklich allerkleinstem Kreise der engsten Familie, zudem er ja nun wirklich gehöre. Ja, sozusagen sei er, genau gesehen, der einzige trauernde Hinterbliebene. So könne er leider mit seinem Mädchen nur bis Montag zusammenbleiben.

„Und kommst dann am Mittwoch wieder?"

„Nein, das geht leider nicht."

„Warum nicht? Komm doch, lass doch mal den ganzen Krempel liegen!"

„Du, ich komme wieder in der ersten Stunde, die möglich sein wird, das verspreche ich Dir."

„Ist's wirklich nötig, dass da irgendeiner am Mittwoch eine Arbeit fertig bekommt, statt am nächsten Montag? Und ich hier so lange alleine warte?"

„Mädchen, Liebes, diesmal, - - ich erzähl's Dir dann"

„Warum erzählst Du es mir nicht jetzt?"

„Vielleicht – 'ne – Überraschung", sagte er pfiffig mit hochgezogenen Augenbrauen.

„Hattest noch nie Heimlichkeiten.", sagte sie leise wie verzichtend.

Thomas tat es leid, aber er wollte von dieser noch nicht unbedingt sicheren Überraschung nicht vorzeitig sprechen.

Die kleine Hochzeitsfeier lief am Dienstag ab. Alle wünschten trotz der Beschränkung auf den kleinsten Kreis, die Trauung in der Kirche. Ohne jeden Kleideraufwand geschah es und man ging den so kurzen Weg zu Fuß – überrascht, eine ungewöhnlich volle Kirche vorzufinden.

Der nächste Tag sah Thomas Arnold schon früh auf dem Weg nach Detmold. Die Prüfungskommission war sich von vornherein darüber klar, dass es sich unter den vier Prüflingen nur dieser eine Begabte befand. So hatte man schon alle praktischen Arbeiten einer ungewöhnlichen Heizungsanlage in Entwurf und Durchführung zugelassen.

Trotz verschiedener Einsprüche, dass kein Bedarf für einen neuen Installateurmeister, der dazu noch aus der Fremde kam, bestünde, und trotz eines Querulanten in der abnehmenden Kommission, der ebenfalls den Fremden, den Flüchtling, nicht im Kammerbezirk der Handwerkskammer zugelassen wissen wollte, wurde die Arbeit doch mit dem höchsten Lob ausgezeichnet. Auch für die heute abzulegende Prüfung hinsichtlich des theoretischen Wissens, der Kenntnisse des Staatsbürgers und so weiter, gab es keine offenen Fragen mehr. Trotzdem hätte der Prüfling Arnold beinahe versagt als er gefragt wurde, welche Steuern er denn heute schon bezahlt hätte. Erst mit Nachhilfefragen kam er darauf, dass indirekte Steuern, zum Beispiel auf Streichhölzer und dergleichen gemeint waren. Das Prüfungsergebnis konnte nicht zweifelhaft sein. Er hatte seine Prüfung bestanden. Dass man ihm aber das Prädikat „mit höchster Auszeichnung" zuerkannte, überraschte ihn. Er war sogar etwas gerührt und dachte an seinen Großvater, von dem er wohl das meiste berufliche Können fast im Spiel erlernt hatte.

Thomas hatte den Eindruck, dass die Feste gar nicht aufhörten. Denn die bestandene Meisterprüfung wurde am gleichen Abend, fast als Nachfeier zu seiner Mutter zweiten Hochzeit begangen. Wenn er seiner Lisa auch erst in Aussicht gestellt hatte, am Donnerstag wieder bei ihr zu sein, so hatte er sich doch schon vorgenommen, sie am Mittwoch mit dieser Neuigkeit zu überraschen.

Nun, es war ja nichts versäumt und er sank mit dem Gedanken in den Schlaf, dass man nie wissen könne, ob die Behinderung nicht vielleicht auch noch zu etwas gut gewesen sein könne. Er ging tags darauf wie üblich zur Werkstatt, obwohl alles für die kommenden Tage eingeteilt war. Er ging lediglich, um nachzusehen, wenn der Meister ihm auch die ganze Woche Urlaub gegeben hatte.

Während der Abwesenheit von seiner Wohnung im Hause seines neuen Stiefvaters begab sich da das folgende: Am verhältnismäßig frühen Vormittage, kurz nach zehn Uhr, als sich der erste Ansturm auf die frischen Brötchen gelegt hatte, trat eine Dame in den Laden, die soeben einem Kraftwagen entstiegen war.

„Könnte ich wohl Frau Arnold sprechen?"

„Frau Arnold? Nein, seit vorgestern Frau Niederbarkey."

„Ach, nun dann also Frau Niederbarkey". Kaum gerufen, erschien sie im weißen Kittel in der Schiebetüre.

„Frau Köttermann! Alleine? Das ist aber schön." Und schon war sie um den Ladentisch herum, sie mit beiden Händen zur Begrüßung fassend. „Oder ist etwas Besonderes?"

Da Frau Köttermann schwieg: „Was ist passiert?"

„Ja." Und die weiteren Worte gingen beim Durchschreiten des Ganges des Durchgangs zum hinteren Flure unter. Frau Köttermann hatte abgelegt. Die beiden Frauen gingen ins Wohnzimmer, nachdem die Hausfrau nochmals Frühstück in der Küche bestellt hatte. Nach den üblichen Begrüßungen und den Glückwünschen der Wiederverheiratung fragte Frau Niederbarkey ohne Umschweife:

„Liebe Frau Köttermann, Sie kommen doch wegen etwas Besonderem?"

„Ja. Erschrecken Sie nicht. Wie wir nichts von Ihrem neuen Glück wussten, so wussten Sie nichts von unserem Unglück. Und das stieß uns vor zehn Tagen zu. Mein Mann hat plötzlich einen Schlaganfall bekommen."

„Mein Gott! Tot?"

„Nein, nicht tot. Aber schrecklich, für einen solchen Hünen von Mann – früher riss er Bäume aus – gelähmt. Bei dem schweren Körper hilflos wie ein Kind. Nicht anzusehen. Die ersten Tage dachten wir, es ginge überhaupt zu Ende. Nun hat der Arzt Hoffnung, aber ohne Gewissheit und wenn... dann würde es wenigstens Monate dauern."

Nach aufrichtigem Bedauern auf der einen Seite und Schilderungen von Einzelheiten auf der anderen Seite fuhr Frau Köttermann fort:

„Und nun ist es der Zweck meiner plötzlichen Fahrt hierher, Ihren Sohn zu fragen, ob er nicht zu uns kommen und das Geschäft führen, meinen Mann vertreten will. Er kann ja bei uns wohnen. Soll natürlich am Geschäft beteiligt sein. Und Frau Arnold, Frau Niederbarkey, können wir nicht überhaupt versuchen, die Kinder zusammenzubringen?

„Das sind ja ereignisreiche Tage! Weiß Gott, es passt alles. Gestern hat der Thomas seine Meisterprüfung gemacht – sogar mit Auszeichnung."

„Wann kommt er wieder her?"

„Er hat außerhalb zu tun. Ich weiß es selbst nicht, ob er überhaupt noch da ist. Durch die Feiern, denn auch seine bestandene Meisterprüfung haben wir gestern natürlich gebührend gefeiert, sind allerlei Tage ausgefallen. Das hat ihm schon gar nicht gepasst. Ich weiß nur, dass er die ganze Woche nicht hier wäre. – Anrufen bei Dibbels! Dann wissen wir es ganz genau."

Thomas war gleich am Fernsprecher und nach wenigen Minuten schon zur Stelle. Er hörte den Hergang des Unglücks, derweil seine Mutter schon wieder draußen wirkte. Schweigend hörte er, dass der alte Köttermann fast zehn Tage lang nicht habe sprechen können. Dass er immer bemüht gewesen sei, seiner Frau und Erika etwas Bestimmtes klar zu machen und da er es nun mit den ersten stammelnden, fast unverständlichen Worten herausgebracht hätte: ‚Arnold muss kommen'. Sie wollte nicht drängen. Ob er aber nicht einmal kommen wolle, wenigstens zu Köttermanns Beruhigung. Solch ein Krankenbesuch wäre besser als eine Badekur.

Ihm war so wie er es sagte: Alles so überraschend, plötzlich. Verwirrend viele Fragen auf einmal. Jede Entscheidung wichtig. Wenn er jetzt sage, in diesem Augenblick noch nichts entscheiden zu können, so solle das in gar keinem Falle eine Absage bedeuten! Aber überlegen möchte er es, müsse er es reiflich. Hier seine neue Arbeit, seine Mutter.

Frau Köttermann sagte immer wieder, dass sie ihn nicht drängen, noch nicht einmal seine freie Entscheidung beeinflussen wolle. Aber wegen seiner Mutter brauche er sich doch nun wirklich keine Sorgen mehr zu machen und er wäre bei ihr, Frau Köttermann, doch bestens versorgt. Das Kind würde sich auch sehr freuen, wenn er käme. Aber vor allem und immer wieder möchte er doch daran denken, welch seelische Erleichterung und damit auch körperliche Verbesserung es für ihren Mann bedeute, wenn der wisse, dass das Geschäft von Arnold versehen würde. Vielleicht wäre schon die Mitteilung, dass Arnold nur kommen und ihn besuchen würde, schon heilungsfördernd.

Das sagte Arnold zu. Baldigst wolle er zu einem Besuch kommen.

„Wie wäre es, wenn Sie mit mir führen? Wenn es ganz und gar nicht geht, dass sie blieben, dann brächte Sie der Wagen nach ein bis zwei Stunden wieder zurück."

„Hierher muss ich gar nicht zurück. Der ganze Rest der Woche ist für was anderes vorgesehen."

„Da will ich nicht drängen. Aber lieber Herr Arnold, überlegen Sie es. Sehen Sie einmal zu, ob und wie sie helfen können."

„Ich will Ihnen sogar sofort etwas versprechen, Frau Köttermann."

„Und was?"

„Es ist aber noch keine feste Zusage für die Dauer: Ich komme anfangs der nächsten Woche zu Ihnen. Das erzählen Sie schon Herrn Köttermann."

„Junge, das ist recht!", meinte die wieder eintretende Mutter.

Als Frau Köttermann sich mit den gleichen bangen Zweifeln von Issel nach Blombach auf den Weg gemacht, mit denen sie seinerzeit die Fahrt ihres Mannes begleitet hatte, so fuhr sie nun mit der gleichen freudigen Genugtuung gen Issel, wie sie seinerzeit Thomas den Wagen entsteigen sah. Die Wirkung ihrer Botschaft war erstaunlich. Die Spannung des Gelähmten wich. Er fand, wenn auch mühsam und etwas unartikuliert, seine Sprache wieder.

Erst mit einem Zuge am späten Nachmittag, der die an fremden Orten Arbeitenden wieder in ihre Dörfer zurückbrachte, gelangte Thomas in Lisas Nähe. Der Fußweg von einer knappen Stunde in der dämmrigen Ruhe einer winterlichen Schneelandschaft war ihm wie ein erfrischendes Bad. Trotz des brennenden Wunsches, bald zu Lisa zu kommen, stieg er langsam bergan. Immer wieder hielt er schon Zwiesprache mit ihr, überlegte, wie und in welcher Reihenfolge, mit welchen Worten er all diese Neuigkeiten erzählen wollte.

„Kind, ich habe Dir so viel zu erzählen, dass ich vor dem Essen gar nicht mehr damit anfangen will."

Sie schien ihm traurig, wie bedrückt, als sie ihm sagte: „Ich war die drei Tage so niedergedrückt, dass ich mich nicht einmal gewundert hätte, wenn Du nicht gekommen wärst."

„Nun bin ich da, und nun?"

„Und nun bin ich wieder froh."

Hier war ‚kleiner Wintersportbetrieb'. Zur Hälfte waren es junge Leute, die Ski fuhren und rodelten. Die anderen waren erholungssuchende Einzelne und ältere Ehepaare. Nichts von der Aufmachung der Orte mit einer Wintersaison. Alles war behaglich, schlicht und gediegen. Gegessen wurde an kleinen Tischen. Man kannte sich, damit war aber auch schon der Kontakt erschöpft. Lisa und Thomas gingen zu ihrem Tisch, grüßten nach mehreren Seiten.

Die Pensionsinhaberin betreute den Speisesaal selbst und wurde jetzt von Thomas etwas beiseite gezogen. Als sie sich dann entfernte, fragte Lisa: „Was soll denn das? Ich hab da etwas von bester Flasche für nachher gehört. Du wirst wohl ein Verschwender?"

Da meinte er: „Also hier auf diesem Platz, da versteht man doch kein Wort."

„Deine Mutter hat schon recht, wenn sie immer sagt: Lausejunge!"

Als sie nun gegessen hatten, kam die Inhaberin des Hauses und flüsterte Thomas zu: „Ich hab's Ihnen schön temperiert. Ich schicke Sie Ihnen gleich herauf. Aber lassen Sie sie noch auf der Heizung stehen.

„Können wir doch mitnehmen." Und so steigen sie mit einer dickbauchigen Flasche und zwei bauchigen Gläsern in der Hand die beiden Treppen herauf.

Erst nachdem er seinen Durst an Küssen gestillt hatte, goss er die beiden Gläser ein. Als sie noch voreinander standen, fragte er:

„Was meinst Du, warum wir dies trinken?"

„Zum Abschied?"

„Was? Aber hör mal!"

„Vielleicht bin ich... vernünftig?"

„Eine vernünftige Verliebte – oh, Du schwarzer Schimmel. Oder bist Du gar nicht mehr verliebt?"

„Zum wahnsinnig werden!"

„Also, Du rätst es doch nicht. Drum mache ich es kurz: Weil ich gestern meine Meisterprüfung gemacht habe."

Sie legte ihm den Arm um den Hals, ihr Glas etwas von sich haltend und sagte: „Du Lieber, das ist aber schön. Das ist aber ein Erfolg. Und Deine Mutter?"

„Oh, ihr Hochzeitsgeschenk!"

„Und sag mal, die Neidhammel haben tatsächlich einen Flüchtling Meister werden lassen? Tanzen möchte ich vor Freude."

Sie labten sich an ihrem Wein, ohne zu wissen, was sie da tranken. Doch schon vor dem dritten Schluck war ihnen klar, dass dieser Tropfen wohl zum Besten gehörte, was sie je getrunken haben mochten. Das Flaschenschild verriet ihnen nur einen Namen, den Namen eines burgundischen Weingutes. Doch wenn sie noch in späteren Jahren einmal diesen unvergleichlich samtenen Geschmack eines Weines auf der Zunge haben würden, dann würden sie stets dieser Nacht gedenken. Sie tranken und tranken in kleinsten Schlücken und lernten so ganz von selbst, wie man solchen Wein genießt.

„Das sind die Nachrichten aber noch nicht alle. Und die nächste ist traurig." Sie war gespannt, was kommen möge. Auf Gutes und Schlechtes war sie gleich gefasst. Seit Wochen lebte sie in einer erwartungsvollen Spannung, im Unterbewusstsein wissend, dass sich größere Veränderungen anbahnten.

„Der dicke Köttermann hat vor zwei Wochen einen Schlaganfall bekommen. Er liegt schwer gelähmt zu Haus."

„Woher weißt Du's?" und dann erzählte er von Frau Köttermanns Besuch mit allen Einzelheiten, damit Lisa ein vollkommenes Bild der Gesamtverhältnisse bekam.

So sehr diese Nachricht mit einem Schlage das ungewisse Gespenst der Zukunft entschleierte, das ihr heutiges Leben bedrohte, so hatte Lisa doch ihr Herz ganz fest in den Händen. Wenn auch ihre Augen wieder, wie in eine Ferne, weit außerhalb der Wände dieses Raumes liegenden Ferne blickten.

Eng umschlungen und aneinander geschmiegt lagen sie beisammen. Viel zu nah, um sich ansehen zu können. Sie spürten des anderen Herzschlag. Und eine Gedankeneinheit durchzog beide, so dass Manches nicht in Worte gefasst zu werden brauchte.

„Du Thomas, muss man nicht auch in der Liebe vernünftig sein?"

„Nein."

„Thomas, ich verlier' Dich doch."

„Nie."

„Doch – aus Vernunft."

„Nein, nie."

„Du wirst sehen, unsere Wege trennen sich bald."

„Warum sollten sie eigentlich?"

„Ich fühl's."

„Zum Donnerwetter, muss ich denn Köttermannscher Geschäftsführer werden? Hab' ich nicht in Blombach genug zu tun und zu leben? Und wenn ich nun in Steinbeck die Buschersche Bude übernähme, dann könnten wir beide heiraten und zusammen daraus wieder ein Geschäft machen."

„Sieh mal, Thomas, dass wir uns mal heiraten wollten, davon haben wir in all der schönen Zeit niemals gesprochen. Das war doch nicht das Wichtigste für uns. Aber: Ich bin Dein und Du bist mein, des sollst Du gewiss sein. Und das bin ich noch, wenn mich jemand an das eine Ende und Dich an das andere Ende der Welt schickt."

„Wenn's anders wäre, dann könnten wir das ja gar nicht so miteinander besprechen."

„Nun sieh mal, was Du da eben gesagt hast: Ich habe nicht den geringsten Zweifel, dass diese lieben Menschen da aus Steinbeck zu den ganz wenigen und seltenen Menschen gehören, die einem Flüchtling nun mal wirklich helfen wollen. Wenn das nun auch so ist und Du Dir schon etwas Geld verdient hast, für so ein Geschäft reicht das doch nicht. Und wenn ich mit Dir ginge und auch mit dem bisschen, was ich habe und von meinen Eltern bekommen könnte, dann reicht das weder vorne noch hinten."

„In solch einem Geschäft kommt jeden Tag Geld ein. Und Betten haben wir auch schon."

„In solch einem Geschäft musst Du jeden Tag erst einmal neu Geld hereinstecken."

„Früher haben die Leute auch klein angefangen und haben es auch geschafft."

„Ich sage ja auch gar nicht, dass das nicht ginge. Ich sage nur, dass es unendlich schwer wäre, nutzlos schwer. Du kannst es doch viel leichter und besser haben. Denk 'mal bei dem abgewirtschafteten Betrieb! Zu dem Täglichen auch noch die Verzinsung des Hauses, da mag ich an Zurückzahlen der Gelder Deiner Gönner noch gar nicht denken!"

„Wenn ich dahingehe, dann hab ich in vier Wochen wieder ein Bombengeschäft!"

„Lieber, ich, gerade ich, ich traue es Dir doch zu. Ich weiß ja, Du kannst mehr als die Meisten. Aber nun denk' mal, es ginge der ganzen Wirtschaft[49] schlecht, niemand oder nur wenige könnten etwas machen lassen, keine Reparaturen und dann würde auch nicht gebaut! Was dann? Dann bekommen nur diejenigen Arbeit, die das Geld für die Arbeit nicht sofort wieder brauchen, also Kredit geben können. Thomas, Du weißt doch, ich will Dir das Herz doch nicht schwer machen. Nur in den Tagen, in denen ich so allein war und Du so weit weg, Du junger Meister, da habe ich mir das von allen Seiten her überlegt."

Immer wieder schwiegen sie zwischendurch lange Zeit. Und immer wieder war es Lisa, die aufs Neue anfing.

„Sieh' mal, Du sagst es nicht. Deshalb will ich es Dir sagen: In Issel liegt Dein Königreich."

„Hör auf!"

„Nein, auch das muss zwischen uns gesagt werden."

„Ich bitte Dich aber, sei ruhig davon."

„Thomas, Lieber, liebst Du mich?"

„Ja, wie immer."

„Und ich liebe Dich, wie immer! Und sieh, deshalb kann ich mit Dir noch viel freier, viel offener sprechen als sogar Deine Mutter. Deine Mutter denkt auch ‚Wenn der Junge doch nur nach Issel gehen würde'. Aber die Gute sagt es Dir sicher nicht so. Sie denkt, der Junge liebt die Lisa noch. Wenn ich ihm sage, er soll nach Issel gehen, da fühlt er sich gekränkt."

„Ich wusste gar nicht, dass Du so hartnäckig sein kannst."

---

[49] Im Januar 1948 wußte man gar nicht, wie es weitergehen würde, auch Ludwig Erhardt wagte die Währungsreform, ohne zu wissen – nur hoffend - daß es gelingen und nicht zum totalen Fiasko werden würde. Normale Bürger wußten nicht, was sich anbahnte – erwarteten eine Veränderung. Ob zum Guten, das wußte niemand.

„Reden wir doch mal so einfach, wie es in der Zeitung steht: Ob der dicke Köttermann jetzt stirbt oder ob er sich wieder bekrabbelt, wenn Du hingehst, bist Du alle Sorgen los. Stimmt's?"

„Nein."

„Nein? Pass mal auf: Der junge Meister tritt dort in ein tadellos gehendes Geschäft mit so und so vielen Gesellen und Lehrlingen ein. Der junge Meister bekommt nicht nur ein Gehalt, sondern auch seine Beteiligung am Gewinn. Der junge Meister wird von Frau Köttermann gehalten wie ein Prinz. Der junge Meister heiratet die Prinzessin und wird mit einem Schlage Prinzipal. Was sagst Du nun?"

„Verhauen möchte ich Dich."

„Sieh, zu allem anderen ist die Erika noch nicht einmal eine Schreckschraube, sondern eine bezaubernde Deern. Das bekommst Du noch vollkommen gratis."

„Wenn Du jetzt nicht ruhig bist, dann bekommst Du tatsächlich eine Tracht Prügel."

„Nein, ich bin immer noch nicht fertig: Und Du passt großartig dorthin. Kleiner Bauer wirst Du dann auch noch. Lieber, Liebster, glaube mir, dort in Issel liegt Dein Königreich."

Nach einer ganzen Weile fragte er ganz leise: „In Deiner ganzen Erzählung war nur von diesem Herrn Arnold die Rede. Würdest Du mir vielleicht auch noch die Frage beantworten: Wenn dieser Herr Arnold nach Issel gehen würde, was machte derweil ein gewisses Fräulein Röbekamp?"

Lisa Röbekamp meinst Du? Soweit ich weiß, ist die bei der ‚Arktis' in der Personalabteilung bei auskömmlichen Gehalt beschäftigt. Nachteiliges ist über sie nicht bekannt geworden.

„Weißt Du Näheres von ihr?"

„Ja."

„Hat sie ein Herz?"

„Horch mal."

„Ja, tatsächlich: Poch, poch, poch. Sie hat ein Herz. Wie ein richtiger Mensch. Weißt Du zufälligerweise auch, wem das Herz gehört?"

„Ja, ihr, der Lisa, 's liegt ganz tief drin."

„Und hat's nie verschenkt?"

„Oh Du, doch."

„Und hat's jetzt wieder zurückgenommen?"

„Nein, nie."

Die sonnigen Wintertage entschädigten die beiden für das verregnete Vierteljahr, das hinter ihnen lag. Die Abende waren lang. Sie schliefen lange, frühstückten spät. vor- und nachmittags machten sie nicht allzu weite Spaziergänge. Nahmen auch mal den Rodel mit. Dachten aber gar nicht daran, irgendwelchen Sport zu treiben oder Gewaltmärsche zu machen. Sie wollten alle Möglichkeiten ausnutzen, sich zu aalen, ohne andere Pflichten zu haben, als zweimal täglich einigermaßen pünktlich zu den Mahlzeiten zu kommen.

Ihre Gespräche streiften manchmal den Gedanken des Nachtgespräches mit dem schönen Burgunder. Thomas suchte zu ergründen, welche Zuneigung zwischen Lisa und Gerd bestanden und vor allem, warum sie sich irgendwann einmal entzweit hatten. In immer neuen Abwandlungen verstand Lisa zu formulieren, wie sie zu Thomas stand, wie beider Liebe zueinander war, immerdar sein und bleiben werde: Völlig eins gewesen zu sein und noch zu sein, ohne Bindung, ohne Verpflichtung, damit Thomas sein Glück nicht verscherze. Am liebsten hätte sie ihm einmal, fast böse werdend, gesagt, ‚Es komme noch soweit, dass ich irgendeinen frischen jungen Mann, vielleicht den Gerd oder sonst wen heirate, damit Du endlich freie Bahn hast!'

Nach diesen geruhsamen Tagen ohne jede Hetze, ohne Kilometer und ohne Bindung an irgendwelche Zeiten, nahmen sie am Montag bei der Abreise in aller Frühe als Gesamteindruck mit, dass sie lange, unendlich lange zusammen gewesen waren. Dass sie sich so ausführlich wie nie zuvor gesprochen hatten, wobei jeder den anderen ganz tief in sein Herzenskämmerlein hatte hineinsehen lassen.

Dienstag, 27. Januar 1948:

18. Thomas geht nach Issel

Am Montag besprach Thomas den Fall Issel zuerst mit seinem Meister und dann mit seiner Mutter. Ihre zusammengefasste Meinung war: Es wäre schön, dass Du hierher kommen konntest. Es war schön, dass wir wieder zusammen lebten. Es wäre schön, wenn wir unzertrennlich hier zusammenbleiben könnten. Für mich hat sich nun alles grundlegend geändert. Ich bin wieder sesshaft. Wodurch sich für Dich nichts geändert hat. Es sei denn, dass Du nun keine Sorgen mehr um mich zu haben brauchst.

Und wenn die Mutter es mit Lisa auch nie verabredet hatte, so brauchte sie jetzt die gleichen Worte ‚und in Issel liegt Dein König-reich‘. Lisa erwähnte sie nicht und Erika erwähnte sie auch nicht. Ganz nüchtern sah sie nach so viel bergstürzenden Veränderungen die wirtschaftliche Zukunft als das Gerüst dessen, was man landläu-fig als ‚Glück‘ bezeichnet. Sei ein Beruf, zu dem man wirklich berufen sei, kein Glück? Hinterlasse die geschickte Hand nicht jeden Tag ein Glücksgefühl und entströme nicht jedem gelungenem Werk, gleichgültig, ob es nur eine Reparatur oder eine große Neuan-lage sei, eine glückhafte Befriedigung des ganzen Daseins?

So fuhr Thomas am kommenden Tage nach Issel und blieb gleich drei volle Arbeitstage dort. Kaum, dass er abgelegt hatte, stand er auch schon am Bette Köttermanns. Der hatte schon mit Spannung sein Kommen erwartet und erschien sichtlich gelöst. Gesprochen wurde nicht viel. Was zu sagen war, sagte Frau Köttermann, die ihrem Mann die Arbeit des Denkens und die Plage, selbst sprechen zu müssen, auf diese Weise abnahm. Nach der sehr ruhigen Begrüßung sprach Frau Köttermann von den laufenden größeren Arbeiten, von den Auftraggebern, ihren besonderen Eigenheiten, von den beiden Arbeitsgruppen, die auswärts montierten, und was zur ersten umfassenden Orientierung sonst noch nötig war. Köttermann, in einem Wust von Federkissen hilflos liegend, bejahte nur mit den Augen oder ganz geringen Bewegungen des Kopfes. Glaubte er etwas berichtigen zu müssen, so war das für alle eine seelische Strapaze, durch Fragen und nochmals durch Fragen schließlich seinen Gedankengang, seine Wünsche zu erraten, die er, wenn er dessen mächtig gewesen wäre, mit einem Worte hätte ausdrücken können.

Thomas Unterbringung verursachte eine kleine Schwierigkeit. Frau Köttermann wollte ihn unbedingt ganz im Hause haben. Doch eine Pflegerin, die sich mit Erika in den Nachtwachen ablöste, war inzwischen in dem Fremdenzimmer einquartiert worden. So ergab sich das, was Frau Klüterhoff gleich geraten hatte: Thomas zwar ganz von Köttermann im Haus besorgen, ihn jedoch außerhalb schlafen zu lassen. Man solle auch Erikas wegen keinen Anlass zu Redereien geben. Frau Klüterhoff wollte ihn in ihrem Hause unterbringen. Das aber wollte Thomas auf keinen Fall. Nach einigen Vorschlägen und Überlegungen hin und her wurde ein Zimmerchen über Klüterhoffs Kontor für Thomas eingerichtet. So störte er niemanden und war, wann er wollte, sein eigener Herr.

Schon am ersten Nachmittag besuchte er beide Montagestellen. Die eine lag auf einem Bauernhof, auf dem eine Hauswasseranlage[50] mit Viehtränken und Wasseranschlüssen in der Wasch- und Futterküche, sowie im Haus erstellt und mit ausgedehntem Rohrnetz montiert wurde

Bei der anderen handelte es sich um eine landläufige Zentralheizung, die in einem Neubau verlegt wurde. Wenn auch schon von Frau Köttermann vorangemeldet, so führte er sich selbst ein. Am zweiten Tage half er schon bei der Anlage auf dem Bauernhofe mit, nicht ohne den genauen Fortgang der Arbeiten und auf dem Neubau gleichzeitig zu überwachen.

Thomas hatte den Eindruck, als sei er bei der Belegschaft nicht gern gesehen. Am dritten Tag passierte es ihm, was ihm noch nie widerfahren war, wenn er von der kleinen Auseinandersetzung mit

---

[50] Bisher hatte man auf Höfen das Wasser in Eimern zu den Tieren, in die Küche -usw – getragen, wie schon immer. Nun hatte man Geld und konnte diese Arbeiten machen lassen. Wegen der Hungersnot waren die Schwarzmarktpreise für Lebensmittel s e h r viel höher als jemals zuvor

dem radikalen Mitglied des Betriebsrates bei der ‚Arktis' absah. In der Werkstatt bekam er bei der Bemängelung der Ausführung der Arbeit einer, wenn auch nicht alltäglichen, aber schließlich ganz landläufigen Lötarbeit Schwierigkeiten mit einem Gesellen, ohne dass er sich irgendwelcher zu scharfer Ausdrücke bewusst gewesen wäre. Ihm lag der Scherz stets näher als die Grobheit.

Wenn Thomas einige Jahre älter gewesen wäre, dann hätte er es sofort als das erkannt, was es war und was es sein sollte: Eine durch nichts begründete Widersetzlichkeit, um einem so jungen Meister gleich am Anfang die Stirn zu bieten, damit er in Zukunft gar nicht wage, ihre Arbeit, die alten Gesellen, die viel älter als der Meister waren und mehr ‚praktische Erfahrung' hätten, überhaupt zu kritisieren. Als der Meister Arnold nun im Einzelnen auf die Arbeit und die gemachten Fehler einging, gab der rothaarige Altgeselle, der den Meister Köttermann bisher immer vertreten hatte, das Stichwort, indem er lauernd sagte:

„Wenn Sie das besser können und mehr Erfahrung haben als wir alten Leute, dann können Sie uns das ja wohl mal vormachen."

Dass Thomas nun unauffällig zur Werkstattuhr aufsah, ehe er auch beide Lehrjungen hinzuzog und zu arbeiten begann, das bemerkten die anderen nicht.

„Es wäre mir lieb, wenn Sie inzwischen nichts anderes tun, sondern hier zusehen und auch zuhören würden."

Es waren eine größere Zahl von Rinnkästen für einen Fabrikneubau in Steinbeck zu machen, in denen die Regenmengen von zwei Dachrinnen gesammelt und dann abgeleitet werden sollten. Die Zinkzuschnitte lagen nach seiner gestrigen Anweisung und Mitarbeit fertig da. Er klemmte mit Zwingen vier der gebogenen Teile zusammen, richtete nach dem Winkel aus, lötete provisorisch die Ecken, damit der Körper schon ohne Zwingen stand. Dann lötete er über die gebogenen Grate des Körpers gefalzte Versteifungen, die er noch eben mit dem Gummihammer der Schweifung gebogen hatte, als sei es das Einfachste von der Welt. Gab immer, wie zu den Lehrjungen gewendet, Erklärungen über das ‚Warum' des Arbeitsganges und zuletzt noch den Hinweis, wie gerade durch die handwerklich richtige Konstruktion die Schönheit jedes Gegenstandes ganz von selbst erzeugt würde. Auf die Uhr sehend stellte er fest: „Auf eine Arbeitsstunde hatte ich die Arbeit eingeschätzt, nun ist es trotz der Erklärungen noch etwas weniger geworden." Da die Vormittagsleistung des Altgesellen noch nicht ganz zwei Stück betragen hatte, ohne dass der nun anerkannte Meister Arnold das überhaupt in Vergleich setzte, zogen alle die Folgerungen daraus, ihren Meister gefunden zu haben, trotzdem dieser kaum siebenundzwanzig Jahre alt war. Das Vorkommnis hatte sich sofort bis zu den anderen Gesellen und Rohrverlegerhelfern herumgesprochen.

Thomas Arnold war eigentlich nicht mit der Absicht nach Issel gefahren, dort zu bleiben. Doch es war ihm immer das Gleiche. Ihn packte überall sofort das oder die Probleme. Geradezu mit Wut oder Unmut stellte er fest, Fachleute, die von ihrem Fach etwas verstehen wollten, zweifelten sein Können an? Den Nachweis würde er ihnen noch bringen!

Aus der Werkstatt über ihr Hausmädchen war die Opposition des Altgesellen und aber auch schon der neue Wind bis zu Frau Köttermann gedrungen. Sie sagte, fragte nichts. Sie bangte, ob er bei solchen personellen Schwierigkeiten bleiben würde. Denn daß diese Schwierigkeiten nicht durch Arnolds Wesen, sondern ausschließlich von dem Rotkopp, wie sie immer sagte, kamen, hätte sie auch ohne die Randbemerkung ihres Mädchens gewusst. So war sie erleichtert, als Thomas am Freitag Mittag schon eine neue größere Arbeit für die kommende Woche besprach. Er bemerkte dann, heute Abend bis Montag oder Sonntag Abend fortfahren zu wollen. Er nannte keinen Ort und das fiel auch gar nicht auf.

Eine geschäftliche Besprechung ließ ihn den beabsichtigten Zug versäumen. Nur durch einen ausgesprochenen Zufall gelang es ihm, mit dem Lieferwagen einer Lebensmittelgroßhandlung so früh nach Sparrenberg zu kommen, dass er Lisa gerade noch auf dem Heimweg erreichte.

Da hub ein Erzählen an. Ehe sie zu Lisas Elternhaus kamen, wusste sie schon alles. All die Arbeiten, die vorlagen, die Schwierigkeiten mit den Leuten, aber auch seine Absicht, sich durch Leistung durchzusetzen. Über den kranken Köttermann, über

Erika, das Leben im Haus, seine Wohnung musste Lisa ihn dagegen einzeln ausfragen. Das schien ihm längst nicht so wichtig wie die Arbeit.

„Siehst Du es nun, eine wie schöne Arbeit Du in Issel hast? Wie ich's gesagt."

Am Sonntag war Familienrat in Blombach. Alle kannten die Verhältnisse Alle kannten Frau Köttermann und Erika von ihrer Kur in Pyrmont. Als tüchtige Kraft hätte man Thomas gern in Blombach behalten. Trotzdem rieten alle zu, nach Issel überzusiedeln. Thomas hingegen konnte sich noch nicht ganz entschließen. Offen, wie er nun einmal war, sagte er auch schon am frühen Montag Morgen seiner Meisterin, als er ihrer Freude über seine Rückkehr Ausdruck gab, dass er sich aber noch nicht zur vollen Übersiedelung habe entschließen können. Einschränkend, beschönigend und freundlich fügte er jedoch gleich hinzu: „Jetzt bin ich aber hier und bleibe vorerst hier, Sie sollen da keine Sorge haben."

Kaum hatte Meister Arnold sich in seine neue Rolle eingelebt, indem er die sorgfältige Ausführung der laufend anfallenden Reparaturen ebenso wie die Arbeiten größeren Umfanges überwachte, da hieß es für ihn, sich in eine der wesentlichsten Arbeiten eines Handwerksmeisters einzuarbeiten. Das war die Vorkalkulation neu zu übernehmender Aufträge. Zur Abgabe eines Angebotes standen die gesamten Klempner, Installations- und Heizungsarbeiten eines von der Staatsbauverwaltung geplanten Neubaus des Finanzamtes in der Kreisstadt an. Er arbeitete daran bis in die Nächte. Unter Verwendung alter Angebote Köttermanns ermittelte er die einigermaßen vertretbaren Richtpreise. Dann fuhr er mit allen Unterlagen zu seinem Blombacher Meister. Er gab sein Angebot für alle drei ausgeschriebenen Arbeiten persönlich ab. Bei der auf einem bestimmten Tag festgelegten Eröffnung all der eingegangenen Angebote war er zugegen. Und bekam für die Firma Köttermann die beiden größten Aufträge für die Installation und die Zentralheizung zugesprochen. Das machte den jungen Meister Thomas Arnold in einem weiten Kreise bekannt. Da seine Preise auch nur um ein Geringes die anderen Angebote unterboten hatten, kam man weder auf den Gedanken, ihm schmutzige Konkurrenz vorzuwerfen, noch hatten Frau Köttermann und er Sorge, etwa zu billig gewesen zu sein und in ein Verlustgeschäft zu gehen.

Bei Köttermanns war die Freude über solchen Erfolg groß. Auch der todkranke alte – ja erst zweiundfünfzig Jahre alte – Köttermann nahm daran teil. Nun war Thomas zur heimlichen Freude von Frau Köttermann und Erika immer mehr hier eingespannt. Von ihnen sollte auch alles geschehen, den so fröhlichen wie schüchternen Thomas bestens zu behandeln. Der Ton innerhalb der Familie und Thomas war so vertraut und persönlich, wie man es sich nicht besser hätte vorstellen können. Das Verhältnis zwischen Erika und ihm verlor sich zu aller Freude immer wieder einmal in den vertrauten Ton der Knechtefeste und der sonstigen kleinen Zusammenkünfte der Jungen.

19. Endlich Klarheit

Die Verkehrsverbindungen zwischen den Orten waren nicht gerade berückend schön, aber man konnte sich danach einrichten. Oftmals stand der kleine Wagen aus der Ockermannschen Wäschefabrik zur Verfügung. Sie teilten dann unter sich die Kosten, auch für den Treibstoff, auf.

Nicht nur die Jungen, sondern auch die Elterngeneration überfiel sich gegenseitig unangemeldet sonntags und manchmal an den Sonnabendnachmittagen. Der oftmalige Treffpunkt war jedoch Sparrenberg. Das war die einzige größere Stadt im weiten Umkreis mit großer Auswahl zum Einkaufen. Hier gab es ein Theater, mehrere Kinos und sonstige Stätten des Vergnügens. Köttermanns fuhren oft mit dem Klüterhoffschen Wagen mit.

So nahm Frau Klüterhoff auch eines schönen Frühlingstages Erika, die eine ganze Liste an Aufträgen hatte, mit ihrem Wagen nach Sparrenberg mit, ohne sie zurückbringen zu können. Der Zufall wollte es, dass Erika Gerd auf der Straße sah, als sie gerade einen Laden verließ. Er ging um ein paar Meter vor ihr vorbei. Als sie ihn anrief, hatte er kein Ziel als zu bummeln. So bummelten sie erst einmal zusammen. Sie war mit ihren Besorgungen noch nicht fertig, hängte ihm ein kleines Paket zum Tragen auf (Nach Jahren hat er ihr noch scherzhaft diese Paketträgerdienste vorgehalten. Denn das ‚kleine Paketchen' enthielt mehrere Meter eng zusammengerolltes Zinnrohr für die neue Bierleitung eines Restaurants und war schwer wie Blei.).

Sie wollte mit dem Autobus zurück. Zum Abendessen wollte sie wieder zu Hause sein. Das war mit der Mutter so verabredet. Gerd wusste es aber zu verhindern und wenn sie einen Entschuldigungszettel brauchte, dann würde er ihr den schreiben. Sie versackten in einer Weinstube, aßen und tranken noch etwas. Sie saßen in einem Ecksofa und rückten enger zueinander. Tanzten mit Hingabe. Aber

Erika wollte den letzten Autobus keinesfalls versäumen wie vor einiger Zeit. Sie drängte trotz allen Flirts und Tanzens sehr früh zum Aufbruch.

„Ich bringe Dich aber mit unserem Wagen nach Hause und zwar so früh, dass Du genau so pünktlich wie mit dem Bus ankommst."

„Und wenn ich nun abgeholt werde?"

„Von wem?"

„Von Thomas, von der Mutter?"

„Nun, dann müssen wir eben aufpassen."

So waren sie wohl mehr als eine halbe Stunde vor Abfahrt des Autobusses auf Erikas Heimweg. Sie hielten dann wieder am gleichen Punkt, an dem er sie schon einmal auf ihren Wunsch abgesetzt hatte. Das war mehrere hundert Meter von den ersten Häusern von Issel. Nun warteten sie auf den Autobus, der auf der Querstraße, die sie eben verlassen hatten, in einiger Zeit vorbeikommen musste. Etwaige Abholer würden ihnen entgegenkommen.

Wenn es auf dem Wege auch schon manchen Kusswechsel gegeben hatte, von ihm zu ihr und ihr zu ihm, auch ohne dass Gerd sie, wie Erika immer wieder befürchtete, gegen einen Baum gefahren hätte, so nahm er sie jetzt, im Wagen sitzend, um die Schultern und zog sie rückwärts zu sich herüber. So lehnte Erika zwischen seiner Brust und dem Steuerrad, von seinem linken Arm um den Hals und Nacken gehalten. Und in der Flut und der jäh aufkommenden Glut der Küsse merkte sie gar nicht, wie unbequem sie eingeklemmt war. Gerd sah von Zeit zu Zeit auf den Weg. Die vor ihm liegende Straße, die von seinen kleinen Lichtern schwach beleuchtet war, war um diese späte Stunde völlig unbelebt. Er richtete sie auf, nur erklärend, dass sie hier auf der Straße nicht stehen bleiben könnten, auch den im Rücken von ihnen vorbeifahrenden Autobus weder hören noch sehen würden. Ohne Licht fuhr er in einen wenige Meter entfernt abgehenden Feldweg ein. Als Charakteristikum dieser Landschaft war dieser Weg einseitig von einer Hainbuchen-Haselnußhecke eingesäumt.

„So.", meinte er. „Vor allzu großen Überraschungen gesichert." Nestelte an den Flügelschrauben seines Sitzes, um ihn zurückzuschieben. Nach dem Ruck sagte er: „Nicht? So'n richtiges westfälisches Mädchen braucht'n bisschen mehr Platz." Und zog sie aufs Neue rückwärts zu sich herüber. Er hielt ihren Kopf in seinem linken Arm, so dass sie mit ihren Schultern auf seinem Schoße lag.

„Es sind noch zwanzig Minuten bis der Autobus kommt, wenn Du mir jede Minute fünfzig Küsse gibst, dann sind das auf ein Stück genau eintausend!"

„Und die gleiche Zahl von Dir dazu macht zusammen zweitausend."

„Du kluges Kind."

„Nun zähl mal schön."

„Eins, zwei, drei"

Doch so viele Küsse wurden gar nicht gewechselt. Es waren, auch wenn die zwanzig Minuten längst nicht ausreichten, viel viel weniger und dauerten lange, immer länger. Es floss vom Einen zum Anderen feuerheiße Glut hinüber, herüber. Da waren zwei Menschenkinder aufeinander geprallt, die sich jeder nach dem anderen verzehrten. Nun lagen sie sich in den Armen und ihr war voll bewusst, dass das nicht Thomas und ihm war genau so bewusst, dass das hier nicht Lisa war. Sondern dass sie Gerd und Erika hießen. Und sie küssten sich und nannten sich beim Namen und mit diesem Namen, Du und Du, meinten sie nicht den fernen Anderen, nein, dies Du und Du hieß Erika und Gerd. Und sie küssten sich und bejahten sich und hatten keine Scheu vor dem Anderen, dessen Gedanken und Wollen, sie scheuten sich nicht, sich ganz gehören zu wollen. Jeder Kuss war ein voraussetzungsloses, bedingungsloses ‚Ja'.

Der Autobus war wohl schon eine Stunde lang vorbei ehe sie in dem Traum- und Märchenland der Liebe aufwachten. Jetzt hatten sie es gar nicht mehr eilig. Zwanzig Minuten oder zwei Stunden und zwanzig Minuten, das war ihnen völlig gleichgültig geworden. Sie küssten sich und er setzte den Wagen zurück. Und sie küssten sich und fuhren nach Issel hinein. Und sie küssten sich und sie stieg aus und er reichte ihr ihre Pakete von den Hintersitzen. Und sie küssten sich und sagten nochmals ‚Ja!' als sie sich das letzte Mal in den Wagen hereinbeugte. Und Erika ging das Stückchen Weg zurück, das er sie über ihres Vaters Haus hinausgefahren hatte, damit sie nicht im Lichtkegel der Lampen hatte gehen müssen.

Weit mehr als eine Stunde war es über die Autobuszeit. Erika traf ihre Mutter noch stopfend an. Und diese fragte nichts, würde nicht fragen, wenn man es ihr nicht erzählte. Erika war frisch wie ein besonders aufgeblühtes Heideröschen und ohne Scheu erzählte sie, dass sie Gerd Ockermann getroffen und er sie hierher gefahren habe.

Von allen Seiten hätte man gerne gesehen, dass die beiden Paare sich nun endlich einmal erklärten. Man neckte und fragte auch unverhohlen. Aber die vier taten wie schwerhörig. Lisa hatte zwischendurch mit Thomas ausgemacht, dass sie sich in übernächster Woche zu einem erweiterten Wochenende - weit weg - zusammenfinden wollten.

„Weshalb?"

„So geht's nicht weiter."

Das tagtäglich werkende Leben aller ging weiter. Erst später durch den Tanz in den Mai bei Klüterhoffs sollte die Auflösung kommen.

In der Woche vorher fuhr Thomas fort. Ohne dass darüber gesprochen worden war, nahm man in Issel an, dass er nach Blombach führe. Doch am Nachmittag nahm er Lisa am Bahnhof in Sparrenberg in Empfang, nachdem er Fahrkarten am Automaten gelöst hatte.

Es sollte das letzte der zwei-samen Wochenenden, es sollte der Abschied werden. Sie saßen nebeneinander im Abteil schweigend meist aneinander gelehnt mit Arm und Hand untereinander gefasst. Viele Menschen um sie herum oder freies Feld, das war ihnen jetzt ganz gleichgültig. Die Umgebung wurde von ihnen kaum gespürt.

„Thomas?"

„Ja?"

„Bist Du traurig?"

„Nein."

„Hast' kein Herzeleid?"

„Herzeleid schon, aber nicht traurig."

„Thomas?"

„Ja?"

„Hast mich lieb?"

„Ich bin dein und Du bist mein, verloren ist das Schlüsselein."

„Thomas?"

„Ja?"

„Lisa?"

„Ja, Thomas?"

„War's denn nicht schön?"

„Der Himmel war's!"

„Und warum dieser Jammer?"

„Ist das ein Jammer zu wissen, dass es für den anderen besser wird?"

„Alles im Leben hat seinen Preis. Alles."

„Sieh mal, Thomas, nun ist uns nochmals ein Vierteljahr geschenkt worden, seit der Vater Köttermann seinen Schlaganfall bekam. Bedenke doch mal, was Du mir inzwischen alles erzählt hast. Was Du erreicht hast. Was Du leisten konntest. Dir ist das Glück doch geradezu nachgelaufen."

„Glück? Das ist genau so ein vieldeutiger Begriff wie die Liebe: Der eine liebt seine Briefmarken und der andere seine Mutter, das Geld, den Wein oder ein Mädchen. Und Glück: Da hat einer Glück, dass er nicht von einem Auto überfahren wird, ein anderer hat Glück in der Lotterie, der Gauner hat Glück, wenn er nicht erwischt wird und ein Lebemann hat ‚Glück bei Frauen'!"

„Und was ist nun wirklich Glück?"

„Glück, das ist das Gefühl, das einen erfüllt, zum Bersten, randvoll und himmelan erhebt..."

„Und die Liebe?"

„Ist die Schwester von solch wahrem Glück."

In Arolsen angekommen, befanden Sie sich unvermittelt in einer auch heute noch romantischen kleinen Residenz. Sie waren noch nicht an ihrem Hotel angekommen, da sagte schon Thomas:

„Du, hier könnte man aber auch schön leben!"

„Na kneifen wir aus, hier findet uns so leicht keiner!"

Nachdem sie im ‚Hotel zur Post' untergekommen waren und zu Abend gegessen hatten, schlenderten sie noch durch das stille Städtchen, sich an den schönen Barockhäusern und den herrlichen Alleen erfreuend.

Als sie am späten Abend beieinander saßen, kam das Gespräch nur stockend in Gang.

„Sag mal Liebes, müssen wir uns denn durch den ganzen Berg von Fragen nochmals hindurchfressen? War's damals im Winter nicht schon eine Qual?"

„Nein, es muss nochmal etwas gesagt werden. Es soll nachher zwischen uns doch alles klar sein. Sieh mal, Du hast mir nach langem Kampf mit Dir selber doch auch vorgestellt, wie sich mein Leben mit Gerd weiterentwickeln würde. Hast mich doch schon in dem schönen Betrieb mitwirken gesehen. Die ‚Dame'! Die Frau eines angesehenen Fabrikanten! Wie schön hast Du mir das ausgemalt, dass ich, die kleine Lisa Röbekamp, dann nicht - wie wir beide immer - ganz hoch oben im zweiten Rang im Theater sitzen würde und dass ich dann noch viel mehr Genuss am Spiel und an der Musik hätte.

Ich hab' es nie gewagt, nochmals daran zu rühren. Auch Du wolltest es, ich sage es nochmals, nach langem Kampf mit Dir selber, so sehen. Es würde alles einfacher und leichter für mich werden, ich brauchte nicht mehr jeden Morgen winters wie sommers um sieben Uhr morgens aus dem Haus und so weiter. Aber was ich bisher nicht sagte, woran ich bisher nicht zu rühren wagte: Nachher hörte ich aus dem, was Du gesagt hast, noch etwas anderes heraus. Als sei Deine Überlegung: Ich darf die Lisa gar nicht an mich ketten, meine Liebe zu ihr, die muss sie damit bezahlen, dass sie noch mehr arbeiten muss als bisher, denn wenn ich irgendwo – damals hättest Du das Geschäft von Buscher übernehmen können – einen eigenen Betrieb aufmache, dann löst womöglich die eine Schwierigkeit die andere ab. Dann hat das Mädchen, weil ich es liebe, Sorgen, muss rechnen wie noch nie in ihrem Leben, bis wir es dann geschafft haben.

Wenn ich Dir damals auch von mir aus all die möglichen Schwierigkeiten vorgestellt habe und solch schweres und ungewisses Beginnen als töricht bezeichnete, da Du es in Issel so einfach und leicht schaffen könntest, dann, ja dann... war das nicht etwa meine Angst vor einem vielleicht schweren, hart um das tägliche Brot ringende Leben mit Dir. Thomas, wenn Du es wolltest, dann ginge ich mit Dir noch jeden Tag bis ans Ende der Welt.

Und nun, wenn jetzt geschieden werden soll, wir scheiden ja nicht aus der Welt. Wir sehen uns ja immer wieder. Wir freuen uns dann, wenn es dem Anderen gut geht."

„Du hast eine Gabe, einem die eigenen Gedanken zu verwirren."

„Wenn Du es mit Worten auch nie ausgesprochen hast: Das Ergebnis all unseren Überlegens, allen Für und Widers war: In himmlischer Seligkeit haben wir unsere Liebe ungetrübt genießen dürfen. Nun will uns das Leben an andere Plätze schieben. So weit menschliche Voraussicht gehen kann: Wenn wir nicht egoistisch sind, dann geht jeder Liebste des anderen einer besseren Zukunft entgegen als wir es zusammen schaffen könnten. Soll's nun so sein?"

* * *

Am Samstag – 1.Mai 1948 - früh morgens:
„Du, Heinrich?"
„Hmm?"
„Bist Du schon wach?"
„Nein."
„Hör mal zu."
„Lass mich in Ruh."
„Nein."
„Ich will noch schlafen."
„Ich kann schon lange nicht mehr schlafen."
„Nimm'n Schlafpulver."
„Nun ermuntere Dich mal."
„Warum eigentlich?"
„Hör mal, ich glaube, dass unser Tanz in den Mai verregnet."
„Bei dem Wetter! Standwetter! Und wegen der Weisheit lässt Du mich nicht ausschlafen? Mal 'ne ganz originelle Idee."

„Nein, ich hab' so 'ne Ahnung, als wenn uns dabei ein Unglück passieren könnte. Könnte man den Doktor nicht wieder ausladen?"

„Und dann bricht sich einer beim Tanzen oder auf der Kellertreppe ein Bein und Du hast keinen Doktor."

„Vielleicht war es doch nicht richtig, nur ein Fest für die Jugend aufzuziehen."

„Mädchen, wir wollen doch selbst jung bleiben. Mit den alten Köppen müssen wir viel zu oft zusammensitzen."

„Aber nimmt uns das vielleicht einer übel?"

„Dann soll er – soll er mich..."

„Was?"

„Trotzdem in Ruhe lassen."

Die Kapelle kam und probte zum Vergnügen der Dienstmädchen. Die Gäste kamen, kamen alle und pünktlich. Nachdem Kaffee getrunken war und Klüterhoff seine Gäste nach altbewährter Methode erst mal über seinen Garten, die Ställe und den Brennereikeller geführt und zurückgebracht hatte, war die Gesellschaft, die sich nur zur Hälfte näher kannte, schon zusammengewachsen. Die Tanzkapelle mit Saxophon, Violine und Ziehharmonika spielte im Garten, meist stehend und an den verschiedenen Stellen, sehr zur Freude der Dorfjugend, die sich durch die Stäbe des schmiedeeisernen Zaunes die Augen ausguckte. Überall wurde improvisiert getanzt. Das Abendessen kam heran und verlief mit Empfangs- und Dankesreden genau nach vorauf festgelegtem Plan und nach dem Klingelzeichen zur Küche, die Frau Klüterhoff mit dem Fuß auf einen Kontakt drückend so gab, dass das Mädchen genau in dem Augenblick zum Abtragen erschien, wenn der letzte Gast jeweils mit seinem Gericht fertig war.

Der Doktor, der immer Eingeladene, schlug vor, das heutige Fest unter dem Motto ablaufen zu lassen ‚Tanz im Dunkeln'. Die Hausfrau meinte, ‚Tanz im Mondschein' täte es auch schon.

Die Polonaise und die Mondscheinpolonaise mit ‚Bäumchen, Bäumchen verwechselt Euch' und der Mondscheinwalzer lief im Mondscheinsaal ab, dessen Mittellampe mit einem gelbbraunen Ungeheuer umhüllt war und den Raum in Dämmerlicht tauchte.

Die Bowle wurde weniger und die Gläser wurden, nicht ohne Absicht, verwechselt und Frau Klüterhoffs Sorge wich einer beschwingten Stimmung. Nie hatten sie eine so nette Tanzerei im Hause gehabt wie heute. Sie hatte den Eindruck, noch nie so reizvolle junge Dinger, sechs an der Zahl und so gleicher Art bei sich vereint gesehen zu haben. Sprühende Jugend, der gegenüber man sich als dreißigjährige Frau schon alt vorkam, in sorgfältigsten Anzug, ihre besten Seiten zeigend. Da der Tanz im Mittelpunkt der Zusammenkunft stand, waren alle mit Schuhen und Schühchen, silbern und lackglänzend angetan, als wolle die eine mehr als die andere die Augen auf sich lenken.

Frau Klüterhoff vergab wieder ihr „chambre separée" und beobachtete ihre besonderen Schützlinge tiefer sehend, als die es ahnten. Sie hätte nicht sagen können, wer mit wem am meisten getanzt hätte. Alle kamen so zu ihrem Recht, dass früher als sonst die Pause für den Magen eingelegt wurde.

Gerd wollte heute ganz zum Schluss mit Lisas Einverständnis verkünden, dass sie sich verloben und bald heiraten würden.

Lisa hatte mit Thomas getanzt und wieder getanzt. Sie hatten sich unter Mama Klüterhoffs Aufsicht oder Abschirmung gesprochen und geküsst und es war für Thomas ja nicht nur keine Überraschung, sondern sollte ihm selbst endlich den eigenen Weg aufzeigen. Als sie nun schon nach Mitternacht wieder mitsammen tanzten, dies der letzte Tanz sein sollte und Lisa nach Hause wollte, da sagte sie ihm zärtlich leise:

„So, mein Liebster, Du warst meine Sonne und die geht nun mit diesem Tanze unter. Ich war Dein und Du warst mein! Und in dieser seidigen Erinnerung wollen wir einander denken – bis der letzte von uns nicht mehr ist." Und sie tanzten eng aneinander wie körperlich eins. Er zog ihre rechte Hand im Tanzen an seine Lippen und dann spürte sie auf dieser Hand ein kleines feuchtes Aufprallen und sie zog ihn unters Licht und sah, wie ihm die Tränen rannen.

Da war es mit ihrer Fassung, mit ihrer Haltung, vorbei. Sie blieben in der Schiebetür zum jetzt ausgeräumten Esszimmer stehen, fassten sich voreinander stehend gegenseitig erst mit den Händen und fassten sich dann, einander näher ziehend, an Ellbogen und Unterarmen. Wenn Lisa auch erst nur leise hauchte: „Thomas, Lieber", so war das, was sie dann folgend, fast explosiv, hervorbrachte klar verständlich.

„Aus! Schluss! Ich tue jetzt nicht mehr, was andere wollen! Und wenn's noch so vernünftig ist! Und man mag mich verstehen oder mag mich nicht verstehen, das ist mir gleichgültig! Und ich mag hier vielleicht vor aller Augen entgleisen und man mag mich dann boykottieren. Alles, alles gleichgültig! Schluss und aus! Und meinetwegen Morgen... Jetzt aber muss ich hier fort."

Erika und Gerd mochten beim Tanz ähnlich wie Lisa und Thomas gesprochen haben. Nun wurden sie durch Lisas laute Stimme gestört. Wurden aufmerksam, stockten im Tanz. Hörten undeutlich, kamen näher, verstanden das Letzte, ohne Sinn und Veranlassung zu Lisas offensichtlicher Erregung zu begreifen. Frau Klüterhoff hörte Lisas Stimme. So laut? Und jäh sich ihrer Tagesahnung erinnernd, flog sie förmlich und hatte Lisa schon von seitlich hinten umfasst, ehe Erika und Gerd bis zu ihr gelangt waren.

„Lisa, was ist denn nur?"

„Oh, das ist jetzt nicht mit einem Wort zu sagen. Morgen oder wann oder... nie. Man wird mich doch nicht verstehen."

Wäre Lisa noch einige Jahre jünger gewesen, hätte Frau Klüterhoff dieses Wesen, das da sichtlich außer sich geraten war, unter die Schultern und unter die Kniekehlen gefasst und hätte sie auf das nächste Bett gelegt. Instinktiv wehrte sie jetzt alle ab. Auch die anderen drei Vertrauten dieses Kreises. Fasste Lisa um die Schultern und führte sie sanft und energisch zugleich in ihr Zimmer, die Türe gleich hinter sich zuziehend.

Ehe Lisa sich's versah, lag sie auch schon auf Frau Klüterhoffs Liegesofa. Wie selbstverständlich setzte sich diese zu ihr an den Rand des Sofas, Lisa zugewandt. Sich zu ihr beugend umfasste sie das Mädchen, ihr eine Hand wie stützend um die Schulter schiebend und legte ihr die andere Hand gleichzeitig wie streichelnd auf die Backe. Alles so und ohne jedes Wort als hielte eine Mutter ihr krankes Kind.

Wenn Frau Klüterhoff auch in jeder Weise die Seele dieses lampignon-reichen Tanzes in den Mai war, so zeigte sich nun blitzschnell, dass hier im Haus auch der Hausherr jeder Lage gewachsen war. Er erinnerte sich gleich des ärgerlichen Gesprächs mit seiner Frau um sechs Uhr in der Frühe. Erika und Gerd wollten von Thomas wissen, was diesen Ausbruch bei Lisa veranlasst hatte. Doch er konnte ihnen nur wenig Verständliches mitteilen und wurde bald dem enthoben, als sein Gönner die Gäste mit Tamtam um eine große Sitzecke versammelte. Trotzdem, die Stimmung war vorbei. Das schöne kleine Fest war aus. Und als zwei andere Paare den Wunsch äußersten zu gehen, da kam trotzdem erst noch ein steifer Kaffee[51], um dem möglichen Kater des kommenden Tages schon jetzt zu verscheuchen.

Derweil lagen auf dem Liegesofa des Arbeitszimmers Frau Klüterhoff und Lisa traulich im ruhigen Gespräch nebeneinander. Lisa kam es vor, als sei es ihre Mutter, die da ihren Arm unter ihrem Hals durchgeschoben habe und sie ein wenig zu sich herum drückte. Und Frau Klüterhoff erfuhr eine Liebesgeschichte, fast aus dem Märchenland: Bedingungslos einander gehörend und nun mit klaren Sinnen auseinandergehend, um durch eigenen Verzicht dem geliebten Anderen das scheinbare Glück zu ermöglichen – wiederum als Bestätigung der grenzenlosen Zuneigung.

„Kind, Kind", konnte Frau Klüterhoff nur immer wieder sagen und Lisa ahnte noch nicht, dass diese Frau mit so viel eigener Liebes- und Lebenserfahrung der rechte Arzt für diese Krankheit war.

Jetzt ließ sie Lisa einmal allein, deckte sie gut zu. Jetzt musste sie selbst einmal allein sein. Ihr Mann hatte sich so gesetzt, dass er das Zimmer beobachten konnte und auch Gerd sah Frau Klüterhoff zum Flur verschwinden. Er wäre ihr gerne nachgegangen, doch er traute sich nicht. Frau Klüterhoff ging heraus, ging an die Luft, rannte den Gartenweg einmal hin und her. Trank dann in der Küche stehend eine Tasse Kaffee und dachte für sich immer nur das eine: ‚Was machen die Menschen doch immer wieder für Unsinn aus lauter scheinbarer Vernunft'.

---

[51] Bohnenkaffee war ein Gut, das nur auf dem Schwarzmarkt zu kaufen war, gegen Sachleistung natürlich, nicht gegen Geld- für die meisten Leute unerreichbarer Luxus

Aber konnte sie hier jetzt etwas machen? Alle Elternseiten würden sie steinigen, wenn sie nicht im Sinne des ‚einzig Vernünftigen' ihren Einfluss geltend machen würde. Und wenn die Ehen, wie sie sich in Liebe ergeben hatten, nachher nun nicht halten würden, was die Partner sich im Überschwang des Gefühls selbst versprachen, dann würde sie als die böse Fee gelten. Und doch: Hier müsste man doch einmal alle vier gleichzeitig mit den Köpfen zusammenstoßen. Vielleicht merkten sie dann selbst, wie sie am besten zusammenpassten: Aus lauter Lieb' allein oder aus Vernunft.

Gerd und Erika? Die soo miteinander tanzten, Erika die ruhigere, etwas Behütete, die Frau von Gerd Ockermann? Und die betriebsame, gewandte Lisa die Frau von Thomas? Und Frau Köttermann und das Geschäft? Nun, nur nicht weiterdenken! Nur die Finger aus dem Handel lassen! Aber die Lisa hatte gesprochen und an dem war auch kein Zweifel.

Von der ganzen Gesellschaft waren nur noch die Schauspieler des letzten Aktes geblieben. Und als Frau Klüterhoff an ihren Tisch trat, da war nur eine Frage: Was ist mit Lisa? Und der entgegnete sie nur: „Und was ist mit Euch allen? Soll ich Euch mal was sagen?" und die Augenpaare aller fragten: Nun?

„Ob es jetzt bei Nacht, nach soviel Tanz und soviel Bowle der richtige Zeitpunkt ist, über sein Leben zu entscheiden, das möchte ich nicht unbedingt bejahen. Aber trotzdem: Im Traum sieht man oft heller als im Wachen. Und Lisa, nun: Lisa glaubt, aus einer, um es mal alltäglich auszudrücken, aus einer verfahrenen Situation wieder herauszumüssen. So verfahren ist die ja gar nicht. – Klüterhoff, bleib Du mal hier und pass auf die Mäuse auf. Und wenn's nun auch falsch sein sollte: Kommt Ihr anderen mal mit."

Gefolgt von den drei anderen ging sie in ihr Zimmer. Lisa schlug die Wolldecke zurück und stand gleich auf, als sie der anderen ansichtig wurde. Die Hausfrau stellte ihre vier Partner so, dass sie die Mädels neben sich stehen hatte. Gerd und Thomas standen ihr gegenüber und es hatte sich so gefügt, dass Thomas neben Lisa und Gerd neben Erika standen.

Die Hausfrau reichte den beiden Mädels leicht die Hand und wie von unsichtbarer Hand geführt, gaben diese ihre freien Hände weiter und die Männer schlossen den Kreis, indem sie sich ansehen und jeder des anderen Hand drückte, wie zur Bestätigung einer alten Abmachung. Und Frau Klüterhoff begann:

„Ihr seid nun alle vier Freunde. Kennt Euch doch so gut. Doch ist's fast, als hättet Ihr voreinander die größten Hemmungen. Ihr dreht Euch im Kreise. Habt Vorsätze und fasst Entschlüsse für die Zukunft und seid auch wieder unschlüssig, ob es richtig sei. Und da sind Betriebe und Fabriken, da sind die tod-sicheren Lebensgrundlagen und da ist auch die reine Vernunft. Und da sind die Empfehlungen und Wünsche von Eltern, von Tanten und Verwandten. Und schließlich sind da auch vier Herzen. Helfen kann Euch da keiner, wenn es um das eigene Leben geht. Und nun: Wisst Ihr denn selber nicht, wie Ihr zusammengehört?"

Die Hände der Mädels immer noch gefasst, leicht schwenkend, einmal geradeaus, einmal über Kreuz auf Gerd und Thomas wiesend: „So? Oder so?" und gab, selbst einen Schritt zurücktretend, die Hände frei. Da senkten sich vier Augenpaare, die während der ganzen Zeit die lebendige und sympathische kleine Frau angesehen hatten. Die Hände der Männer lösten sich zuerst. Gerd straffte sich, tief atmend und, indem er über den kleinen Raum, der zwischen ihnen lag, die Hand zu Lisa herüberstreckte, zog er Erika in fester Entschlossenheit an sich. Das Nacheinander, wie nun das andere Händepaar von Erika zu Thomas und dann die beiden echten Liebespaare sich in den Armen lagen, das ging so schnell, dass Frau Klüterhoff den Raum noch gar nicht verlassen hatte.

Als die Türe ins Schloss klappte, sahen die beiden allein gelassenen Paare auf, sahen sich gegenseitig und dann die anderen an. Wie auf ein Stichwort wechselten die Paare untereinander, wie so oft beim Tanzen. Und dann kam der dritte Wechsel als Erika und Lisa sich küssten und die beiden Männer sich die Hände reichten. Als das nun der Reihe nach abgerollt war, da waren alle vier am liebsten der Frau Klüterhoff um den Hals gefallen. Die aber war draußen, schon wieder damit beschäftigt, nun für die letzten

Überlebenden dieses so außergewöhnlich beschlossenen Tanzes in den Mai einen Tisch zurecht zu machen.

Erika und Gerd kamen zuerst aus dem kleinen Raum. Sie ließ Gerd stehen und umarmte ihre ‚Tante Klüterhoff' und diese küsste sie auf beide Backen. Als Lisa mit Thomas nachfolgte, wiederholte sich das Gleiche und auch die Männer wollten ihren Teil abhaben und nahmen ihrerseits die Tante Klüterhoff in den Arm und es gab ein Händeschütteln rundum.

„Jetzt setzen wir uns noch einen Augenblick und dann geht's ins Bett! Doch vorher müssen wir uns noch überlegen: Wie sagen wir's den erzürnten Eltern? Mit Deiner Mutter, Erika, fängt es an. Die weiß es morgen früh, ehe Du aufwachst. Und dann fahren wir allesamt nach Sparrenberg zu Lisas Eltern, dann zu Gerd und schließlich zu Thomas' Mutter."

Und jetzt meldete sich auch Herr Klüterhoff zum Wort:

„Ja und mit ganz einfachen Worten werden wir es allen erklären: Selbstverständlich hätten Thomas und Erika zusammengepasst und die Lisa wäre eine prima Frau für Gerd gewesen. Und dann werden wir ihnen weiter sagen, solche Überlegungen, dass alles so schön zusammengepasst hätte und alle ihr Auskommen fänden, in Ehren! Aber so wichtig wirtschaftliche Grundlagen, das liebe Geld und Vermögen auch sind, so sind sie doch nicht allein wichtig. Ja, sie können sogar in kurzer Zeit vergehen, wie wir alle das ja in den letzten Jahrzehnten mehrfach erlebt hatten. Dann werden sie es vielleicht auch glauben, dass es in Zukunft viel wichtiger ist, dass man tagtäglich etwas leistet, daß man etwas kann in seinem Beruf und dass die Menschen, die zusammenleben wollen, sich ergänzen im Glück und dann auch in der Not zusammenstehen.

Als Thomas nachher Erika nach Hause brachte, war zwischen beiden die bei aller Freundschaft und Vertrautheit abwartende Scheu vor dem Anderen gewichen. Und wenn man nach den Küssen und Umarmungen, die auf diesem kurzen Wege zwischen beiden gewechselt wurden, hätten schließen sollen, dann wäre man zum Schluss gekommen, dass diese beiden sich eben fürs Leben verbunden hätten.

* * *

„Mein Gott, mein Gott!", sagte Frau Köttermann ein übers andere Mal, als Frau Klüterhoff ihr am nächsten Morgen beim Frühstück schon von der Neugruppierung und deren plötzlichen Anlass erzählt hatte.

„Das hatte ich mir ja nun ganz anders gedacht. Was soll denn das nun werden?"

„Eine Firma Köttermann und Arnold."

„Und nun geht das Mädchen aus dem Haus! Und ich bin womöglich nur mit fremden Menschen in dem großen Haus."

„Nun will ich Ihnen mal eine Geschichte aus meiner eigenen Familie erzählen: Mein einziger Bruder heiratete und übernahm nach Vaters Tod den Hof. Kaum war das erste Kind geboren, starb mein Bruder. Meine alte Mutter war auch noch auf dem Hofe. Sie und die junge Frau bewirtschafteten mit ihren Leuten den Hof. Nun, es blieb gar nichts anderes übrig, die junge Frau musste wieder heiraten. Es war ein tüchtiger Bauer, der da auf den Hof kam. Er war so tüchtig und so passend im Alter und Wesen, dass meine Mutter ihm sogar vorzeitig den Hof überschrieb. Kaum war das gewesen, da starb die junge Frau – und wieder blieb nichts anderes übrig, der Bauer musste eine neue Frau haben. Jetzt lebt meine Mutter auf ihrem eigenen Hof, von dem ihr nichts mehr gehört, mit völlig fremden Menschen zusammen. Nur der Erbe ist noch da vom gleichen Blut. Aber die Fremden, ein Neider müsste es ihnen sogar bescheinigen, haben den Hof bewirtschaftet, haben ihn verbessert und gemehrt, wie das eigene Blut es nur bei den größten Erfolgen hätten erreichen können. – Und der Thomas, das ist genauso ein Kerl!   Aber ich verstehe es. Für Sie kommt es etwas plötzlich."

„Ja, so ist es."

„Und passt die Erika nicht ganz großartig auch zu dem Gerd?"

„Genau weiß ich's nicht, aber ich glaube, die hatten schon lange Gefallen aneinander."

238

„Ja, möglich. Aber passt sie nicht überhaupt gut zu Ockermanns mit ihrer Ruhe?"

„Ja, wenn man's so betrachtet, dann ist die Lisa vielleicht sogar die bessere Frau für einen Handwerker und Erika die bessere Frau für Gerd Ockermann. Aber was soll nun hier mit dem allen werden?"

„Der Besitz bleibt ja der Erika und die Firma heißt ,Köttermann und Arnold', Inhaberin die erst vierundvierzigjährige Frau Köttermann und ein gewisser Herr Arnold."

„Schön, zwar ganz anders als ich es mir gedacht, aber auch gut. Und die Erika soll's gleich beim Aufstehen erfahren, dass ich's gut heiße."

Es waren geradezu die vorgeschriebenen Besuchszeiten, als der Wagen nun erst bei Röbekamps und dann bei Ockermanns vorfuhr und die beiden vertauschten Paare sich vorstellten. Die Überraschung war auf der ganzen Linie die gleiche, nicht zuletzt auch bei Thomas Arnolds Mutter.

Die Verblüffung war allgemein. Die erste Sprachlosigkeit löste sich aber bald vor der strahlenden Gelöstheit dieser beiden Paare. Nun wurde es plötzlich allen klar, warum ihnen nicht ganz wohl gewesen war, obgleich alles so gut zueinander zu passen schien.

Lisa meinte beim Abschied zu Thomas: „Jetzt kommen unsere beiden Betten doch noch zusammen."

20. Die Währungsreform (Text aus 2016)

Am Sonntag, den 22.Juni 1948 bekam jeder den Betrag von 40.-- DM ausgezahlt.

Am Montag, den 23.Juni 1948 war in allen Geschäften alles zu kaufen. Die Leute waren auf die Händler wütend, die noch vor zwei Tagen behauptet hatten, keine Ware zu haben. Der Handel hatte mit Reichsmark -RM- die Lager gefüllt und verkaufte nun zu DM. Sparguthaben wechselte die Bank: 100 RM = 10 DM. Hypotheken wurden ebenso umgerechnet.

Handwerksgesellen und Arbeiter bekamen Wochenlohn. Sie erhielten am Freitag, den 27.Juni 1948 ihre Lohntüte. Löhne wurden bar ausgezahlt. Mit 40 DM pro Person hatte man eine Woche gut leben können. Am Montag, den 5. Juli 1948 kamen einige Mädchen mit neuen rot-weißen Ledersandalen in die Schule - oft war das das Ende der bisherigen Kameradschaft-Freundschaft..

Angestellte erhielten das erste Gehalt Ende Juli 1948. Sie mußten mit 40 DM-Person 5 Wochen auskommen. Das war nicht möglich. Sie mußten Schulden machen beim Lebensmittelhändler und Bäcker - falls das nicht möglich war - hungern. Beamte bekamen auf ihre Bezüge Abschlagzahlungen - frühestens Mitte Juli 1948. Renten wurden ab Mitte August 1948 gezahlt. Diese Personen mußten mindestens 8 Wochen mit 40 DM-Person auskommen. Beamte, Rentner und Kriegerwitwen bekamen später 1948 eine Ausgleichszahlung, die aber nicht weit reichte.

Seit dem 23.Juni 1948 gab es in den Läden alles: Schuhe, Kleidung, Schokolade, Bananen ... alles. Kaufen konnte man alles, was man bezahlen konnte. Man hatte keine wasserdichte Schuhe. Im Laden gab es eine große Auswahl, aber man hatte kaum Geld. Geld zu verdienen, war schwierig und die Löhne niedrig. Für die meisten Leute in West-Deutschland waren die Jahre von 1948 bis ca. 1950 eine extrem schwierige Zeit. Viele Menschen hungerten, weil sie nicht genug Essen kaufen konnten, warme und ordentliche Kleidung war für viele unerschwinglich. Die Wohnsituation war unverändert: in einer 4-Zi-Wohnung wohnten 3 Parteien, jede davon von 2-5 Personen.

Die Vision Ludwig Erhardts, den unteren Einkommensgruppen Löhne zu zahlen, die etwa höher waren als der Bedarf für Grundnahrungsmittel und Miete, war ein sofortiger Erfolg. Diese Einkommensgruppe ist die Größte in jeder Volkswirtschaft. Wenn nun einer einen Mantel, Ledersandalen, ein anderer einen Herd kaufte, so war das in der Summe so viel, daß über die Umsatzsteuer - heute MWSt - sofort Geld in die Staatskasse kam und somit der Staat handlungsfähig wurde.

21. Ausblick

Der Knechtehof in Issel sah bald eine Doppelhochzeit. Erika heiratete aus Issel heraus und Lisa wurde als Frau des Spengler- und Installateurmeisters Arnold Bürgerin von Issel. Sie fing an, in Kniestücken, Fittings und Blechstärken zu rechnen. Die schwierige und umfangreiche Schreibarbeit bei dem Betrieb mit neun Mann kam in eine ordnende Hand. Es war ein neues Beginnen für alle. Alle drei, Frau Köttermann wie Thomas und Lisa zogen am gleichen Strang. Es wurde aufgepasst, gearbeitet, gespart, gerechnet und Pfennig bei Pfennig verdient. Und es währte nur ein Jahr, bis Frau Köttermann mit ihrem hälftigen Anteil am Betriebsgewinn fast die gleichen Einnahmen verbuchen konnte wie vordem.

In Sparrenberg hatten Erika und Gerd nicht nur ein eigenes Häuschen bezogen, sondern auch die Familienwiege aus dem Ockermannschen Hause holen können, damit ein neuer Hemdenmatz die Ockermannsche Wäschefabrik demnächst in dritter Generation weiterführen könne.

Frau Köttermann war bald ‚die Mutter', die gleichzeitig eine Schwiegertochter und einen Schwiegersohn bekommen hatte, wie sie sich eigene Kinder nicht vorsorglicher und zuverlässiger hätten denken können.

Das Leben in Issel ging weiter. Der Köttermannsche Betrieb behielt unter der vereinten Leitung der Meisterin mit ihrem Jungmeister mindestens den gleichen Umfang. Nach einigen Wochen meinte Frau Köttermann zu spüren, dass alles in allem innerhalb der Tagesarbeit mehr geleistet würde. Die Einnahmen steigerten sich merklich.

Nur der Chef des Hauses hatte schon das zeitige Frühjahr – 1948 - nicht mehr erleben dürfen. Unter stärkster Anteilnahme des Ortes war er in den stillen Garten hinausgetragen, der sich an den Kirchhügel anlehnt.

Thomas war der nach außen wirkende Leiter des Betriebes geworden, aber er wahrte immer und vor allem auch vor den Mitarbeitern den Eindruck, daß in allen Dingen letzten Endes die Meisterin bestimmend sei und bleibe.

Thomas hatte einmal über mehrere Wochen nachgerechnet, welche Beträge die Firma allein an Transportkosten für Anfuhren von der Bahn und einigen Großhandlungen und weiter vom Betrieb zu den Baustellen monatlich aufzubringen hatte. Er meinte, dass ein Auto, kein Personenwagen, sondern ein kleiner Liefer-Lastwagen sich nicht nur lohnen, sondern bald bezahlt machen würde.

Weniger, dass sie von Thomas' Berechnungen und vor allem von seinen Überlegungen über Zeitersparnis voll überzeugt gewesen wäre, wollte Frau Köttermann ihm eine Freude machen und willigte grundsätzlich ein. Doch sie wollte ihm eine noch größere Freude machen. Ihrerseits warf sie ein, ob ein nicht zu schwacher Personenwagen mit einem entsprechenden Anhänger nicht noch wünschenswerter wäre. Der Personenwagen ständе dann doch noch für andere als geschäftliche Fahrten und zu ihrem Vergnügen zur Verfügung.

Sie erinnerte auch daran, dass ihr viel zu früh verstorbener Mann, als er schon todkrank seine Sprache wiedergefunden hatte, ihnen noch ausdrücklich gesagt hätte: Wenn er jetzt heimgehe, so sollten sie weiterleben wie vorher, sollten fröhlich bleiben und nicht trauern, keinen schwarzen Schlips tragen. Und wenn es zum Knechtefest ginge, dann sollten sie zu seinem Angedenken kräftig auf die Scheibe schießen und tanzen, als säße er oben auf dem Podium. Denn er wisse, der olle Köttermann, mit dem sei es jetzt vorbei, aber es ginge hier weiter wie in seinen besten Zeiten.

Für Thomas und für seine Mutter, für die das reiche Leben in ihrer Heimat verloren war, hatte – mit guten Lebenskameraden an neuen Aufgaben - ihr zweites Leben begonnen.

22 Biografie von Siegfried Stratemann

Siegfried Stratemann geb. 9.6.1896 in Gütersloh,Westfalen - verst. 6.11.1967 in Frankfurt-Main

Er besuchte das Gymnasium in Gütersloh, wurde 1915 eingezogen, 19jährig vor Verdun verwundet und zum Leutnant befördert, bis Kriegsende hinter der Ostfront im Einsatz.

Es folgte das Architekturstudium zuerst in Hannover, dann in München. In dieser Stadt der Künste und Lebensfreude wurde er - meist mit leerem Magen - zum Opernliebhaber. Als Regierungsbaumeister schloß er das Studium ab und ging nach Münster / Westfalen. Die "Heimstätten" bauten Wohnungen für Leute mit niedrigem Einkommen. Das war sein Spezialgebiet. Er schrieb viel zu diesem Thema. Er wurde Dozent an der Staatsbauschule in Berlin, später wegen jüdischer Freunde strafversetzt nach Oberschlesien. 1940 kam er zum Rüstungskommando Frankfurt-Oder, bald zum Hauptmann befördert. Es war eine NSDAP-freie Behörde.

Seine Familie war 1944 von Berlin nach Kunersdorf übersiedelt. Am 27.1.1945 rückte die Rote Armee zur Oder vor. Bei Mondschein wurde ein Handwagen mit 4 x Bettzeug und einigem anderem bepackte, die Kinder, 4 + 6 Jahre alt, geweckt, angezogen. Durch hohen Schnee ging es zu Fuß ca. 6 km nach Frankfurt-Oder in den Gemeindesaal der Marienkirche, einer Notunterkunft. Die Familie fuhr mit dem Zug nach Berlin in die eigene Wohnung. Dort wohnten 8 Ukrainer, die für die Wehrmacht gearbeitet hatten. Er blieb in Frankfurt-Oder, er tat weiter seinen oft gefährlichen Dienst. Mitte April kam er überraschend nach Berlin, organisierte einen Omnibus, mit dem die Ukrainer und seine Familie am 20.April 1945, als die Rote Armee Berlin umzingelte, irgendwo Richtung Potsdam herauskamen. Der Busfahrer wollte zu seiner Familie zurück, so endete die Fahrt in Bad Schmiedberg.

Mit einem Ackerwagen und zwei Pferden ging es durch die Mulde, über den Harz nach Gütersloh, im Herbst von dort mit zwei Wagen und zwei Pferden nach Frankfurt-Main. Am 30.September 1945 begann der mühsame Neuanfang in Frankfurt-Main. Eine Anstellung als Stadtbaudirektor oder Professor fand sich nicht.

Es war eine große Enttäuschung, daß 1949 kein Verleger an dem Manuskript "Zwischen zwei Leben" interessiert war. Hatte er doch gehofft, aus der wirtschaftlichen Not heraus zu kommen.

Ab 1951 war er ein sehr angesehener und erfolgreicher Fachautor. Die „Grundrisslehre" erschien in 2. Auflage. Das „große Buch vom eigenen Haus" war außerordentlich erfolgreich. Seine Sachkenntnisse auf dem Gebiet der Klein-Wohnungen brachte er in Tagungen und diversen Publikationen ein.

Seine letzten Jahre verlebte er zurückgezogen in Frankfurt am Main.

Frankfurt-Main - 2016
Gisa Stratemann, geb. 1940, Tochter von Siegfried Stratemann

23 Weitere Bücher u.a. von Siegfried Stratemann

Die Grundrisslehre
1941: 1. Auflage
1951: überarbeitete 2. Auflage

Ein Lehrbuch für Architekturstudenten:
- Klein-Wohnungen für Familien mit niedrigen Einkommen.
- Über die Norm-Maße, die Maße des Menschen als Maß aller Dinge (gemeint sind die Höhen und Breiten von Türen, Höhen und Tiefen der Arbeitsfläche in Küchen, Abmessungen für Schlafzimmer mit 2 Betten und einem Kleiderschrank)

1951 erscheint „Die Grundrisslehre" in spanischer Übersetzung:
Plantas de Viviendas, en casa de pisos

Das große Buch vom eigenen Haus -
Eine Entwurfslehre für das Eigenheim
(1954)

Dieses Buch war ein unerwarteter
Erfolg. Nach ca. 400 Besprechungen in
Fachzeitschriften, Tageszeitungen,
Rundfunkanstalten, Familienblättern,
Frauenzeitschriften, sogar in der
Jugendzeitschrift Bravo und 54.000
verkauften Büchern , wurde 1960 die 4.
Auflage gedruckt.

Bauwelt-Sonderheft
Das warme Haus
(1960)

Für diese Publikation gab es 3 Auflagen
mit insgesamt 21.000verkauften
Exemplaren.

Bauwelt- Sonderheft:
Wohin mit dem Auto
(1960)

247

im Werkbuch der Büchergilde
Teil Bauen
(1960)

Seite 85 – 216:
Arbeiten im und am Haus

Baumeister, Nr 10
(1947)

Seite 313 – 321:
Baut endlich nach menschlichem Maß

Made in the USA
Middletown, DE
23 April 2017